Philippa L. Andersson

TEASE & PLEASE

hart und zart

Über das Buch

Eigentlich kann Nikki Montgomery – anders als ihre Schwester Audrey – nichts mit der Welt des Tease & Please, dem exklusivsten BDSM-Klub der Stadt, anfangen. Doch das ändert sich, als sie bei der Buchhaltung aushilft – und Kostolany begegnet, dem gefährlichsten Dom des Klubs. Sie weiß, sie sollte die Finger von ihm lassen. Aber sie kann nicht, denn er weckt in ihr Sehnsüchte, die sie bisher stets verdrängt hat …

Über Philippa L. Andersson

Nach ihrem Studium in Bamberg sowie Stationen in Spanien, Hamburg und Berlin veröffentlichte Philippa L. Andersson 2012 ihre erste Kurzgeschichte. 2013 folgte ihr erster Roman „In deinen Armen". 2017 erschien ihr erstes Hörbuch zu ihrem Roman „Romance Love – Vollkommen dir ergeben". Im gleichen Jahr war sie mit „You Can't Escape Love – Begehren . Vertrauen . Lieben" erstmals in der BILD-Bestsellerliste.

www.philippalandersson.de
www.facebook.com/PhilippaLAndersson
philippa@philippalandersson.de

Philippa L. Andersson

TEASE & PLEASE

HART UND ZART

Originalausgabe
Oktober 2018

Tease & Please - hart und zart
Philippa L. Andersson

Umschlagfotos: © iStock.com/BlackJack3D
Umschlaggestaltung: Philippa L. Andersson
Lektorat: Mona Gabriel, Leipzig, Deutschland
Korrektorat: Laura Gosemann, Berlin, Deutschland

Philippa L. Andersson vertreten durch:
Sowade, Plantagenstraße 13, 13347 Berlin, Deutschland
philippa@philippalandersson.de
www.facebook.com/PhilippaLAndersson
www.philippalandersson.de

ISBN: 978-3-96443-267-4

Bestellung und Vertrieb: Nova MD GmbH, Vachendorf, Deutschland
Druck: Sowa Sp. z o.o., ul. Raszynska 13, 05-500 Piaseczno, Polska

SPIEL NICHT MIT DEM FEUER!
ES SEI DENN, DU MÖCHTEST DIR
DIE FINGER VERBRENNEN.

1. Kapitel

NIKKI

Wie konnte ich mich nur dazu breitschlagen lassen, am Wochenende zu arbeiten? Obendrein unbezahlt! Für das Tease & Please, den exklusivsten BDSM-Klub der Stadt.

Ich schaue von meinen Tabellen auf und starre die Antwort an, die gerade auf meinen Arbeitsplatz zumarschiert. Audrey, meine Schwester, die für mich und ihren Freund und Klubbesitzer Reece Randall Kaffee bringt. Sie hat mich bekniet, die Buchhaltung zu übernehmen, weil der Typ, der das sonst macht, krank geworden ist und ihr Freund das bis Montag alleine nicht schafft.

Ja, man sagt, kleine Gefallen erhalten die Freundschaft. Aber wer auch immer sich den Spruch ausgedacht hat, hatte offenbar nicht so wie ich zwei extrem stressige Monate hinter sich, die einer Achterbahnfahrt gleichen.

Ich arbeite als Junior Analystin für eine Bank, und in letzter Zeit war unglaublich viel los. Jede Minute meiner kostbaren Freizeit genieße ich daher normalerweise. Doch jetzt rechne ich nach, ob die Ausgaben für Gleitgel korrekt erfasst und alle Klubmitglieder ihren Zahlungsaufforderungen nachgekommen sind …

Mir raucht der Kopf, und ich lasse für einen Moment die Unterlagen liegen, lehne mich zurück und atme durch.

Ich hätte Nein sagen sollen. Mindestens noch zwei Wochen geht es in meinem Job so weiter. Dann endlich wird der Kunde, für den ich all die Analysen erstelle, die Firma übernehmen, die er ins Auge gefasst hat. Zwei Wochen, die sich für mich wie eine Ewigkeit anfühlen. Ich liebe eigentlich den Umgang mit Zahlen. Und ich liebe auch das Gehalt, das ich verdiene. Doch zum ersten Mal kommen mir Zweifel. *Sollte ich mich wirklich halb totarbeiten, nur um das ›Junior‹ vor meinem Jobtitel loszuwerden und ein fester Bestandteil des Teams zu werden?*

Aber nun ist es zu spät, um sich zu beschweren.

Zugesagt ist zugesagt.

Ich reiße mich zusammen, rolle in meinem Drehstuhl zurück, stehe auf und nehme mir einen Kaffee, von dem ich in letzter Zeit so viel getrunken habe, dass ich mittlerweile aus Arabica-Bohnen bestehen müsste.

»Kommst du klar?«, fragt mich Reece, der ebenfalls arbeitet, allerdings nicht über den Zahlen sitzt, sondern Termine für den Klub organisiert und Sessions plant.

»Tue ich«, sage ich. »Wobei es schneller gehen würde, wenn die Unterlagen nicht so chaotisch abgelegt wären.« *Oder doppelt. Oder gar nicht*, ergänze ich in Gedanken, weil ich immer noch dabei bin, mir einen Überblick zu verschaffen.

»Sorry. Ich hab Trevor schon hundertmal gesagt, er soll sich mehr Mühe geben. Aber da er mit dem Chaos klarkommt, hab ich nur halbherzig nachgehakt.«

»Macht nichts«, sage ich mit einem Schulterzucken und trinke meinen Kaffee. *Was soll ich auch sonst antworten? Dass ich bereue, hier zu sein, statt etwas Schlaf zu bekommen?*

»Kann *ich* dir denn helfen?«, fragt Audrey und greift nach den obersten Blättern meiner Unterlagen.

»Nicht anfassen!«, zische ich. Es hat mich Stunden gekostet, das Chaos einigermaßen zu sortieren. Was ich nicht gebrauchen kann, ist jemand, der mir nun dazwischenfunkt.

»Oh, oh, Kleines …«, tadelt Reece grinsend meine Schwester. »Komm mal her!«

Zögerlich bewegt sie sich zu ihm.

»Was hab ich dir heute Morgen gesagt?«, fragt er ruhig, mit dieser tiefen, erotischen Stimme, die selbst mich ein bisschen wuschig macht. *Irritierend!*

»D-d-dass du mir dankbar bist, dass ich Nikki gefragt habe?«

Er lacht. »Netter Versuch!«

»Aber das hast du!«, ruft sie und reckt kämpferisch ihr Kinn.

Sanft greift er an ihren Hals und streicht mit den Fingern über ihren Pulspunkt. »Gut, hab ich. Aber das meine ich nicht. Also? Willst du es noch mal versuchen?« Das Funkeln in seinen Augen wird teuflischer. »Oder willst du dich weiter nicht erinnern?«

Beide scheinen meine Anwesenheit völlig vergessen zu haben. Wie so oft, wenn sie ihre Spielchen spielen. Zum Glück gewöhne ich mich langsam daran und höre nur halb zu, während ich weiterarbeite.

»Du hast gesagt, dass ich nur hier sein darf, wenn ich euch nicht störe«, meint Audrey.

»Und was war das eben?«, fragt er.

»Nikki, ich hab dich nicht gestört, oder?«

Unschlüssig schaue ich zwischen ihr und Reece hin und her, bis mir klar wird, dass beide dieses Spiel spielen wollen. »Sorry, hast du.«

»Du weißt, was das heißt?«, fragt Reece, und Audreys Aufmerksamkeit ist wieder ganz bei ihm.

Sie sieht so aus, als würde ihr ein fieser Kommentar nach dem anderen durch den Kopf schießen. Doch bevor sie was entgegnen kann, klopft es am Türrahmen.

»Da komme ich ja gerade richtig!«, ruft eine dunkle Männerstimme, die bei mir für einen prickelnden Schauer sorgt, der träge über meinen Rücken läuft, feinste Härchen in meinem Nacken aufstellt und meine Brustwarzen hart werden lässt, schmerzhaft hart, sodass sie unbedingt berührt werden wollen. *Krass! So etwas habe ich noch nie zuvor erlebt!*

»Fass sie an, und ich brech dir jeden einzelnen Finger«, knurrt Reece, nun kein bisschen spielerisch, sondern ganz der Beschützer. Wie immer, wenn es um meine Schwester geht.

»Gilt das auch für die Audrey im Business-Kostüm hier?«, fragt er.

Er meint dich, schießt mir durch den Kopf. Und allein die Tatsache, dass ich jetzt weiß, dass er mich wahrgenommen hat, sorgt für noch größere Hitze. Bis seine Worte zu meinem Verstand durchsickern. *Endlich! Denn was bildet er sich bitte ein?!*

Wütend fahre ich herum, kann nicht verhindern, dass ich für einen Moment den Mann, der Reeces Büro betreten hat, mustere – er ist groß, hat rote Haare, einen gepflegten kurzen Bart, graue Augen und breite Schultern – und mich dann vor ihm aufbaue. »Wenn Sie mich anfassen, sind Ihre Finger Ihr kleinstes Problem.«

»Weil?«, fragt er amüsiert nach, während sein Blick über mich gleitet, langsam, jeden Quadratzentimeter von mir registrierend, als wäre ich die erste Frau, die er je gesehen hat.

»Weil Sie dann für die nächsten Wochen nur mit einem Katheter urinieren können. Ganz zu schweigen von anderen körperlichen Einschränkungen.«

Sein Grinsen wird breiter, und das Funkeln in seinen Augen treibt meinen Puls nach oben.

»Was ist daran so witzig?«, fauche ich, registriere dann aber entsetzt, dass er näher kommt. Als er vor mir stehen bleibt, muss ich den Kopf in den Nacken legen, um zu ihm aufzuschauen, während sich mit jedem meiner hektischen Atemzüge sein Geruch in mein Gedächtnis brennt. Kein Parfüm, kein Aftershave, kein Duschgel, ich rieche einfach nur ihn, den Mann, und plötzlich sind meine Lippen staubtrocken.

»Was so witzig ist?«, greift er meine Worte lächelnd auf, während sein Blick sich in meinen bohrt. »Dass du bluffst.« Er legt seine Hand sanft und doch gleichzeitig fest um meinen Hals. »Und weißt du, was mit Frauen passiert, die den Mund zu voll nehmen?«

»Was?«, frage ich.

In mir tobt ein Verlangen, das heftiger ist als alles, was ich sonst von mir kenne. Meine Instinkte raten mir, mich von diesem Mann fernzuhalten. Aber da ist etwas, und auch wenn ich es nicht benennen kann, jetzt, da es zum Greifen nah ist, will ich es haben. *Verrückt!*

»Sie bekommen Ärger«, flüstert er mir als Antwort auf seine eigene Frage ins Ohr.

Klingt gar nicht so schlecht, denke ich mir. Doch bevor ich was sagen kann, knurrt Reece, dass der Mann – Kostolany nennt er ihn – augenblicklich die Finger von mir lassen soll.

»Klar, wenn Kitty Bitte sagt.«

Kitty?! Das Kosewort sorgt für weitere Hitze in mir, durchdringt mich zuckersüß wie Schokolade. Aber es weckt auch meinen Widerstand. *Ich bin Anfang dreißig, und niemand nennt mich, eine erwachsene Frau, Kitty!*

Ich schließe die Augen, atme ein letztes Mal seinen Duft ein. Dann komme ich zu mir und stoße diesen Kerl, der so viel größer und stärker ist als ich, zurück – und die Energie, die ich durch ihn gespürt habe, ist wieder weg, die Müdigkeit, die seit Wochen mein ständiger Begleiter ist, dagegen zurück. »Penner!«

Intuitiv fasse ich mir an den Hals, dort wo seine Hand eben noch war. Und ich vermisse die Berührung. *Wie krank ist das denn?!*

»Alles okay bei dir?«, fragt Reece, dem die Geste nicht entgangen ist.

»Sicher«, tue ich cool. »Es besteht wirklich nicht die Möglichkeit, dass ich die Dokumente zu Hause durchgehen kann?«, frage ich, wie ich es zu Beginn dieses Freundschaftsdienstes schon mal getan habe. Dabei kenne ich bereits die Antwort.

»Tut mir leid, das kann ich aus Sicherheitsgründen nicht zulassen.«

Ich nicke. »Vielleicht kann ich dann in einem anderen Raum weiterarbeiten?« *Einem, der verhindert, dass dieser Vollidiot und ich uns noch mal begegnen.* »Hier ist es mir zu hektisch.« *Und zu heiß.*

»Sicher. Audrey kann dir einen der Konferenzräume aufschließen.«

»Super, danke.«

Ich raffe die Ausdrucke zusammen, meine Schwester schnappt sich den Laptop, und wir verlassen Reeces Büro.

»Ist wirklich alles okay?«, fragt sie mich, als sie mich durch die Geschäftsräume des Tease & Please führt. »Kosto ist bekannt für seine Spielchen. Dieser Mann ist intensiv!«

Erneut durchfährt mich ein Schauer.

Intensiv? Dieser Mann ist wie Feuer!

»Keine Sorge, mir geht es gut.« Ich grinse, als ich die gesamte Situation noch mal durchspiele. »Und dir später?«

»Du meinst, weil ich ungezogen war?« Sie grinst auch. »Mach dir keine Sorgen. Ich kann es gar nicht erwarten, dass mich Reece in die Finger kriegt.«

»Bitte erspar mir die Details«, sage ich so wie üblich. *Denn wer will schon wissen, wie sich die eigene Schwester mit ihrem Freund vergnügt?* Doch zum ersten Mal schießen mir nun Bilder durch den Kopf. Bilder, die ich nicht verdrängen kann. Die so wie Fotos, die man altmodisch entwickelt, immer schärfere Konturen annehmen.

Wie wäre es wohl, wenn mich dieser rothaarige Mann in die Finger bekäme? Und wahr machen würde, was mir sein Blick versprochen hat? Mit mir zu spielen …

KOSTOLANY

Fuck! Normalerweise habe ich mich und mein Verlangen im Griff. Ich habe Reece und Audrey zusammen gesehen und wollte nur einen Scherz machen. Es ist nicht das erste Mal, dass ich sie in einem ihrer kleinen schmutzigen Momente erwische. Die beiden sind wie zwei Magnete, die bei der erstbesten Gelegenheit aneinanderkleben. Und der ganze Klub zieht sie damit auf.

Aber dann habe ich *sie* entdeckt. Business-Audrey. Eine brünette Frau, die mir halb den Rücken zugewandt hat, ein Kostüm und Pumps trägt, schmale Schultern und einen runden Hintern hat. Und ich konnte mir diesen einen dummen Kommentar nicht verkneifen, sie hat geantwortet, und plötzlich habe ich einen Hunger verspürt, wie ich ihn seit einer Ewigkeit nicht mehr erlebt habe. Und er bleibt, obwohl sie nun mit Audrey den Raum verlassen hat. *Weil sie dir gehört, dir allein.*

Wie irritierend!

»Was sollte das eben?«, herrscht mich Reece an.

»War nur ein Scherz.«

»Hast du jemanden lachen hören?«

»Ihr habt gespielt, ich hab gespielt. Kein Grund, sich aufzuregen«, verteidige ich mich. »Komm mal runter!« *Sonst reagiert er doch auch entspannt.*

»Das mache ich erst, wenn sie dich nicht verklagt.«

Ich ziehe fragend die Augenbrauen hoch. »Warum sollte sie das tun?«

»Weil du, einer meiner besten Doms, sie sexuell belästigt hast.«

»Was habe ich?!« *Und wo sind die versteckte Kamera und derjenige, der jetzt ›Reingelegt!‹ ruft?* Ich habe wieder vor Augen, wie sie durch meine Nähe erzittert ist, und erinnere mich an dieses tiefe Verlangen in ihrem Blick.

»Du hast sie belästigt«, wiederholt Reece. »Ausgerechnet du, einer der Doms, der sich trotz seiner sadistischen Neigungen ausnahmslos an die Regeln hält, niemals Grenzen überschreitet, ein Meister darin ist zu erkennen, was sein Gegenüber will.«

»Falls du was mit den Augen hast: Wenn das eben Belästigung war, dann hat sie mich auch belästigt.« *Und darf es gerne wieder tun.*

»Willst du das ernsthaft diskutieren?«

»Ja, will ich.« Denn so einen Scheiß lasse ich nicht auf mir sitzen. Ich mag manchmal nicht ganz fair spielen, und ich liebe es, Grenzen zu verschieben, langsam und stetig. Aber ich bin niemand, der sich von Frauen einfach nimmt, was er will – obwohl ich es könnte. Ich liebe es viel zu sehr, dass sie mir mehr oder weniger freiwillig geben, was ich haben will. Und das hat die Schönheit eben getan.

»Fein, dann sag ich dir mal, was ich gesehen habe. Einen Dom, der in mein Büro platzt, keine Ahnung von nichts hat, sich Audreys Schwester schnappt, ihr die Hand an den Hals legt und sie würgt.«

Würgt? Na ja … Ansichtssache. »Es hat ihr gefallen.«

»Woher willst du das wissen?«

»Vielleicht weil ich im Gegensatz zu dir nur einen Finger breit von ihr entfernt stand.« *Jede Wette, sie ist feucht geworden.* Ich konnte ihren femininen Duft riechen, immer intensiver. Ich konnte unter meinen Fingerspitzen ihren rasenden Puls fühlen. Ihre Lippen mögen Stopp gesagt haben, doch ihr Körper hat mich angebettelt fortzufahren.

»Du checkst es nicht, oder?«, regt sich Reece weiter auf.

»Nein, ich passe. Was ist mir entgangen?«

Sein Blick bohrt sich in meinen. »Sie ist keine von uns.«

Was?! Die Worte treffen mich, als hätte ein Profispieler den Baseballschläger direkt in meine Magengegend gehauen. Ich verstehe plötzlich, warum er sich so aufregt. Und obwohl das nun wirklich krank ist, alles in mir will sie jetzt noch mehr. Eben hatte ich mich unter Kontrolle, doch nun werde ich hart, was Reece nicht entgeht. *Verdammt schlechtes Timing!*

»Falls du sie auch nur anfasst …«, sagt er warnend, wie ein großer Bruder, der seine kleine Schwester beschützen will.

Sofort schießt mir durch den Kopf, genau das wieder zu tun, und ich reibe mir über das Gesicht, um die Bilder von ihr zu vertreiben. »Verstanden«, sage ich ruhig.

»Hoffentlich, denn wenn es um Nikki geht, verstehe ich keinen Spaß.«

Nikki.

Es ist das erste Mal, dass ich ihren Namen höre. *Nikki Montgomery.* Ein starker Name für eine starke Frau. Er passt zu ihrer Person und verbirgt so gut, dass hinter dieser harten Schale ein kleines Kätzchen versteckt ist. *Mein* Kätzchen. *Kitty.* Und ich weiß, dass ich in Schwierigkeiten stecke, denn dieses Versprechen werde ich nicht halten können.

»Was suchst du überhaupt hier? Solltest du nicht im Klub sein?«, fragt Reece.

»Ich wollte mit dir über die Session mit meiner Spezialkundin sprechen.«

»Leonora? Die Millionärsgattin?«

Ich nicke. »Sie hat sich für nächste Woche was Besonderes gewünscht, und bevor ich zu weit gehe, wollte ich vorher mit dir durchsprechen, was ich geplant habe. Hast du Zeit dafür?«

Reece schaut in seinen Kalender und nickt. Hat er. Wunderbar, wir befinden uns wieder auf vertrautem Terrain.

Die nächste Stunde sprechen Reece und ich verschiedene Szenarien für die Session durch. Am Ende habe ich einen Maßnahmenkatalog, der mich einiges an Vorbereitungszeit kosten wird, aber für die Kundin ein unvergessliches Erlebnis verspricht.

Als ich das Büro verlassen will, hält mich Reece noch mal auf.

»Und nicht vergessen: Finger weg von Nikki Montgomery!«

»Ich hab's schon beim ersten Mal verstanden …«, murmele ich und gehe. *Bin schließlich nicht schwerhörig!* Doch ich fahre nicht sofort zurück in den Klub. Ich bin mir ziemlich sicher, dass Nikki immer noch hier ist, im Randall Tower, und ich mache mich auf die Suche nach ihr.

Jetzt, da ich weiß, dass sie nicht devot ist, muss ich sie einfach noch mal sehen, um sicherzustellen, dass es ihr gut geht. Denn ja, ich fordere meine Partnerinnen gerne heraus, habe jedoch keine Freude daran, sie zu brechen. *Wer es liebt, Dinge zu zerstören, sollte als Sprengtechniker arbeiten und nicht als Dom.*

Systematisch klappere ich die Besprechungsräume ab. Dabei platze ich in ein Meeting des Sicherheitsteams, muss mir einen verwirrten Blick von Audrey gefallen lassen und laufe sogar Ian, dem Firmenanwalt des Tease & Please, in die Arme, was mich eine Spur nervt, denn: *Herrgott noch mal, es ist Wochenende, warum arbeiten alle?!*

Fast befürchte ich, dass Nikki doch schon nach Hause gegangen ist. Es ist nach 18 Uhr, und sie wird sich was Schöneres vorstellen können, als ihren Samstagabend mit der Buchhaltung zu verbringen.

Ich habe jeden Raum durchsucht und bin kurz davor aufzugeben, bis mir einfällt, dass ich einen Ort ausgelassen habe: die Etage, die der Klub für das Recruiting von neuem Personal nutzt. Sie steht gerade leer und ist damit so ziemlich der ruhigste Ort zum Arbeiten, ohne von Vollidioten wie mir gestört zu werden.

Ich fahre mit dem Fahrstuhl eine Etage tiefer, gehe die verlassenen Gänge entlang und stoße vorsichtig die Tür zum Seminarraum auf, in dem die Tests für Doms und Subs durchgeführt werden. Und da entdecke ich Nikki, auf einem der Himmelbetten, im Schneidersitz, den Laptop auf den Beinen, in einer Insel aus Papieren. *Wie eine Göttin!*

Sie ist so in ihre Arbeit vertieft, dass sie mich nicht bemerkt. Lautlos bewegen sich ihre Lippen, als würde sie das, was sie liest, für sich mitsprechen. Volle sexy Lippen. Lippen, die ich auf mir spüren will. Und sie reibt sich über das Gesicht, eindeutig müde, was mir jetzt, auf den zweiten Blick, noch mehr auffällt als vorhin.

Reece macht sich also Sorgen um sie? Nun, dann sollte er jemandem, der einem geregelten Job nachgeht, keine Wochenendarbeit aufbrummen!

Lautlos verlasse ich den Seminarraum, fahre in die Etage, in der sich die Cafeteria befindet, kaufe ein paar Sandwiches, Salat, Obst und Wasser und fahre wieder zurück.

Nikki sitzt immer noch so da, wie ich sie eben vorgefunden habe. Doch als ich dieses Mal den Raum betrete, bemerkt sie mich und schaut auf.

»Was machen Sie denn hier?«, fragt sie und sieht sich um, als würde ihr bewusst werden, dass wir nun alleine sind.

Um ihre Ordnung nicht durcheinanderzubringen, ziehe ich das kleine Schränkchen mit den Spielsachen, die neben jedem Bett stehen, heran und stelle das Essen ab. »Ich hab mir gedacht, dass du Hunger hast«, duze ich sie einfach weiter.

»Aha«, macht sie nur, will nicht zu den Sachen schauen, die ich mitgebracht habe, aber tut es. Skeptisch. Was mich ärgert. *Glaubt sie, ich will sie vergiften?*

»Ich wollte mich außerdem für vorhin entschuldigen und sicherstellen, dass es dir gut geht«, schiebe ich hinterher.

»Ehrlich?« Sie prustet los, doch als ich sie sauer anschaue, fängt sie sich schnell. »Nur zu deiner Information: Sooo überwältigend bist du nicht. Danke für das Essen, ich hab echt Hunger. Aber ich bin ein großes Mädchen. Ich komm schon klar. Ohne dich.«

Einerseits bin ich erleichtert – und auch happy, dass sie mich nun ebenfalls duzt, als wären wir Freunde. Andererseits nervt mich ihre abgeklärte Art.

Die unnahbare Nikki …

»Iss was!«, sage ich.

»Ist das so ein Dom-Ding?«, zieht sie mich auf, aber greift nach dem Sandwich.

»Dom-Ding?«, tue ich unschuldig.

»Das Befehle-Geben«, sagt sie wie zu erwarten, während sie das Sandwich verschlingt, als hätte sie seit Tagen nichts gegessen. »Es macht dich an, richtig?«

»Vielleicht, vielleicht auch nicht. Du kannst mich ja testen«, sage ich provokativ.

»Wie das?«, fragt sie krümelnd.

»Tu nicht, was ich will, wenn du dich traust, und sieh dir an, was dann passiert.«

Sie leckt sich die Finger ab und blitzt mich an, offenbar mag sie Herausforderungen. »Okay. Was zum Beispiel?«, fragt sie.

Ich habe Reeces Warnung noch im Ohr. Das hier geht zu weit. Doch jetzt reizt es mich umso mehr herauszufinden, ob Nikki Montgomery nicht vielleicht doch devot ist. Wie ihre Schwester.

»Hör auf, an deinen Fingern herumzulutschen!«, verlange ich ruhig und mache gleichzeitig deutlich, dass es Konsequenzen hat, wenn sie das nicht tut. Jede Sub, die mit mir spielt, weiß, wie ernst ich das meine. Nicht Nikki. Die grinst nur. *Ahnungslos. Oder mutig.*

Sie nimmt ihren Finger tief in ihren Mund und lässt ihn dann feucht herausgleiten, nur um schließlich erneut daran zu saugen. »Huhuuu! Da krieg ich jetzt aber Angst!«

»Du willst mir nicht gehorchen?«

»Nein«, nuschelt sie, während sie immer noch auf ihrem Finger herumkaut. »Stört das den Dom in dir?«

Ich kann nicht anders. Mit einer schnellen Bewegung dränge ich sie auf dem Bett zurück und überwältige sie, wobei Papiere durcheinanderwirbeln. »Erwischt«, sage ich gefährlich leise.

Sie schluckt, atmet schwer, fühlt sich ganz warm und weiblich unter mir an. Und gut, unheimlich gut.

»Und was passiert jetzt?«, haucht sie, und ich kann förmlich hören, wie in ihrem Kopf zwei Stimmen miteinander streiten, die eine, die Hilfe holen will, und die andere, der das hier gefällt.

»Nun, was denkst du wohl?«, frage ich zurück und streiche ihr Haare aus der Stirn. *Was definitiv nicht das ist, was Reece mit ›Fass sie nicht an!‹ meinte.*

»I-i-ich werde bestraft?«, stammelt sie.

Ich nicke.

»W-w-wie?« Sie atmet tief durch. »Wenn du mir wehtust, renne ich zu Reece und –«

Ich lege ihr meinen Zeigefinger auf die Lippen und spüre ihren heißen Atem stoßweise entweichen. »Saug noch mal an deinen Fingern!«, befehle ich grinsend. »Und dann steck sie mir in den Mund!«

Ihr schockierter Gesichtsausdruck gefällt mir.

»Ich warte«, sage ich sanft.

»Was ist denn das für eine Strafe?«, fragt sie irritiert.

»Möchtest du lieber den Hintern verhauen bekommen?«

Sie schüttelt den Kopf auf dem Kissen.

»Dann tu, was ich will.«

Ich rechne mit Widerstand. Aber zu meiner Freude nuckelt sie wenig später wieder an ihrem Zeige- und Mittelfinger, lange, sehr lange, während ihr Blick zwischen meinen Augen und meinen Lippen hin- und herwandert, ganz klar am Überlegen, ob sie sich traut zu tun, was ich verlangt habe.

»Angst, Kitty?«, reize ich sie, weil das an ihrer starken Seite nagt. »Hat dir denn niemand gesagt, dass man nicht mit dem Feuer spielt, wenn man Angst hat, sich zu verbrennen?«

»Pah! Ich hab keine Angst«, sagt sie selbstbewusst, löst ihre Finger und fährt damit feucht über meine Lippen. *Zitternd.*

Der Kontakt brennt, ist so verdammt erotisch, dass es mich alles kostet, mich nicht zu bewegen, nicht mehr einzufordern.

Einladend öffne ich ihr meine Lippen, hole durch den Mund Luft und lasse sie meinen heißen Atem spüren, spiele so vorsichtig wie möglich, so vorsichtig wie nie.

»Und jetzt Angst?«, frage ich, weil sie zögert, den letzten Schritt zu tun.

Schwer atmend schiebt sie ihre Finger vorwärts, bis ihre Fingerkuppen meine Schneidezähne streifen. *Ja, jetzt hat sie Angst.* Sie will zurückzucken. Doch ich sehe die Bewegung kommen und packe Nikki am Handgelenk.

»Das war nicht der Deal«, knurre ich.

»Aber –«, beginnt sie.

Wie auch immer ihr Einwand weitergeht, sie bricht ab, als ich ihre Finger tief in meinen Mund aufnehme.

Ein kehliger Laut entschlüpft ihr, und wie überwältigt schließt sie ihre Augen.

Dachte ich mir doch, dass dir das gefällt!

Vorsichtig gleite ich mit meiner Zunge an ihren schlanken Fingern entlang, lasse mir Zeit, ihre salzige Haut zu schmecken, bis ich schließlich sanft daran sauge.

»Oh Gott!«, keucht sie, stemmt ihre freie Hand erst gegen meine Brust, packt mich aber dann, als wollte sie nicht, dass ich aufhöre. *So durchschaubar!*

Mit tiefer männlicher Zufriedenheit nehme ich wahr, wie ihr Körper unter mir wärmer wird, wie sie flacher atmet, wie ihr Geruch intensiver wird.

Vorsichtig beiße ich sie, fest, und sofort fliegen ihre Augen auf, und ihr unzufriedener Blick trifft mich. Ich spüre ihren Ärger, doch da ich wieder nur ihre Finger verwöhne, schmilzt sie erneut dahin, ist so unglaublich leicht zu beeinflussen …

»Bitte«, haucht sie plötzlich genießerisch, was mir den Schweiß auf die Stirn treibt und mich ihre Hand loslassen lässt. Weil ich, anders als geplant, bereit bin, ihr jeden Wunsch zu erfüllen. Ziemlich abgefuckt für mich.

»Schon vergessen? Das war eine Strafe, Kitty. Du wolltest spielen. Wir haben gespielt.«

»Ich will noch einen Versuch«, sagt sie hastig, als wäre sie auf den Geschmack gekommen.

»Du siehst müde aus«, wende ich ein. Für den Anfang sind wir weit genug gegangen.

»Trotzdem!«

Mir bleibt nur eine Option … »Okay«, sage ich.

»Ja?« Ihre Augen leuchten. »Was soll ich dieses Mal tun?«

»Ich möchte, dass du jetzt nach Hause fährst und schlafen gehst. Was auch immer du hier für Reece und Audrey erledigst, damit kannst du morgen weitermachen.«

»Das ist eine blöde Aufgabe. Ich hab noch nicht mal die Hälfte geschafft«, protestiert sie.

Sanft lege ich ihr meinen Finger auf die Lippen. »Nichts dazugelernt, Kitty?«

»Mmh …« Hinter ihrer Stirn arbeitet es. »Also wenn ich den Befehl nicht befolge, werde ich erneut bestraft, richtig?«

Ich nicke, zufrieden, dass sie allmählich begreift, wie das Spiel funktioniert.

»Und wenn ich ihn befolge, werde ich belohnt?«

Ich lache leise, weil klar ist, was ihr vorschwebt. Aber so läuft das nicht …

Ich beuge mich tiefer, bis meine Lippen ihr Ohr streifen und mir der Duft ihres Shampoos in die Nase steigt. »Du wirst nicht erneut bestraft. Das muss genügen. Also sei ein braves Mädchen.« *Und führ mich nicht länger in Versuchung …* »Abgemacht?«

Ich warte auf ihre Antwort und frage mich, ob ich mich weiter zurückhalten kann, falls sie wieder aufbegehrt. Doch da sagt sie bereits: »Okay.« Mit einer Stimme, die mich unglaublich erregt.

»Sehr gut«, lobe ich sie und rücke von ihr ab, damit sie aufstehen kann. »Hopp!«

Gehorsam richtet sie sich auf und sammelt die zerstreuten Papiere ein.

»Was tust du da?«, fragt sie verwundert, als ich ihr helfe.

Was denkt sie denn? Wir haben eben gespielt, und obwohl es ultrasoft war, möchte ich sicherstellen, dass es ihr gut geht. Schließlich ist all das neu für sie. »Ich begleite dich nach Hause. Was sonst?«

2. Kapitel

NIKKI

»Alles gut?«, fragt Kostolany an meiner Tür.

Wie man es nimmt. Die Hitze in mir ist mörderisch. »Ich krieg wirklich keine Belohnung?«

Er lächelt. »Nein, ich komme nicht mit rein.«

Die Enttäuschung darüber hinterlässt einen bitteren Geschmack auf meiner Zunge. »Nicht mal eine kleine?« Ich schlucke. »Bitte.«

Seufzend zieht er mich an sich, will mich jedoch Sekunden später schon wieder loslassen. »Reicht das?«

Kaum. Ich reibe meine Nase an seiner Brust. »Noch eine Minute.«

Er fährt mir durch die Haare, und wohlige Schauer rieseln mir über den Rücken. »Gut, eine«, sagt er. »Und dann versprich mir, schlafen zu gehen.«

Ich will protestieren, stehe aber wie unter einem Bann. »Versprochen«, sage ich. *Was tue ich hier nur?*

Die Minute verstreicht viel zu schnell. Er verabschiedet sich, ohne dass wir darüber gesprochen haben, ob wir uns wiedersehen, und ich bin plötzlich allein. Und sofort fehlt er mir. *Wie seltsam!*

Nur vor Erschöpfung schlafe ich ein, habe jedoch eine unruhige Nacht und werde schon kurz nach sieben wach. Für einen Sonntagmorgen verdammt früh.

Ich will wieder einschlafen. Als das nicht klappt, stehe ich auf.

Ich dusche lange, liebe, wie das Wasser über meine Haut rinnt, und muss plötzlich erneut an Kostolany denken. Eine tiefe Sehnsucht erfasst mich. Nach ihm, seiner Nähe, seinen Berührungen, dem Klang seiner Stimme, dem Gefühl seines Körpers. Obwohl ich sonst nichts von ihm weiß, außer dass er Dom im Tease & Please ist.

Wenn er hier wäre, könnte er zu mir unter die Dusche kommen, mir den Rücken einschäumen, meine Schultern massieren, an meinem Hals knabbern …

Lass das, Nikki! Das führt doch zu nichts!

Entschlossen drehe ich das Wasser ab, verlasse die Dusche, trockne mich ab und ziehe mir eines meiner eleganten Kostüme an. Arbeit ist Arbeit, und das ist meine Uniform dafür.

Ich mache mir Kaffee, esse eine Schüssel Porridge und fahre danach erneut in den Randall Tower, um das Chaos, das die Buchhaltung angerichtet hat, in Ordnung zu bringen.

Und dabei hoffe ich, Kostolany zu begegnen. Was natürlich Quatsch ist! Denn was auch immer der mit Reece besprechen wollte, wird er gestern geklärt haben und somit heute im Klub sein.

Überhaupt … Warum kann ich nicht aufhören, an diesen Mann zu denken? Zwischen uns wird nichts laufen. Er ist ein Dom! Einer, der mit Frauen Dinge anstellt, von denen ich keine Ahnung habe … Außerdem haben wir nicht mal unsere Nummern ausgetauscht. Ich bin ein Niemand für ihn. Ende.

Kopfschüttelnd vergrabe ich mich wie am Vortag in die Zahlen.

***

Ein Klopfen an der Tür lässt mich hochschrecken.

»Kostolany?«, rufe ich hoffnungsvoll, doch zugleich eine Spur ängstlich, da ich allein auf der Etage bin.

Die Tür schwingt auf, und Audrey erscheint. »Kostolany?«, wiederholt sie lachend meine Worte. »Hab ich da gestern was verpasst?«

Mist! Ich beiße mir auf die Zunge und kann nicht glauben, dass ich trotz der Menge an Arbeit diesen Mann nicht aus dem Kopf kriege. Könnte natürlich daran liegen, dass ich auf dem gleichen Bett sitze, auf dem er mich gestern Abend niedergerungen hat. Trotzdem! *Musste ich mich ausgerechnet vor meiner kleinen Schwester verplappern? Die mit dem Typen zusammenarbeitet?*

»Was führt dich zu mir?«, übergehe ich ihren Kommentar und tue so, als hätte ich nichts gesagt, beziehungsweise ihren Einwand nicht gehört.

»Ich dachte mir, ich bin deine Mittagspause.«

Ich mustere sie. Audrey trägt dunkelblaue Jeans und eine weiße Bluse – hat allerdings keine Tüte, keine Tasche, keinen Rucksack, nichts dabei.

»Und das Essen steckt in deiner Hosentasche?«, frage ich nach, beginne jedoch bereits alles zusammenzuräumen, weil ich jetzt, da sie das Wort ›Mittagspause‹ erwähnt hat, merke, wie hungrig ich bin.

Lässig zieht sie eine Kreditkarte aus ihrer hinteren Hosentasche. »In gewisser Weise … Der Klub zahlt.«

Sie inspiziert den Inhalt des Schränkchens, das neben dem Bett steht. »Da kommen Erinnerungen hoch«, murmelt sie.

»Dein Lady-Dom-Test war hier?«, frage ich. Das war mir gar nicht klar gewesen.

»Ja, war er«, sagt sie, nimmt ein paar Nippelklemmen und schnappt spielerisch nach mir, als wären wir wieder Kinder.

»Lass das!«, kreische ich.

Sie lacht. »Ich überprüfe nur, ob du auch devot bist.«

»Ich glaube, das funktioniert nicht bei Verwandten«, sage ich ebenfalls lachend. »Und jetzt komm, ich verhungere. Sei ein guter Lady Dom, nimm deine Fürsorgepflicht ernst und spendier deiner Schwester Lunch.«

Wir verlassen das Gebäude, und es tut gut rauszukommen, die Sonne auf der Haut zu spüren und durchzuatmen. Unter der Woche sitze ich schon nonstop in den klimatisierten Räumen der Bank. Umso wertvoller sind die Wochenenden.

Audrey kennt ein Restaurant in der Nähe, das zur Straße hin unscheinbar aussieht. Doch es hat einen sonnigen Innenhof. Und wir bekommen noch einen Tisch. Was daran liegt, dass Sonntag ist und das Geschäftsviertel der Stadt, anders als unter der Woche, wie ausgestorben ist.

»Ich kann dir die Burger empfehlen«, sagt Audrey. »Die machen hier aber auch original italienische Pizza.«

Mir läuft das Wasser im Mund zusammen. Beides klingt lecker. Ich entscheide mich für einen Burger mit Rucola und Gorgonzola. Audrey sucht sich eine Quattro-Formaggi-Pizza aus und winkt der Bedienung zu. Wir bestellen, und ich lehne mich in meinem Stuhl zurück und genieße die warmen Sonnenstrahlen auf meinem Gesicht. *Fast wie Urlaub!*

»So!«, meint Audrey und legt die Speisekarte weg. »Und jetzt verrate mir mal, warum du Kostolany erwartet hast.«

»Wen?«, stelle ich mich dumm.

»Dir ist klar, dass ich dich durchschaue, seit wir klein sind, oder? Außerdem funktionieren meine Ohren ausgezeichnet. Du hast vorhin eindeutig seinen Namen gerufen.« Ihre Augen funkeln, aber ihre Miene bleibt ernst. »Er ist nicht noch mal handgreiflich geworden, oder?«

Ich schweige, viel zu lange, um die Sache auf sich beruhen zu lassen.

»Du weißt, dass ich Journalismus studiert habe und hinter jedes Geheimnis komme«, hakt sie nach. »Also: Was ist zwischen dir und Kosto passiert?«

In dem Moment kommt schon das Essen. Ich hoffe, sie verliert den Faden. Doch sobald wir uns beide auf unsere Teller stürzen, bohrt sie weiter.

»Wir sind Schwestern, Nikki. Erzähl es mir!«

Audrey wird nicht aufgeben. Dafür bin ich ihr zu wichtig. Und dafür ist sie zu neugierig, und dafür verhalte ich mich zu geheimnisvoll.

»Du wirst mich für verrückt halten«, sage ich.

Denn ja, ich denke an Kostolany. Mein Verstand fleht mich förmlich an, dass ich mir diesen Mann aus dem Kopf schlagen soll. Er ist ein Dom, Herrgott noch mal! Das ist ein gewaltiger Grund, um sich von ihm fernzuhalten. Obendrein arbeitet er für das Tease & Please. Das heißt, sein Job ist es, anderen Frauen ihre erotischen Wünsche zu erfüllen. Er wäre nie ganz mein Mann, ich müsste ihn mit all diesen Fremden teilen. Aber da sind leider auch diese Gefühle, die er in mir ausgelöst hat. Heiß und aufregend und neu und besser als alles, was ich bisher kannte.

»Für absolut verrückt!«, bekräftige ich.

»Für so verrückt, wie du mich gehalten hast, als ich mit Reece was angefangen habe?«, meint sie nur.

»Punkt für dich.«

Ich reibe mir über das Gesicht, sammele mich und dann erzähle ich Audrey, was am Vorabend passiert ist. Nicht nur, was Kostolany getan hat, sondern auch, was seine Berührungen in mir ausgelöst haben, diese Mischung aus Angst und Lust, die so heftig war, dass ich selbst bei der Erinnerung daran leicht erschauere.

»Gefällt mir, dass er noch mal nach dir gesehen hat«, meint Audrey, als ich fertig bin.

»Mir auch.«

»Aber …«

Jetzt kommt's! »Aber?«

»Ich halte dich nicht für devot, und ich kenne wiederum Kosto und weiß, wie er tickt. Reece hat ihn nicht ohne Grund gebeten, die Finger von dir zu lassen. Es tut mir leid, dir das zu sagen, doch diesen Mann solltest du dir aus dem Kopf schlagen.«

»Ich weiß«, seufze ich. »Bin dabei.« *Nur wie?*

Die Frage verfolgt mich die ganze kommende Woche.

KOSTOLANY

Für die Session mit der Millionärsgattin habe ich wie letztes Wochenende mit Reece abgesprochen spezielle Fesseln, abgewetzte Möbel und brackiges Wasser für modrige Raumluft besorgt und bin nun in einem der Spielzimmer des Klubs, um alles herzurichten. Sie will es schmutzig, und sie kriegt es schmutzig – und dabei zu einhundert Prozent safe.

Wenigstens eine Sache, die so läuft, wie sie soll.

Es ist Samstag, und Leonora erwartet etwas Besonderes. Ich habe fest vor, sie dazu zu bringen, gleich zu Beginn der Session einen Fehler zu machen. *Das wird ein Spaß!*

Dummerweise denke ich an Nikki, während ich den Raum umstelle und alles, was zu nett und kuschelig aussieht, entferne. Und ich ärgere mich, dass ich sie nicht einfach nach ihrer Nummer gefragt habe, egal was ich Reece versprochen habe. *Nicht gut.*

Meine Konzentration sollte auf dem anstehenden Job mit der Millionärsgattin liegen. Sie ist eine unserer Brillant-Deluxe-Kundinnen. Das heißt, sie zahlt zehntausend Dollar pro Monat, und für das Geld erhält sie, was immer sie will. Aber ich bin nicht voll und ganz bei ihr.

Ich habe mich erkundigt. Nikki war am Sonntag erneut im Randall Tower, wo sie den Job für Reece beendet hat. Leider haben sich unsere Wege dieses Mal nicht gekreuzt. Ich hatte die ganze Nacht Sessions und habe dann geschlafen, während sie gearbeitet hat. Wobei das vielleicht gut ist, schließlich ist sie ganz anders als meine vorherigen Subs.

Seit Montag arbeitet sie wieder in der Bank – und das heißt, dass sie nicht mehr auch nur in die Nähe des Tease & Please kommen wird. Sie ist nur eine flüchtige Bekanntschaft. Dennoch kann ich sie nicht vergessen. Meine volle Aufmerksamkeit müsste der anstehenden Session gelten, doch ich denke, wann immer ich Audrey sehe, automatisch an Nikki, die Business-Version von Reeces Freundin, die in meinen Augen viel perfekter, viel reizvoller, viel schwieriger zu erobern ist.

Klasse!

Ich habe noch genau in Erinnerung, wie sich ihr Körper unter meinem angefühlt hat. Und ich träume nachts davon, ihr diese langweilige Bluse aufzuknöpfen und ihr mit den Ärmeln die Hände hinter ihrem Rücken zusammenzubinden. Ich träume davon, mit ihren Nippeln zu spielen, die so verlockend hart geworden sind. Und – neu für mich – ich träume davon, mich zur Quelle ihres Duftes zu lecken und den Ursprung zu erkunden. Was ich sonst nie mache!

»Erde an Kostolany!«, reißt mich eine Frauenstimme aus meinen Gedanken.

»Nikki?«, frage ich dabei im ersten Augenblick, weil beide Frauen so ähnlich klingen, und räuspere mich, als ich meinen Fehler bemerke. »Oh, hi, Audrey. Hab ich irgendeine Sicherheitsregel missachtet?« Audrey ist Teil des Sicherheitsteams und ist vor allem dann im Klub unterwegs, wenn das neue supermoderne Sicherheitssystem, das sie mit Ian installiert hat, Alarm schlägt.

»Können wir kurz reden?«, fragt sie mich und gibt mir mit einer Kopfbewegung zu verstehen, ihr in ihr Büro zu folgen.

»Sicher«, sage ich locker, wische mir meine staubigen Hände an einem Handtuch ab und laufe ihr hinterher. Dabei ist das ungewöhnlich. »Ist mit Nikki alles okay?«

Sie schweigt, was mich nervt. Denn irgendwas ist hier im Busch.

»Hey!«, rufe ich und packe sie an den Schultern, damit sie stehen bleibt. »Was soll der Scheiß? Geht es Nikki gut?«

»Au!«, macht sie nur und funkelt mich sauer an. »Wie soll ich das Reece erklären? Du weißt, dass mich niemand von euch anfassen darf!«

»Das war doch gar nicht so schlimm«, spiele ich die Situation herunter.

»Ach ja?« Sie zieht an ihrem Shirt, und wir sehen beide den Abdruck, den meine Hand an ihrem Arm hinterlassen hat. *War ich wohl doch zu grob!*

»Fuck, das tut mir echt leid, wirklich«, fluche ich und reibe mir über das Gesicht. Reece und ich verstehen uns eigentlich ganz gut. In Bezug auf Audrey wird aus ihm, dem Kuschel-Dom, wie ich ihn nenne, jedoch ein noch größerer Bastard, als ich es bin. Sprich jemand, mit dem man es sich besser nicht verscherzt. Wobei ein Arschtritt von ihm kein

Drama wäre. Seit Monaten arbeite ich an Plänen für ein eigenes Business. Die könnte ich dann viel schneller umsetzen. *Nur den nie enden wollenden Pool an willigen Spielpartnerinnen würdest du vermissen …*

Audrey geht wortlos weiter. Bis wir in ihrem Büro sind, das, soweit ich weiß, nicht überwacht wird.

»Mach die Tür hinter dir zu!«, tönt sie mit einer Autorität in der Stimme, die man dieser zierlichen Person nicht zutrauen würde.

Sie schüchtert mich nicht ein, dazu braucht es mehr, aber ich tue, was sie sagt. Bisher sind wir gut miteinander ausgekommen. Das soll sich nicht ändern.

»Was läuft da zwischen dir und Nikki?«, fragt sie, sobald wir unter uns sind. Sie zieht ihr Shirt aus und holt sich aus dem Bürokühlschrank ein Gelpack, weiß genau, wie sie den Abdruck, den ich auf ihrem Arm hinterlassen habe, abmildern kann.

»Nichts«, entgegne ich. *Die Wahrheit.*

»Oh bitte, Kosto! Ich hab Augen und Ohren. Du rastest sonst nie aus. Und ich habe definitiv nicht nichts an meinem Arm, für das ich Reece nachher was vormachen muss. Also?«

Will sie mich verarschen? »Nichts«, wiederhole ich, während Wut in mir aufkeimt. »Ich hab dich gefragt, ob es Nikki gut geht, und du gibst mir verfickt noch mal keine Antwort. Das ist los. Da kann Mann schon mal durchdrehen.«

»Warum willst du das wissen? Ihr kennt euch doch kaum.«

»Was kostet es dich, mir einfach zu antworten! Ich frag ja nicht nach ihrem E-Mail-Passwort. Oder wirst du neuerdings zur Sadistin? Macht dir das hier Spaß? Hab ich dir was getan? Was, Audrey?«

Ich verstehe überhaupt nicht, warum sie mich so hinhält. Klar ist mein Interesse ungewöhnlich. Ich bin im Klub nicht als jemand bekannt, der sich außerhalb seines Jobs nach Gästen oder Kollegen erkundigt. Es interessiert mich normalerweise nicht. Aber so daneben, wie sie tut, ist die Frage nun auch wieder nicht.

»Sie arbeitet zu viel«, meint Audrey seltsam entspannt und legt den Kopf schief, als würde sie meine Reaktion darauf studieren.

Frauen und ihre Spielchen! »Das dachte ich mir. Also geht es ihr nicht gut?«, hake ich nach, will eine klare Antwort.

»Sie macht nicht oft genug Pausen.«

»Ach was!«

»Sie braucht jemanden, der aufpasst, dass sie sich nicht überfordert.«

»Da bin ich ganz deiner Meinung.« *Mich.*

»Das würde sie allerdings niemals laut zugeben. Wir Montgomery-Frauen sind ziemlich stur, und Nikki ist verdammt stolz auf das, was sie erreicht hat.«

»Und das zurecht.« Schließlich arbeiten die wenigsten Frauen als Analystin.

»Aber sie braucht niemanden wie dich, Kosto«, sagt sie ruhig.

Was?! Das kam aus dem Nichts. »Wie meinst du das?«

»Sie hat mir erzählt, was passiert ist.«

»Hat sie das?« Irgendwie kann ich mir das nur schwer vorstellen.

»Klar, hat sie. Schau nicht so! Wir sind eine Familie und wie beste Freundinnen. Wir erzählen uns alles. Ja, da war was zwischen euch. Aber sie will das nicht vertiefen. Tut mir leid, Kosto. Du musst sie dir aus dem Kopf schlagen.«

Erst denke ich, das ist eine Ausrede, weil sie mich genau wie Reece von ihr fernhalten will. Alle hier im Klub wissen, dass mein Geschmack in puncto Frauen speziell ist. Ja, ich führe auch Sessions mit Anfängern durch, zu wahrer Hochform laufe ich jedoch bei sadistischen Spielchen auf.

Dann merke ich, was viel wahrscheinlicher ist: dass ich offensichtlich die Zeichen falsch gedeutet habe. Nikki hat erahnen können, wie abgefuckt ich bin, und lässt die Finger von mir, bevor sie sich verbrennt. Überhaupt: Wie wahrscheinlich wäre das auch, dass beide Schwestern kurz hintereinander entdecken, dass sie devot sind? Es gibt schließlich kein Gen dafür! Gut, dass wir beim letzten Mal nicht weiter gegangen sind.

»Hey, tut mir leid«, sagt Audrey ernsthaft bedauernd, und ich muss lachen, als sie, der Ein-Meter-sechzig-Zwerg, zu mir Riesen kommt und mich tröstend in den Arm nimmt. »Du findest schon jemanden, den du ein Leben lang verhauen kannst und der dich dafür liebt.«

Klar, nur erst mal muss ich die Business-Variante von der Frau, die mich gerade umarmt, aus dem Kopf kriegen.

Es ist bisher noch nie vorgekommen, dass mich jemand so umgehauen hat, dass alle meine Instinkte gesagt haben: die oder keine. *So ein Mist!*

Das einzig Gute ist, dass die Wahrscheinlichkeit, Nikki in Zukunft zu begegnen, gleich null ist. Was es leichter macht, über sie hinwegzukommen. Schließlich ist ihr Job für den Klub abgeschlossen, und bei Familienfesten von Reece und Audrey werden Ian und seine neue Flamme Catherine eingeladen, nicht so abgefuckte Typen wie ich.

Tja, das war's dann wohl.

3. Kapitel

NIKKI

Eine Woche ist seit der Begegnung mit Kostolany vergangen. Eine Woche, die so verlaufen ist wie immer. Arbeitsreich, anstrengend – und eintönig. Ich müsste diesen Mann vergessen, doch stattdessen denke ich mit jedem Tag intensiver an ihn.

Ich weiß, was ich Audrey gesagt habe. Dass das mit Kostolany und mir nichts wird. In dem Moment habe ich das auch geglaubt. Aber irgendwie kann ich meinen Körper nicht davon überzeugen, dass das eine gute Entscheidung ist. Denn ich verzehre mich nach der Berührung seiner Hände, seiner Nähe und der Art, wie er mich so komplett durcheinanderbringt!

Besonders schlimm ist es, während der Minuten kurz vor dem Einschlafen. Dann fantasiere ich mir alles Mögliche zusammen.

Ihn nur noch einmal sehen …

Seinen Geruch inhalieren …

Von diesem Blick durchdrungen werden!

Bis ich diesen Zustand nicht länger aushalte. Am Samstagnachmittag rufe ich meine Schwester auf ihrem Handy an.

»Ist Kostolany heute Abend im Klub?«, komme ich direkt zur Sache.

»Ist er, aber … Stopp mal!«, bremst mich Audrey und ahnt sofort, warum ich mich melde. »Nein, du wirst nicht herkommen!«

»Und ob! Wolltest du nicht immer, dass ich was anderes als Arbeit im Kopf habe? Glückwunsch, du hast es geschafft!«

Bevor sie anfängt, mit mir zu diskutieren, lege ich auf. Gemein von mir, aber effektiv. Und als sie zurückruft, stelle ich mein Telefon stumm.

Weiß ich, dass das hier verrückt ist?

Ja, und wie!

Aber ich fühle mich plötzlich wahnsinnig gut und fit, und so wie schon letzte Woche im Randall Tower ist die Müdigkeit, die seit Monaten mein ständiger Begleiter ist, wie weggeblasen.

Ich summe leise vor mich hin, während ich ins Bad gehe, um zu duschen und mir die Beine zu rasieren.

Ja, ich werde Kostolany wiedersehen!

Mein Herz klopft schneller und schneller …

***

Als ich eine Stunde später mit meinem Lexus vor den verschlossenen Toren des Tease & Please halte, verfliegt meine Entschlossenheit.

»Sie stehen nicht auf der Liste, Ms Montgomery«, sagt ein Mann von der Einlasskontrolle. »Wenn Sie nicht freiwillig wegfahren, muss ich die Polizei rufen.«

Echt? Als wäre der Klub ein Militärstützpunkt! Mir war nicht klar, dass die es mit der Sicherheit so genau nehmen. »Könnten Sie noch mal nachschauen?«, bitte ich ihn. »Das muss ein Missverständnis sein. Ich bin die Schwester von Audrey.«

»Das habe ich schon, Ms Montgomery. Drei Mal. Es tut mir leid.«

»Helfen die hier?« Kokett hebe ich meine Brüste an.

Er schüttelt den Kopf. Doch bevor ich mein unmoralisches Angebot nachdrücklicher unterbreiten kann, lässt mich ein vertrautes Frauenlachen innehalten.

»Nikki Montgomery, mir früher Vorhaltungen machen, dass man Sex nicht als Waffe einsetzen darf, und jetzt selbst diese Nummer abziehen.«

»Oh, hi, Audrey!«, sage ich zu meiner Schwester, die die geschwungene Auffahrt zu Fuß runterkommt, so als hätte sie im Klub mitgekriegt, dass ich vor dem Tor stehe.

»Louis, das ist okay«, sagt sie locker. »Du kannst sie durchlassen. Sie will nur zu mir.«

»In Ordnung. Warten Sie, ich lass das nur noch von Mr Randall verifizieren.«

Sie wirft ihm einen strengen Blick zu. »Nicht, Louis! Das hier soll eine Überraschung für ihn werden. Zwei Miss Montgomerys für den Master. Ruinieren Sie mir das bitte nicht.«

»Oh, ach so … Na dann!«, stammelt er, während ich knallrot anlaufe.

Seit wann kann Audrey so gekonnt lügen? Überhaupt: Wie kommt es, dass meine kleine, unschuldige Schwester so abgeklärt geworden ist? Der Klub tut ihr gut, denn die schüchterne Frau strafft mit jedem Tag mehr ihre Schultern und mutiert zu einer Kämpferin. Während ich es bin, die sich nun unsicher fühlt.

»Zwei Miss Montgomerys?«, raune ich ihr zu.

Sie steigt in meinen Wagen, während sich die schmiedeeisernen Tore öffnen. »Fahr einfach, bevor Louis es sich anders überlegt. Mir ist auf die Schnelle nichts Besseres eingefallen.«

»Aber wird das nicht rauskommen?«, frage ich nach, während ich bereits im Schritttempo aufs Grundstück rolle.

»Keine Sorge. Bis auf Ian wagt es keiner der Angestellten, sich in Reeces Sexleben einzumischen.«

Audrey lotst mich zu den Mitarbeiterparkplätzen. Wir halten seitlich der nachgebauten Renaissance-Villa. Ich stelle den Motor ab, wir steigen aus, und ich falle ihr um den Hals. »Danke, danke, danke, dass du mir doch hilfst.«

»*Das* hab ich noch nicht entschieden«, bremst sie meine Euphorie.

»Aber du hast mich reingelassen«, wende ich ein.

»Weil ich dich schlecht vor dem Tor parken lassen kann. Jeden Augenblick kommt eine unserer Brillant-Deluxe-Kundinnen. Alle sind nervös. Musste das sein?«

»Also hilfst du mir nicht?«

»Ich weiß noch nicht.« Sie führt mich in ihr Büro, einen gemütlich eingerichteten Raum mit einem Schreibtisch, einer Sitzecke und einem Sofa, der bis auf ein paar herumliegende Seile und Paddles nicht erahnen lässt, was drei Zimmer weiter vor sich geht. »Du meintest zu mir, dass das zwischen Kosto und dir vorbei ist. Und jetzt tauchst du hier einfach so auf! Obwohl ich es dir verboten habe!«

Stimmt, solche Aktionen mache ich üblicherweise nicht.

»Er ist ein Dom, falls du das vergessen haben solltest«, führt Audrey ihre Standpauke fort. »Einer, der seine Subs extrem gerne quält.« Sie schluckt. »Ich will nicht, dass du was mit ihm anfängst.«

Für einen Moment bin ich sprachlos. Dann verängstigt. Und letztlich noch neugieriger auf diesen Mann. *Wie abgefahren ist das denn?*

»Falls es dich beruhigt: Ich bin nicht hier, damit er krankes Zeug mit mir anstellt. Ich will ihn einfach nur sehen. Geht das nicht?«, bleibe ich stur.

Audrey fährt sich über das Gesicht und seufzt. Ich höre, wie ihr jemand über das Gerät in ihrem Ohr etwas mitteilt, und merke, dass sie eigentlich los will, meinetwegen jedoch an der Tür stehen bleibt.

»Du hast ein unglaublich schlechtes Timing. Weißt du das? Kosto hat gerade eine extrem wichtige Kundin, die für ihre zehntausend Dollar im Monat was geboten bekommen will, wenn du verstehst, was ich meine. Schon normale Samstagabende sind hektisch, aber heute ist es noch krasser als sonst. Der Klub ist rappelvoll, und ich hab jede Menge zu tun.«

»Kein Problem, dann erledige deinen Job. Ich komme allein klar«, biete ich an.

Sie schüttelt den Kopf. »Ich kann dich doch nicht einfach hier herumlaufen lassen, Nikki! Du kennst nichts von all dem, weißt nur die drei Brocken, die ich dir damals erzählt habe, als ich mich für die Stelle als Lady Dom beworben habe. Das ist ein BDSM-Klub. Noch dazu der exklusivste der Stadt. Für den sowohl Mitarbeiter als auch Gäste im Vorfeld umfangreiche Sicherheitsprüfungen absolvieren müssen.«

Ich bin kurz davor, mein Vorhaben aufzugeben, weil ich merke, unter welchem Druck Audrey steht. Allerdings nur kurz.

»Du tust ja so, als wäre ich die kleine Schwester und nicht du«, gebe ich zurück. »Meinen Background kennst du besser als es je ein Test zeigen könnte. Du bist quasi ein menschlicher Verifizierer dafür, dass ich in Ordnung bin. Und hast du vergessen, wie viele Affären ich hatte? Ich bin, was Sex angeht, nicht prüde. Ich kenne Fifty Shades of Grey und, obwohl ich das nicht dachte, jemals laut zugeben zu müssen: Ich hab auch schon krasse Pornos gesehen. Ist das nicht ähnlich? Ich will ja nicht das Versuchsobjekt für jemanden spielen, sondern Kostolany sehen, nur kurz, für fünf Minuten.« Ich merke, wie sie weich wird. »Fünf, Audrey, nicht mehr. Bitte, bitte, bitte!«

»Fünf?«, wiederholt sie.

»Ja!« Ich bin erleichtert. »Nur fünf. Ich husch da rein, schau mich um und bin wieder weg, bevor jemand merkt, dass ich überhaupt da war.«

»Schwör mir das!«

»Ich schwöre es, Audrey.«

»Puh!« Wieder spricht ihr jemand was ins Ohr. Man wartet auf sie. »Ja, ich bin auf dem Weg!«, antwortet sie in ein Mikro und sieht dann mich an, gestresst und unglücklich. »Ich habe nicht die Zeit, dir alles haarklein zu erklären, und das wird vermutlich der zweite schwere Fehler heute Abend sein, nachdem ich dich hier überhaupt reingelassen habe. Aber es geht jetzt nicht anders. Oberste Regel: Rede nur mit dem Personal. Du erkennst die Subs an schlichten schwarzen Halsbändern und die Doms an eleganten Herrenuhren. Damit du nicht auffällst, geb ich dir ein Mitgliederhalsband, das dich als Sub ausweist.« Sie reicht es mir. »Und damit du gleich zu den anderen Gästen passt, hoffe ich, dass nicht nur deine Beine rasiert sind, sondern du auch den Rest von dir in Schuss gebracht hast.«

»Spielst du auf eine Intimfrisur an? Wieso das denn?«, frage ich.

»Weil im Klub keiner Straßenkleidung trägt. Also zieh dich aus!«

Was?! Ich bin nicht prüde und mag meinen Körper, der trotz der vielen Büroarbeit gut in Schuss ist, doch darauf bin ich nicht vorbereitet. Und wenn ich mir vorstelle, Kostolany so über den Weg zu laufen, wäre das … unglaublich heftig und heiß und würde alles verändern.

»Kann ich nicht hier über die Kameras zuschauen, was im Klub passiert?«, rudere ich etwas zurück.

»Sorry, du willst gucken, dann guck richtig oder geh wieder! Im Büro kann ich dich auf keinen Fall allein lassen. Hier liegen zu viele sensible Informationen herum. Außerdem besteht die Gefahr, dass Reece unangemeldet auftaucht, und wie du ihm dann deine Anwesenheit erklären willst, das möchte ich mal wissen! Mit einem Lächeln? Eher nicht. Deine Entscheidung«, sagt sie.

Ich atme tief durch und beginne, mich auszuziehen.

Entscheidung getroffen.

***

Keine fünf Minuten später bin ich nackt. Bis auf ein hauchdünnes Tuch, das mir Audrey erlaubt hat, um die Hüften geschlungen zu tragen, und ein elegantes rotes Lederhalsband, das mich als Sub kennzeichnet. Ein Halsband, das sich unglaublich gut anfühlt. *Seltsam gut. Ganz anders als Modeschmuck.*

Ich würde zu gerne mit Audrey darüber sprechen, aber sie hat keine Zeit. Sie schleust mich an der Rezeption des Klubs vorbei, wo der Schwindel auffliegen würde, und begleitet mich direkt zum offiziellen Bereich des Tease & Please, sagt mir, wo ich hingehen muss, und ist dann weg.

Worauf habe ich mich da nur eingelassen?

Für einen Moment überlege ich umzukehren. Noch habe ich diese *eine* Grenze nicht überschritten. Ich bin Analystin. Ein Zahlenmensch. Ich tue keine verrückten Sachen.

Doch die Neugierde siegt.

Ich betrete das Tease & Please und sehe mich um.

Sofort fällt mir die Trennung zwischen Gemeinschafts- und privaten Räumen auf. Und wie voll es ist.

Leicht bis gar nicht bekleidete männliche und weibliche Subs und elegant angezogene Doms und Dominas vergnügen sich, unterhalten sich, spielen oder haben einfach nur eine entspannte Zeit, ohne sich Sorgen darüber machen zu müssen, dass sie für ihren Fetisch verurteilt werden.

So als wäre ich öfter hier im Klub, bewege ich mich durch die Welt, in der meine Schwester seit Neuestem zu Hause ist. Doch dabei fällt es mir schwer, cool zu bleiben.

Ich kann nicht verstehen, wieso es jemand mag, auf Knien herumzurutschen.

Mir ist unbegreiflich, wie jemand einen Blowjob anbieten kann, wenn er dabei kaum Luft kriegt – und weinen muss!

Und ich kann mir nicht vorstellen, was an Schlägen auf den Hintern prickelnd sein soll.

Wieso stöhnt dann aber diese asiatische Frau vor Wonne? Warum bettelt das Mädchen mit den verheulten Smokey Eyes um mehr? Und wieso windet sich die Rothaarige so lasziv, als sie mit dem Rohrstock bearbeitet wird?

Und was mich am meisten wundert: *Warum genügt das vielen?*

Irgendwie hatte ich immer gedacht, dass beide Partner während oder nach einer Session Sex haben. Aber das sehe ich nur selten, dafür unverhältnismäßig viele Blowjobs und den Einsatz von Dildos und anderen Sextoys.

Kein Wunder, dass Audrey gezögert hat, mich hier herumspazieren zu lassen! Kein erotischer Roman und kein Porno der Welt bereiten einen darauf vor.

Als ich die Bar finde, einigermaßen vertrautes Terrain, steuere ich sie wie eine rettende Insel an.

Ich setze mich auf einen der Barhocker und suche die Menge nach Kostolany ab. Audrey hat gesagt, dass er heute Abend eingeteilt ist, und ich erinnere mich an meinen Vorsatz, ihn nur kurz sehen zu wollen und dann von hier zu verschwinden.

»Lust zu spielen?«, spricht mich ein Dom des Klubs von der Seite an. Zutraulich legt er mir seine Hand auf den Rücken, und ein irritierend wohliger Schauer durchschießt mich. *Muss die Aufregung sein!*

»Erst mal nicht«, sage ich und bin dankbar, dass ich den Satz ganz locker über die Lippen gebracht habe – und keineswegs so aufgewühlt, wie ich mich gerade fühle.

»Wenn du es dir anders überlegst: Ich bin die nächsten Minuten dort drüben bei der Streckbank.«

»Klar«, sage ich, während mein Verstand im Stillen wiederholt: ›Ich bin dort drüben bei der Streckbank?!‹

»Was möchten Sie trinken?«, fragt mich der Barkeeper.

Mir ist nach Wodka Shots, jeder Menge davon. Aber mich hier in diesem Klub und in diesem Outfit mit Alkohol zu betäuben, scheint mir keine gute Idee zu sein. »Wasser mit einem Schuss Zitrone«, sage ich daher.

Abwartend sieht er mich an.

»Bitte«, füge ich als Zauberwort hinzu.

Die Augen des Typen funkeln amüsiert. »Kommt sofort, Kleines.«

Kleines? Ich muss mir auf die Zunge beißen, um keine Szene zu machen.

»Und jetzt trink!«, sagt er, als er mein Getränk vor mir abstellt.

»Wieder ein Befehl?«, kann ich mir nicht verkneifen.

»Probleme damit?«, gibt er gut gelaunt zurück. »Schon vergessen? Wer nicht gehorcht, bekommt Ärger!«

Erst da wird mir klar, dass er mit mir flirtet. *Normalerweise checkst du das schneller, Nikki.* Er weiß, dass ich als Sub hier bin – und die stehen auf eine gewisse Art Ärger.

»Kein Problem«, sage ich, drehe der Bar mit meinem Glas in der Hand den Rücken zu und lasse erneut meinen Blick über die Menge schweifen.

Und da ist er plötzlich. Kostolany! In einem dunklen seine Schultern betonenden, perfekt sitzenden Anzug und einem weißen Hemd mit offen stehendem Kragen. Mit einer älteren mit Klunkern und Juwelen behangenen Frau, die er auf allen vieren an einer Leine durch den Raum führt – und die rote Striemen auf ihrem Rücken und ihrem Hintern hat.

Schock, Eifersucht und Lust durchdringen mich.

Moment mal: Lust?

Ja, Lust!

Ich muss meine ganze Willenskraft aufbringen, um auf dem Barhocker sitzen zu bleiben und weiter gespielt cool an meinem Zitronenwasser zu nippen, während die Szene auf mich eine so starke Sogwirkung ausübt, dass alles in mir aufstehen und sich den beiden anschließen will.

Wie verrückt ist das denn?!

Kostolany und die Frau durchqueren den Raum, ohne sich von den anderen Gästen oder der Aufmerksamkeit, die sie erregen, aus der Ruhe bringen zu lassen. Sie wirken wie eine Einheit, verstehen sich ohne Worte, haben etwas, das ich plötzlich auch haben will. Und dann verschwinden sie in den Bereich des Klubs, wo sich die privaten Spielzimmer befinden, die ich vorhin bei meinem kleinen Rundgang entdeckt habe.

Geh jetzt, drängt mich mein Verstand. *So wie du es Audrey versprochen hast. Reinhuschen, ihn sehen und wieder verschwinden – und keiner bekommt Ärger.*

Aber ich kann nicht.

Wie verzaubert leere ich mein Glas, rutsche vom Barhocker und folge Kostolany und der Frau – und der Spur ihres altmodischen Parfüms.

Kehr um!, sagt mir eine Stimme.

Nur ein Blick, bettelt eine andere – und gewinnt.

Beim letzten Spielzimmer des Klubs stehen die Türen offen, und ich betrete es. Die Temperatur im Raum ist kühler, die Luft feuchter und muffiger – und das Licht ist so eingestellt, dass man nur die Sachen sieht, die sich im Lichtkegel der von der Decke baumelnden Glühbirne abspielen. Zwischen Kostolany und der Juwelenfrau.

Geh, Nikki!, bekniet mich die Stimme der Vernunft. *Du hast genug gesehen. Das hier, das geht dich nichts an.*

Doch ich bleibe und verdrücke mich in eine dunkle Ecke des Raums, in der mich keiner der beiden sehen kann.

»Gnade«, fleht die Sub.

Kostolany lacht. »Wieso? Du weißt, was mir dein Mann genommen hat?«

Sie schnappt nach Luft, will protestieren, verkneift es sich jedoch.

»Also werde ich dafür sorgen, dass ich ihm etwas von gleichem Wert entwende.« Er drückt sie auf den Boden. »Leck die Flecken auf, die die Schlampe vor dir hinterlassen hat.«

»Aber –«

»Auflecken, Zuckerpüppchen!«, grollt er, fasst ihr in den Nacken und presst ihr Gesicht in den bräunlichen Schleim auf dem Boden.

»Gel–«, beginnt sie, doch bevor das Wort über ihre Lippen kommt, drückt Kostolany sie so weit runter, dass es in einem Keuchen untergeht.

»Sollte das eben ›Gelb‹ heißen? Ich hab mir so viel Mühe mit dem Setting gegeben, weil ich weiß, was du magst und verträgst. Verdirb uns nicht den Spaß.«

»Aber es schmeckt widerlich«, wimmert sie.

»Wenn das das einzige Problem ist …«

»Und das Zeug ist glibberig.«

Er lacht rau, fasst ihr zwischen die Beine und zeigt ihr seine feuchten Finger. »Wie der Muschisaft, der dir die Schenkel runterläuft. Was wolltest du mir also gerade sagen? Bestimmt nicht Gelb?«

»N-n-nein, Master.«

»Sondern?«

»Geld«, sagt sie, als würde das unsichtbare Drehbuch nun wieder weiterlaufen. »Mein Mann hat Geld. Er gibt dir welches, wenn du mich freilässt.«

Grinsend tätschelt er ihr die Wange. »Glaubst du, das ist es, was ich will? Momentan machst du mich am glücklichsten, wenn deine Zunge den Boden aufleckt. So gründlich wie möglich. Verstanden?«, donnert er, greift in ihre Haare und reißt ihren Kopf zurück, um ihr in die flehenden Augen sehen zu können.

»Verstanden, Master.«

Kostolanys Auftreten schockiert mich. Er ist ganz anders als mit mir. Viel brutaler, unnachgiebiger, härter. *Und heißer.*

Plötzlich taucht Audrey auf.

Mir bleibt das Herz stehen, und ich verdrücke mich tiefer in den Schatten. *Sucht sie mich? Kriege ich Ärger? Macht sie mir eine Szene?*

Doch sie tauscht lediglich einen Blick mit Kostolany aus, und mir wird klar, dass sie sich nur davon überzeugt, dass alles in Ordnung ist.

Kostolany nickt, gibt Entwarnung, Audrey geht, und er bereitet nun lautstark die Streckbank vor.

Die Kundin bekommt es mit und schaut auf.

»Hat dir jemand erlaubt aufzuhören?«, blafft er sie an.

»Nein, Master.«

»Dann mach weiter, oder du wirst es bittersüß bereuen.«

Die Worte verbergen nicht, wie sehr Kostolany die Situation mit dieser Frau genießt – und wie sehr er möchte, dass ihr ein Fehler unterläuft, damit er sie auf seine Art sanft quälen und erotisch strafen kann. Und das wird mir zu viel.

Die Rohrstock schwingenden Irren da draußen im Klub? Mit denen komme ich klar. *Griffe an den Hals, Petplay, kleine Erniedrigungen?* Kein Ding. *Und dass Kostolany ein Faible für dieses raue, schmutzige Setting hat?* Das ist irgendwie prickelnd. Aber zu sehen, wie sehr er sich auf diese völlig fremde Frau einlässt, sich um sie kümmert, ihre Lust genießt und daraus selbst Befriedigung zieht? Das macht mich fertig.

Leise richte ich mich auf. Doch der Boden schwankt unter meinen Füßen, und bevor ich umkippen kann, lehne ich mich gegen die Wand und lasse mich nach unten gleiten.

Ich schließe die Augen, will ausblenden, was Kostolany mit dieser Frau anstellt – und dass es ihn erregt. Doch es gelingt mir nicht. Ich nehme alle Geräusche intensiver wahr – ebenso den Mix aus schimmeliger Kellerluft und dem widerlichen Altfrauenparfüm. Schnell reiße ich die Augen wieder auf.

Und wenn ich aus dem Raum krabbele? Kein besonders eleganter Abgang, aber besser als nichts.

Ich unternehme einen weiteren Fluchtversuch, doch mein Magen macht mir einen Strich durch die Rechnung.

Er rebelliert. Ich muss mich übergeben. Dann wird es dunkel um mich.

KOSTOLANY

Beste Session im Klub, die ich je hatte!

Ich konzentriere mich zu hundert Prozent auf Leonora. Als sie endlich alles aufgeleckt hat, ist meine Belohnung die, dass sie nicht selbst laufen muss, sondern dass ich sie vom Boden auflese und zur Streckbank trage, wo ich sie festschnalle.

Fies, Kostolany, unglaublich fies.

Ich lasse ihr genau drei zittrige Atemzüge, um sich zu sammeln, dann setze ich die Nippelschrauben an, spiele mit ihrer Pussy und erzähle ihr lautstark, wie ich sie schänden werde. Dabei werde ich nur einen Teil tatsächlich umsetzen. Viele der Sachen sind für den Klub zu heftig. Doch allein der Gedanke, dass ich es tun könnte, kickt mich und auch sie.

Ich bin mir bewusst, dass wir Zuschauer haben, und mich stört das kein bisschen. *Ich* weiß, dass keiner eingreifen wird, *Leonora* weiß, dass ihr niemand helfen wird. Wir ziehen diese Nacht der Qualen durch, und ganz am Ende wird sie einen harten Fick von mir bekommen – und ein bisschen Kuscheln. Ich bin ja kein Unmensch.

Wie die anderen im Klub auf das hier reagieren, ist mir egal. Entweder ich kriege in Zukunft mehr Buchungen von Frauen, die es extrem pervers mögen, was ich wirklich hoffe, damit mein weichgekochtes Hirn aufhört, über Sessions mit einer gewissen zierlichen Brünetten nachzudenken. Oder ich habe die nächsten Wochen etwas weniger im Klub zu tun, was ebenfalls nicht das Schlechteste wäre, denn dann kann ich mir weiter Gedanken über mein eigenes Business machen, ein Sportstudio, das ich starten will.

Alles läuft bestens.

Umso überraschter bin ich, als Audrey zum zweiten Mal innerhalb meiner Session vorbeischaut.

Was soll das? Glaubt sie, nur weil sie mal die Lady-Dom-Ausbildung mitgemacht hat, hat sie Ahnung von meinem Job? Wir haben im Vorfeld ausführlich besprochen, was ich darf und was nicht. Leonora, die leise wimmert, ist genau dort, wo sie sein sollte. Wenn Audrey das abbrechen will, dann –

Ich gönne meiner Kundin eine Pause und bin drauf und dran, Audrey die Meinung zu geigen, als mir klar wird, dass sie gar nicht zu mir will, sondern einen Teil des Raums ansteuert, der im Dunkeln liegt. Dallas, der sie begleitet, hebt dort jemanden hoch, der meine Session beobachtet haben muss. Und der Geruch von Erbrochenem wirbelt zu mir. Eigentlich total eklig, aber unter diesen Umständen sorgt er für tiefe Befriedigung in mir.

So ist das, wenn Subs sich mit Doms anlegen, denke ich mir amüsiert.

Ich will gerade meine Session fortsetzen, als ich den beiden noch einen Blick hinterherwerfe und plötzlich, flüchtig, nur zwei Sekunden lang, die zarten Konturen vom Gesicht der Frau sehe, die sie rausschaffen.

War das Nikki?!

Alles, was ich eben gespürt habe, verkehrt sich ins Gegenteil. Sorge durchströmt mich wie ein giftiger Cocktail. Der Impuls, Audrey und Dallas nachzugehen, ist stark, denn ich brauche Gewissheit. Aber das ist verrückt. *Das kann nicht Nikki gewesen sein. Warum sollte sie hier sein? Noch dazu heute!*

Ich nehme einen Schluck Wasser und beschließe, auch Leonora einen zu gönnen. Danach spiele ich weiter mit meiner kleinen Sub, benutze sie, quäle sie, genieße ihr Stöhnen. Bis ich sie nach Stunden durchficke. Schließlich ist sie eine der Top-Kundinnen des Klubs. Und Sex ist Sex.

Wie geplant ziehen wir uns nach der Session in eine der Privatlounges zurück, die ich anders als das Spielzimmer nicht präpariert habe, sondern die den gewohnten Luxus bietet.

Ich bade Leonoras mitgenommenen Körper, stecke sie danach ins Bett, halte sie und weiche ihr selbst dann nicht von der Seite, als sie selig lächelnd schläft. Das tue ich nach solchen Sessions nie. Schließlich bin ich kein Sadist, der seine Spielzeuge brechen will. Es ist viel cleverer, ihnen alles abzuverlangen und am Ende dafür zu sorgen, dass sie glücklich sind, sodass sie eine weitere Session wollen.

Als Leonora nach Stunden wach wird und sich regt, fahre ich ihr durchs Haar, störe mich nicht daran, dass sie gut dreißig Jahre älter ist als ich, sondern genieße diesen Blick aus ihren Augen, der zeitlos ist. Zufrieden, verklärt, dankbar – und voll da.

Nur zu toppen von Nikki, denke ich unerwartet. Was mir sofort einen mörderischen Ständer beschert.

»Danke«, haucht Leonora. »Das war mehr, als ich erwartet habe.«

»Gern geschehen.« Ich richte sie mit mir auf, bin nicht länger ihr folternder Entführer, sondern ein umsichtiger Angestellter des Klubs. »Was macht Ihr Kreislauf?«

Sie lächelt. »Ausgezeichnet! Ich spüre allerdings Muskeln, die mir sagen, dass ich meinen Seniorensport in Zukunft ernster nehmen sollte.«

Ich muss lachen. Leonora mag auf dem Papier alt sein, ist aber fit. Sonst hätte ich so eine Session nicht geplant. Frauen wie sie zeigen mir immer wieder, dass Altern vor allem im Kopf stattfindet.

»Leider hab ich, anders als vereinbart, ein paar Spuren hinterlassen«, warne ich sie vor, weil sie das verboten hatte. Zum Glück lediglich aus Rücksicht auf ihren Mann.

»Wo?«, fragt sie neugierig.

Ich stehe mit ihr auf und begleite sie ins Bad, wo sie im Spiegel ihren Hintern und ihre Rückseite bewundern kann – und bewundern trifft es, denn ihre Augen leuchten begeistert.

»Das ist in Ordnung«, sagt sie. »Wenn das alles ist?«

»Ist es.«

Sie grinst jugendlich. »Verdammt, ihr Jungs im Klub versteht es, eine Frau glücklich zu machen. Und ich muss es wissen, denn ich hatte schon viele Spielpartner.«

»Ihnen geht es wirklich gut?«, frage ich nach.

»Tut es.«

»Was dagegen, wenn unser Klubarzt Sie noch durchcheckt, bevor Sie gehen?« Das ist keine Vorschrift, aber aufgrund der Umstände der gestrigen Session ist mir das lieber. Außerdem ist Leonora nicht mehr die Jüngste und nimmt Medikamente, die ihr Empfinden beeinflussen könnten.

»Wenn es nicht lange dauert«, sagt sie nur.

»Wird es nicht«, beruhige ich sie. »Ziehen Sie sich an. In der Zwischenzeit hole ich den Doc.«

Damit ist mein Job quasi erledigt. Ich verlasse die Suite, bin jedoch überrascht, als ich Collins nicht in seinem Bereitschaftsbüro finde.

Ich will schon zur Rezeption des Klubs und Eric, unseren Gästebetreuer, fragen, wo denn alle sind und ob es wieder einen Vorfall im Klub gab. Wenn ich an das Desaster Anfang des Jahres denke … Doch in dem Augenblick höre ich einen geflüsterten Streit, der aus Audreys Büro kommt.

»Das kannst du nicht machen!«, zischt Audrey.

»Und ob ich das kann«, knurrt Reece. »Du bist gefeuert.«

»Tu das nicht! Bitte!«

»Pack sofort deine Sachen und geh.«

»Nein!«

»Keine Widerrede, Kleines! Tu, was ich sage, sonst fällt deine Strafe weit heftiger aus.«

Gerade als ich die Tür öffnen will, kommt Reece rausgestürmt. »Verpiss dich!«, knurrt er mich an.

»Mal halblang, Sonnenschein! Ist Collins bei euch?«

»Fuck, haben wir noch einen Notfall?«, ranzt er mich an.

»Ähm …« Ich bin verwirrt und kann seine miese Laune nicht einordnen. »Nein, ich will nur, dass Leonora sicherheitshalber einen Check-up kriegt, bevor wir sie nach Hause lassen.«

Reece dreht sich zu jemandem in Audreys Büro um. »Collins, hast du gehört? Schau noch mal in der Premium-Suite vorbei.«

»Gut«, meint der. »Ich kann hier eh erst mal nichts weiter tun.«

Was zum Henker ist passiert? »Ist mit Audrey alles okay?«, frage ich besorgt. Collins wird nur bei Notfällen gerufen, und wenn was mit Nikkis Schwester ist, dann geht mich das plötzlich was an – weil mich Nikki was angeht.

»Mit Audrey?«, wiederholt Reece begriffsstutzig und funkelt mich an, als würde ich mir mit ihm einen schlechten Scherz erlauben. »Die ist in Topform. Und jetzt mach Feierabend, Kosto. Wir haben hier alles unter Kontrolle.«

»Okay, wie du meinst«, sage ich locker und will zurück zu Leonora.

Doch als Collins an mir vorbeigeht, kann ich einen Blick in Audreys Büro werfen, und erneut fällt mir dieses zierliche Gesicht auf.

Nikki!

Wieder ermahnt mich mein Verstand, dass sie unmöglich hier sein kann. Die Nacht war lang, ich bin müde. Demnächst macht mein Gehirn aus jeder Frau Nikki.

Ich blinzele. Mehrfach. Aber das Bild löst sich nicht in Luft auf. Nikki liegt eingewickelt in eine Decke auf Audreys Bürosofa. Und plötzlich fallen die Puzzleteile an ihre Stelle.

Nikki war diejenige, die gestern Abend im Spielzimmer war. Sie hat mich mit Leonora gesehen. Sie musste rausgetragen werden!

Fuck.

Ich sehe rot.

Reece will mich festhalten, aber ich lasse mich nicht aufhalten und stürme in das Zimmer. Alle meine Beschützerinstinkte sind am Limit.

»Was zum Henker hat sie im Klub verloren? Wie ist sie hier reingekommen? Was ist mit ihr?«

Ich packe Audrey. Sie ist Nikkis Schwester. Sie muss mehr wissen. Sie schaut Hilfe suchend zu Reece. Doch der unternimmt seltsamerweise nichts, um seine Angebetete aus meinen Klauen zu befreien. *Übel!*

»Na los, Kleines. Sag ihm, was du getan hast!«, meint er nur, verschränkt die Arme vor der Brust, als würde er sonst auf sie losgehen, und beißt die Zähne so fest zusammen, dass sein Kiefer knackt.

Audrey wird blasser. »Ich … ich … ich …«

»Wird's bald!«, donnert Reece.

»Ich hab sie reingelassen«, gesteht sie.

»In den Klub?«, frage ich entsetzt.

»Ja-a-a«, schluchzt sie.

»Warum zum Henker hast du das getan?«

Sie sieht mich an, und Widerstand regt sich in ihrem Gesicht. Sie will mich wegstoßen, aber sie hat keine Chance gegen mich. Ich bin wesentlich stärker als sie und denke nicht im Traum daran, sie loszulassen, bevor ich ein paar Antworten habe. Auf die sanfte oder auf die harte Tour.

»Sie wollte sehen, wie du arbeitest«, erklärt Audrey. »Sie hatte mir versprochen, fünf Minuten zu bleiben und dann wieder zu gehen. Ich schwöre, ich wusste nicht, dass sie dir bei deiner Session zuschaut. Sie ist schließlich meine Schwester. Ich hab das wirklich nicht gewollt.« Tränen der Reue laufen ihr über die Wangen, nicht die ersten, den Spuren auf ihrem Gesicht nach zu urteilen. »Und jetzt lass mich los, du tust mir weh.«

Ich gebe sie frei, doch die Wut bleibt.

Nikki, die Frau, an die ich seit einer Woche wie verrückt denke, war hier? Sie, die so viel über BDSM weiß, wie Normalsterbliche über Raketenforschung! Und sie hat mich dabei nicht nur als dominanten Mann gesehen, sondern als ausgewachsenen Sadisten, der mit einer anderen Frau herummacht?!

Falls ich einen Funken Hoffnung hatte, dass das mit Nikki und mir was werden könnte, so erlischt er in diesem Moment. Und das nur wegen Audrey, ihrer Schwester, die es eigentlich besser wissen müsste!

»Ich hab hier alles unter Kontrolle«, meint Reece, sobald die Wahrheit auf dem Tisch ist. »Du solltest jetzt gehen.«

»Einen Scheiß werde ich.«

Reece will mich an der Schulter packen und aufhalten, aber ich schüttele seine Hand ab und setze mich zu Nikki.

Ich kriege mit, wie sich Reece und Audrey immer noch streiten. Beziehungsweise dass Reece nun anfängt, Audreys Sachen zusammenzusuchen, weil er die Kündigung absolut ernst gemeint hat. Doch die Geräusche verblassen im Hintergrund, als ich die Hand ausstrecke und vorsichtig mit den Fingerspitzen durch Nikkis Haare fahre, ihre Wärme spüre und ihren Puls fühle.

Alles in mir beruhigt sich. Die Wut und Hilflosigkeit, die mich eben noch überwältigt haben, verrauchen. Die Sehnsucht, die mich die letzten Tage so eingenommen hat, wird erträglicher. Nur das Verlangen nach ihr wird heftiger.

»Wo sind ihre Sachen?«, frage ich Audrey.

Nikkis Schwester reicht mir ein Businessoutfit, so als hätte diese Frau nichts anderes anzuziehen außer Kostümchen in gedeckten Farben.

»Was hast du vor?«, fragt Reece.

»Hat Collins gesagt, dass sie okay ist?«, frage ich zurück.

»Hat er, aber was tust du da?«

»Sie nach Hause bringen«, sage ich und merke, wie neue Wut in mir aufkeimt. »Das hätte jemand von euch schon vor Stunden erledigen sollen.«

»Darf ich mitkommen?«, fragt Audrey.

Ich hebe Nikki hoch, und ihr Duft wirbelt zu mir. Unschuldig und süß. »Frag das nicht mich, sondern ihn!« Ich nicke zu Reece.

»Wenn du glaubst, dass du damit irgendwas an meiner Entscheidung änderst …«, knurrt der.

»Ich will nur sicherstellen, dass es ihr gut geht.«

»In Ordnung, dann begleite sie.« Nun sieht Reece zu mir. »Und du, benimm dich!«

Witzbold! »Keine Sorge, soweit ich es überblicke, war ich die letzten vierundzwanzig Stunden der Einzige, der alles richtig gemacht hat. Deine Brillant-Deluxe-Kundin ist zufrieden, ich hab dir keine reingehauen und Audrey nicht den Hals umgedreht, und jetzt kümmere ich mich um Nikki.

Also komm mir nicht auf die Tour!« *Oder hier passiert noch ein Unglück.*

Mit Nikki fest an mich gedrückt verlasse ich den Klub, lasse mir von Audrey das Auto zeigen, mit dem sie gekommen ist, setze sie vorsichtig in den Beifahrersitz und stelle mir den Fahrersitz von der vordersten auf die hinterste Position, damit ich in ihrem Lexus Platz habe.

Audrey will mir von der Rückbank den Weg zur Wohnung ihrer Schwester erklären, aber ich habe nicht vergessen, wo Nikki wohnt.

Ich verdränge die Müdigkeit, die ich nach dieser Nacht spüre, und fahre uns alle durch den ruhigen Sonntagmorgenverkehr. Normalerweise genieße ich diesen Moment immer sehr. Denn als Dom des Tease & Please ist man quasi nie in der Rush Hour unterwegs, weil die Arbeitszeiten sich nicht mit denen des Rests der Welt decken. Heute bin ich geladen.

Das hätte einfach nicht passieren dürfen!

***

Sobald wir in der Wohnung sind, trage ich Nikki in ihr Schlafzimmer und stecke sie ins Bett.

»Sie schläft?«, fragt Audrey, ist so wie ich müde von der Nacht, aber auch sichtlich besorgt, was es mir verdammt schwer macht, länger wütend auf sie zu sein.

»Ja«, sage ich und schließe leise die Tür hinter mir, als ich ins Wohnzimmer gehe. »Was ich nicht verstehe: Du hast mir gesagt, Nikki sei durch mit mir. Warum war sie dann im Klub?«

Sie zuckt eingeschüchtert zusammen, schließlich ist ihr Superheld Reece Randall nicht hier, um sie zu retten. *Als könnte ich der Frau, die mit Nikki verwandt ist, ernsthaft ein Haar krümmen!*

»Sie war durch mit dir. Das hat sie mir gesagt«, piepst Audrey.

»Und das soll ich glauben?«

»Es ist nicht meine Schuld, dass Nikki mich angelogen hat. Ich hätte nie damit gerechnet, dass sie plötzlich in den Klub will. Zu dir.«

Einem Teil von mir gefällt die Antwort. Aber nur einem Teil. Der andere ist immer noch sauer.

»Und was hast du dir dabei gedacht, sie ausgerechnet gestern reinzulassen? An einem Tag, an dem *ich* heftiger gespielt habe als sonst.« Ich betone es nicht extra, denn sie weiß, worauf ich hinauswill. Dass Nikki an einem Tag Zuschauerin war, an dem jeder, der zwei Augen hat, sieht, wie abgefuckt ich bin.

»Du magst sie, Kosto?«

»Nein, meine Lieblingssportart ist es, erschöpfte Frauen durch die Gegend zu tragen. Natürlich mag ich sie«, knurre ich. »Und das letzte Nacht ist die größte Scheiße, die mir je passiert ist.«

»Sie stand plötzlich vor dem Tor«, erklärt Audrey. »Ich dachte, wenn ich sie reinlasse, ihr im Schnelldurchlauf den Klub zeige und sie ihre Neugierde befriedigen kann, ist alles gut.«

Wie naiv! »Du hättest sie wegschicken müssen.«

»Hab ich ja versucht! Aber du kennst Nikki nicht. Wenn sie sich was in den Kopf setzt, kriegt sie das auch. Hätte ich sie nicht reingelassen, hätte sie garantiert was noch Dümmeres angestellt.«

»Oder sie wäre einfach wieder abgezischt«, sage ich.

»Verdammt, hör auf, mich so fertigzumachen. Ich weiß, dass es ein Fehler war. Aber ihr alle, du und Reece, ihr vergesst, dass sie meine Schwester ist und dass ich nur das Beste für sie will. Ich könnte ihr nie mit Absicht wehtun. Ich will doch, dass es ihr gut geht.«

»Das ist das Einzige, was Sinn ergibt«, murmele ich, suche nach einer Wasserkaraffe, und als ich eine gefunden habe, fülle ich sie mit Leitungswasser, hole zwei Gläser und gehe wieder in Nikkis Schlafzimmer.

»Was tust du?«, fragt Audrey, die mich beobachtet hat.

»Ich will auch, dass es ihr gut geht. Nur anders als ihr alle weiß ich, wie man das anstellt.« *Ich sollte bei Gelegenheit eine Fortbildung dazu veranstalten.*

»Du bleibst?«, fragt sie erstaunt.

»Auf jeden Fall. Und du solltest wissen, warum.«

»Weil sie während deiner Session zusammengebrochen ist.«

»Ganz genau. Ich verschwinde nicht eher, bis ich ihr das, was sie gesehen hat, erklären konnte.« Ich gähne. »Außerdem bin ich saumüde. Wie wir alle.«

Sie nickt. Nicht dass ich Wert auf ihre Zustimmung lege. »Okay, ich bin draußen im Wohnzimmer.« Sie wendet sich schon ab, dreht sich jedoch ein letztes Mal um. »Es tut mir wirklich leid, Kosto.«

»Das weiß ich«, sage ich. Ich bin immer noch sauer auf Audrey, aber nun etwas besänftigter. Schließlich ist Nikki nicht mehr passiert. Und sie war zum Glück nicht bis zum Ende der Session dabei – als der Fick mit Leonora war.

»Danke«, sagt Audrey.

Sie wirkt erleichtert, und mir wird erst jetzt klar, wie sehr ihr die Situation zusetzt. Reece hat sie mächtig zusammengestaucht und sie quasi rausgeschmissen. Eventuell wird Ian als Anwalt des Klubs noch einen Mittelweg finden. Aber die Regeln sind in dem Punkt eindeutig. Wer Mist baut, ist draußen. *Und das war Riesenmist.*

Ich lege mich angezogen, wie ich bin, zu Nikki ins Bett, ziehe sie an mich, spüre ihre Wärme, höre auf ihre gleichmäßigen Atemzüge und schlafe extrem schnell ein.

4. Kapitel

NIKKI

»Auflecken!«, donnert eine Stimme.

»Aber das ist widerlich!«

»Und genau deshalb macht es mich an. Also leck all den Glibber vom Boden, oder du wirst mich kennenlernen!«

Ich zögere, und ein aufdringliches Altfrauenparfüm steigt mir in die Nase. Es schüttelt mich.

»Sofort, Kitty!«

Übelkeit erfasst mich, alles dreht sich, und mit einem Ruck bin ich hellwach. Ich registriere verwirrt, aber dankbar, dass ich in meinem Schlafzimmer bin, und sprinte ins Bad, wo ich noch gerade so das Waschbecken erreiche, bevor ich würgen muss.

Huch! Seit wann habe ich solch intensive Träume?

Sobald es mir besser geht, klatsche ich mir kaltes Wasser ins Gesicht. Bis mir auffällt, dass ich quasi nackt bin und nur ein Tuch um meine Hüften hängt, in dem ich offensichtlich geschlafen habe.

Ein Tuch, das nicht mir gehört. Sondern dem Tease & Please.

»Oh Gott«, keuche ich.

Auf einmal stürmen all die Ereignisse der letzten Nacht auf mich ein. Da ist der Klub, Kostolany, die Session. Er und diese Frau. Seine Finger auf ihrer Haut. *Seine Lust auf sie!*

»Hey, es ist alles in Ordnung«, dringt plötzlich eine mir wohlbekannte Stimme an mein Ohr, und ich werde sanft umarmt. »Dir ist nichts passiert, einfach nur tief durchatmen.«

Kurz beruhigen mich die Worte. Doch dann wird mir klar, von wem sie stammen. Kostolany. Dem Mann, der berufsmäßig Frauen befriedigt.

»Nimm deine Finger weg. Wenn nicht, schreie ich die gesamte Nachbarschaft zusammen.«

»Versuch es!«, sagt er amüsiert.

»Hilf–« Weiter komme ich nicht, da legt sich Kostolanys Hand über meinen Mund.

»Ich lass wieder los, wenn du versprichst, mir zuzuhören!«, knurrt er.

Das kann unmöglich sein Ernst sein! Ich strampele, wehre mich heftiger. Denn kein Mann der Welt springt so mit mir um.

»Nicke, wenn wir einen Deal haben!«

Ich nicke. *Logisch.*

Er nimmt die Hand weg.

Ich hole Luft. »Hil–«, starte ich einen zweiten Versuch.

»So dumm von dir«, flüstert er mir ins Ohr.

Sofort ist seine Hand wieder über meinem Mund, und so als würde ihn mein Gezappele und Getrete null stören, schleppt er mich zurück ins Schlafzimmer und drückt mich auf die Matratze.

»Was ist bei euch los?«, höre ich meine Schwester rufen, die in mein Zimmer stürmt, was mich noch mehr verwirrt. *Was hat sie hier verloren?*

»Ich hab alles unter Kontrolle«, knurrt Kostolany.

»Blödsinn! Du tust ihr weh! Lass sie auf der Stelle los!«

Erleichterung durchflutet mich. Meine Schwester steht auf meiner Seite.

»Kosto!«, ruft sie tadelnd, weil der sich nicht rührt.

»Glaub mir, sie hat mir gerade wesentlich mehr wehgetan als ich ihr. Diese Frau tritt wie ein bockendes Pferd.« Er wirft ihr einen säuerlichen Blick zu. »Gibt es hier was zum Fesseln? Ich mag zwar blaue Flecke, allerdings nicht an mir.«

Was zum Fesseln?, denke ich alarmiert und mobilisiere weitere Kräfte.

»Was zum Fesseln?«, wiederholt meine Schwester zum Glück ebenfalls irritiert. Aber dann sehe ich, wie sie sich abwendet, und höre sie in meiner Wohnung herumstöbern.

Sie wird doch nicht …?

»Gehen die?«, fragt sie todernst und taucht mit meinen extragroßen Winterschals auf.

»Tun sie«, meint Kostolany, nimmt sie und fesselt damit meine Hände. »Und wenn du hast, noch ein Tuch für ihren Mund«, sagt er zu ihr und drückt mir dann völlig unerwartet einen zärtlichen Kuss auf die Stirn. »Ist nur zu deinem Besten, Kitty.«

»Mmpf mmmh dmmpfmfpf mpf«, nuschele ich hinter seiner Hand, was so viel heißen soll wie: ›Und es gefällt dir!‹

»Dir auch«, kontert er unbekümmert, als wüsste er genau, was ich sagen wollte, während mein schnaufender Atem die Stille füllt.

Mir auch?!

Ich hasse dich!, denke ich und möchte ihn am liebsten erwürgen. Und ich hasse Audrey. Denn ich kann nicht glauben, dass meine Schwester mich nun knebelt. Und ich hasse meinen Körper. Denn es stimmt, mir ist warm, und ich bin feucht.

»Und jetzt lass uns alleine«, sagt er. »Ich muss mich mal mit der Madame hier unter vier Augen unterhalten.«

»Sicher, bin schon weg«, meint Audrey, und zu meinem Entsetzen lässt sie uns allein, so als hätte sie vollstes Vertrauen in Kostolany.

Sofort richte ich meine gesamte Aufmerksamkeit auf ihn.

Er kommt mit einer Decke näher und – ich halte die Luft an – gibt sie mir einfach nur. Was sehr anständig von ihm ist. *Denn du bist quasi nackt, Nikki.* Dann setzt er sich zu mir und streicht mir eine Haarsträhne, die mir in die Augen gefallen ist, aus dem Gesicht.

»Hör auf, mich anzusehen, als wollte ich dich ermorden! Wäre das der Plan gewesen, wärst du längst tot und nicht in deinem Schlafzimmer«, sagt er.

Ich kann nur schnauben. Wenn das ein Witz sein soll, finde ich den nicht komisch. *Hallo? Ich bin gefesselt!*

»Das hier?« Er fährt mit dem Finger über meine Handgelenke und meine nackten Arme bis zu meiner Achselhöhle, was mich furchtbar kitzelt. Ich quietsche, und er lacht amüsiert. »Das hier war nur notwendig, weil du dich gerade wie eine Irre verhalten hast. Und du hast Glück, dass du nicht meine Sub bist, denn dann würdest du das jetzt bitter büßen.«

Alles in mir zieht sich zusammen – und wird dann wärmer, heißer.

Seine Sub.

Sein.

Wieso erregt mich die Vorstellung so?

Bis ich daran denken muss, dass er genau so mit der Frau gestern Abend geredet hat. Plötzlich wird mir seine

Nähe unerträglich. Ich winde mich, ziehe dabei meine Fesseln fester, statt sie zu lockern.

»Hey, ruhig, Kitty.« Binnen Sekunden löst Kostolany den Schal und den Knebel. Ich bin wieder frei. Und unerwartet behutsam zieht er mich an sich. »Scht, ich bin hier, alles ist in Ordnung.«

»Du riechst nach ihr«, sage ich und muss angewidert meine Nase abwenden, attackiere ihn aber nicht weiter.

»Das ist wohl kaum schlimmer, als mich mit ihr gesehen zu haben?«

»Du weißt es?« Ich rekapituliere die Ereignisse. »Natürlich weißt du es«, antworte ich mir selbst.

»Kitty, was hast du dir nur dabei gedacht, in den Klub zu kommen? Das, was du gesehen hast, ist nichts für schwache Nerven.«

»Aber die Tür zum Spielzimmer stand offen.«

»Und wie viele Zuschauer gab es?«

»Keine Ahnung.«

»Zwei, soweit ich weiß«, antwortet er. »Von fast fünfzig Paaren im Klub nur zwei plus dich. Was glaubst du wohl, warum?«

»Ich musste dich sehen«, gestehe ich.

»Dann hättest du Audrey nach meinen Kontaktdaten fragen können.«

»Nein, hätte ich nicht. Oder doch, aber das wäre nicht das Gleiche gewesen«, sage ich. »Ich wollte wissen, wie du bist, wenn du du bist und dich nicht zurückhältst.« *Und ob ich damit klarkomme, wenn er mit anderen Frauen spielt. Tue ich offensichtlich nicht.*

»Und?«, fragt er nur.

»Du stehst wirklich auf diese harten Sachen?«

»Ja, tue ich«, sagt er.

»Warum?«, frage ich, will mich enger schmiegen, aber bringe es nicht über mich, weil er so nach ihr stinkt. Ihr, dem Sex und dem Altfrauenparfüm, das sie getragen hat.

»Wie meinst du das? Warum?«

»Warum magst du es, Frauen wehzutun?«

Er holt tief Luft, fährt sich über das Gesicht, wodurch mehr von diesem Duft zu mir wirbelt und der Kloß in meinem Magen wächst.

»Was ist deine Lieblingseissorte?«, fragt er schließlich.

»Was hat das damit zu tun?«

»Sag schon!«

Ich muss nicht lange überlegen. »Mango.« *Die Königin der Früchte.*

»Und warum?«

Seltsame Frage! »Weil es fruchtig ist.«

»Warum dann nicht Erdbeere, Pfirsich oder Zitrone?«

»Weil …« Ich verstehe, worauf er hinauswill. *Man mag wohl, was man mag.* »Könntest du denn ohne leben?«, frage ich.

KOSTOLANY

In ihrem Blick lese ich, was sie hören will, aber ich werde nicht lügen. »Nein«, sage ich leise, weil ich genau das schon versucht habe und es nicht geklappt hat. »Nein, ich könnte nicht ohne das Ausleben meiner Neigungen leben.«

»Aber warum hast du das dann angefangen? Warum bist du mir nachgelaufen? Warum bist du hier?«

»Weil du mich faszinierst«, beginne ich. »Reece hat mich gewarnt, dass du nicht devot bist. Aber manche Frauen entdecken ihre Neigungen erst spät, und ich wollte wissen, ob du eine von ihnen bist. Also hab ich ein paar Kleinigkeiten ausprobiert, und sie haben dich erregt.«

So als würde sie an den Moment im Randall Tower denken, beleckt sie sich die Lippen. *Erwischt, Kitty!*

»Auf andere Sachen hast du dagegen wie ein blinkendes Stoppschild reagiert.« Ich denke nur an den gestrigen Abend, der schlichtweg zu viel war. »Sosehr ich hasse, dass Audrey dich in den Klub gelassen hat, ein Teil von mir ist froh darüber. Denn so gibt es keine Missverständnisse, worauf ich stehe. Ich hätte es dir lieber schonend beigebracht. Aber manchmal muss man Dinge kurz und schmerzlos mit einem Ruck tun.« *Wie ein Pflaster, das man besser schnell als langsam abzieht.* »Geht es dir denn jetzt einigermaßen okay?«, frage ich.

»Tut es«, sagt sie, ist viel stärker, als ich dachte, kräuselt dabei jedoch die Nase. Ich vermute, weil sie immer noch Leonora an mir riecht. Und ich gebe mir keine Mühe, das zu ändern. Damit vergisst sie nicht, was ich tue und worauf ich stehe.

»Kosto?«, fragt sie sanft und benutzt meinen Spitznamen, wie es Freunde und Kollegen tun. Aber ich will nicht, dass wir Freunde sind. Ich will immer noch mehr von dieser Frau – egal wie aussichtslos das ist.

»Für dich Kostolany oder Sir«, ziehe ich sie auf.

»Also gut: Sir?«, korrigiert sie sich mit blitzenden Augen.

Mist! Alles in mir reagiert auf ihre Worte und ihren aufmüpfigen Tonfall. Mir wird heiß, und Lust schießt in meinen Schwanz.

»Ja, Kitty?«, frage ich bemüht gelassen zurück.

»Diese Frau von gestern Nacht …?«

»Ich darf dir nichts zu ihr sagen.« Die Anonymität unserer Kunden ist das A und O im Tease & Please.

»Das sollst du auch nicht. Beantworte mir nur eine Frage: Hattest du Spaß mit ihr?« Sie schluckt. »Ich meine, richtigen Spaß?«

Ich seufze, weil ich Nikki nicht anlügen werde. »Ja, hatte ich.«

»Was hat sie vom Boden gegessen, was so gestunken hat?«

»Harmloses Zeug.« Ich muss grinsen. »Wackelpudding mit Hundefutteraroma.« *Was bei der Herstellung eine riesige Sauerei war.*

»Uh, wie gemein!« Sie kräuselt die Nase, sieht mich jedoch schnell wieder aufmerksam an. »War alles, was ich gesehen habe, nur gespielt?«

Ich fahre ihr durch die Haare. »Nein, glaub mir, für meine Kundin war das in der Sekunde ziemlich echt.«

»Aber du hast es so vorbereitet, damit sie sicher ist?«

»So machen wir Perversen das, wenn wir spielen.« Ich nicke. »Das ist mein Job.«

»Ist es auch dein Job, mit den Subs zu schlafen?«

»Wenn sie es wollen und sie es sich verdient haben.« *So wie Leonora gestern Abend.*

Nikki wird wieder blasser, sagt aber nichts. Und plötzlich begreife ich, dass es gar nicht meine Neigungen sind, die sie stören, sondern die anderen Frauen, mit denen ich beruflich zu tun habe. *Hättest du auch eher drauf kommen können, Kostolany!*

»Hey, aber das ist nur Sex«, sage ich leise und zeichne mit meinen Fingerspitzen die Konturen ihres Gesichts nach, den Schwung ihrer Augenbrauen, die gerade Linie ihres Nasenrückens. Was ihr gefällt und was sie genießt. Denn dabei atmet sie tief den Geruch meiner Handfläche ein – wenn ich raten müsste, weil sie dort nicht Leonora an mir riecht, schließlich habe ich mir die Hände gewaschen. »Wenn die Session vorbei ist, ist sie vorbei«, sage ich.

»Das kauf ich dir nicht ab.«

»Ist aber so.« Ja, ich baue während einer Session eine Bindung zu meiner Partnerin auf. Nicht nur sie erlebt Höhen und Tiefen. Doch danach ist alles wieder auf Anfang, und ich verliere keinen weiteren Gedanken an die Frauen. Anders als bei Nikki, die mir keine Ruhe lässt.

»Sir?«, fragt sie weiter und stützt sich auf ihre Ellenbogen auf.

»Ja, Kitty?«, gehe ich auf ihren Tonfall ein, bin amüsiert, dass sie mich erneut so anspricht – und unglaublich angefixt. Ihr sollte klar sein, was diese Anrede bei Männern wie mir auslöst.

Ihr Blick wandert zu meinem Mund, wird verhangen, und unbewusst knabbert sie auf ihren Lippen herum. »Küsst du die Frauen auch?«

»Hör auf damit, Kitty!«, sage ich ruhiger, als ich mich fühle, denn der Hunger in mir wird stärker, je deutlicher ich ihren sehe, und ich fahre mit dem Daumen über ihren Mund, damit sie mit diesem Herumgeknabbere aufhört. Wir müssen dringend einen Gang runterschalten.

»Ich mach doch gar nichts.«

»Du denkst daran, mich zu küssen«, spreche ich das Offensichtliche aus.

»An etwas zu denken, heißt ja nicht, es zu tun«, verteidigt sie sich. »Also sag schon, küsst du die Frauen?«

»Nein. Weder auf den Mund …« Ich grinse. »Noch auf andere Körperstellen. Zufrieden?«

Ist sie nicht, das sehe ich ihr an. Nachdenklich fährt sie mit der Zunge über ihre Unterlippe, was meine Selbstbeherrschung bis zum Äußersten reizt – und schaut zu meinen Lippen. *Hungrig, so hungrig!*

»Was, Nikki?«

»Ich frage mich, ob du es dann überhaupt kannst.«

Mein Blutdruck steigt. *Dieses Biest!* »Glaub mir, ich versteh was davon.«

»Wie kannst du das behaupten, wenn du völlig aus der Übung bist?«

Mir platzt der Kragen. *Wie? Ganz einfach!* Mit Schwung dränge ich sie zurück, beuge mich über sie und verschließe ihre Lippen mit meinen, als gelte es, etwas zu beweisen.

Erst ist Nikki überrumpelt. Dann verändert sich ihr Blick, sie öffnet sich mir, greift in meine Haare und gibt alles, was sie hat, hält sich nicht zurück.

Weil sie dich reingelegt hat, Kostolany.

Aber es ist zu spät, diesen Kuss zu stoppen. Ihr Körper zeigt mir, dass sie mehr will. Sie schlingt ein Bein um mich, zieht mich näher, lässt ihre Hüften im Rhythmus unserer Zungen kreisen, bringt mich um den Verstand.

Gierig nach dieser Frau bewege ich mein Becken, bin hart, lasse sie spüren, was sie mit mir anstellt, und lege den ersten Trockenfick seit Jahrzehnten hin. *Ist das zu fassen?!*

Ich müsste ihr eigentlich den Hintern dafür versohlen, dass sie sich in den Klub geschlichen und mir hinterherspioniert hat. Stattdessen nutze ich aus, dass sie nach wie vor nackt ist, greife ihr zwischen die Beine, spüre ihre nasse Pussy und küsse sie noch hungriger, als ich merke, wie sie sich mir bereitwillig öffnet.

Im gleichen Rhythmus unserer Zungen fahre ich mit meinen Fingern über ihre Klit und lächele, als sie scharf die Luft einzieht und sehnsüchtig zusammenzuckt.

Mit zwei Fingern dringe ich in sie, möchte sie noch verrückter machen, ihr mehr Lust verschaffen, sie erkunden.

»Oh Gott, ja«, wimmert sie. »Bitte, mehr!«

Dass ich eine Schwäche für das Wörtchen Bitte habe, muss ich wohl nicht extra erwähnen?

Fuck, Nikki, was tust du mir nur an?

Während ich ihren Mund weiter erobere und umgekehrt zulasse, dass sie mich enger zieht, als würde sie sterben, wenn sie nicht mehr kriegt, ficke ich sie mit den Fingern und kann nicht glauben, wie gut sich das anfühlt. *Sie zu haben, mir ausgeliefert, willig, feucht, warm …*

»Gefällt dir das«, murmele ich an ihrem Ohr. »Dann komm für mich, Kitty, komm!«

Ein Zittern durchfährt sie, nur ein leichtes Beben. Dann noch eins. Heftiger. Weil sie so kurz davor steht.

»Hör jetzt nicht auf«, wimmert sie, als ich die Bewegungen verlangsame. »Bitte, nicht aufhören.«

»Hab ich nicht vor«, flüstere ich ihr zu.

Ich massiere mit langsamen Kreisen ihre Klit, steigere ihre Lust und nehme jede ihrer Reaktionen auf. Ich lerne von ihr, was sie mag und was nicht, spiele mit ihr, erkunde sie, nutze es aus, ihr so nah zu sein. *Harmlos, aber sexy.*

Bis die Beben in immer kürzeren Abständen ihren Körper erschüttern und sie sich plötzlich in meine Schultern krallt und kommt. Erst sieht sie mich überrascht an, dann schließt sie die Augen und wirft den Kopf zurück, sodass ich ihre Kehle küssen kann.

»Oh Gott!«, ist alles, was sie sagt, voll Verlangen und Zufriedenheit. Ihre Pussy krampft heftig um meine Finger, ihr ganzer Körper vibriert, wird heißer, windet sich. Und dann sinkt sie erschöpft zurück, was mich mit Stolz erfüllt, tiefem, männlichem Stolz. Weil ich ihr diesen Moment geschenkt habe. *Glückwunsch, Kostolany!*

Ich muss lachen, als ich sehe, wie sie ihren Arm über ihre Augen legt, so geschafft von diesem kleinen sexy Orgasmus. Der so weit von dem entfernt ist, was noch möglich ist. Was sie merken wird, wenn sie mir gehört. Mir allein.

Wie um das zu unterstreichen, küsse ich mich ihren Hals entlang, berühre ihr Kinn und knabbere an ihren Mundwinkeln.

»Geh!«, sagt sie da leise und dreht den Kopf weg.

Sofort halte ich inne. »Hast du gerade gesagt, dass ich gehen soll?« *Nein, nein, nein.* Mal von meinem Ständer abgesehen … Es gefällt mir bei ihr.

»Hab ich«, sagt sie, ohne mich anzuschauen.

»Warum?« Sanft schiebe ich ihren Arm von den Augen, brauche den Blickkontakt.

»Weil ich dabei bin, mich in dich zu verlieben. Und das wäre noch dümmer, als sich als Normalo in einen BDSM-Klub zu schleichen.« Sie versucht es mit Humor, lacht leise, aber schließt wieder die Augen. »Also bitte, geh, Kostolany!«

Ich zögere, verstehe, was sie meint. Sie, die vielleicht mal gefesselt werden will, ich, der es liebt, jemanden zu quälen, bis die Tränen rollen – und der in diesem Klub arbeitet, wo er andere Frauen verwöhnt. Kompatibilität null.

»Ich halte das für einen Fehler«, sage ich dennoch leise.

»Geh bitte trotzdem.«

Wenn sie laut werden und mich anschreien würde, könnten wir miteinander kämpfen. Ich mag das Gerangel mit ihr. Aber ihre ruhige Art besiegt mich viel effektiver – und macht mich wütend. *Verdammt, warum geht sie auf den Kuss ein, wenn sie solche Bedenken hat? Warum rennt sie mir nach, wenn sie mich im Grunde nicht will? Und warum will ich trotz allem das Beste für sie?*

Obwohl es mir schwerfällt, ziehe ich mich zurück. »Also ist das Abschied Nummer zwei?«

»Ja.«

»Du passt in Zukunft auf dich auf?«

»Natürlich«, sagt sie. »Und du lässt dich weiterhin nicht von deinen Kundinnen küssen?«

»Auf keinen Fall.«

»Gut«, sagt sie, dabei müsste es ihr egal sein.

Und dann, weil es mir wirklich schwerfällt, ihr den Rücken zuzukehren, beuge ich mich ein letztes Mal über sie, streife mit meinen Lippen ihre, atme erneut ihren Duft ein, der sich einbrennt in mein Gedächtnis, und gehe.

Im Wohnzimmer springt sofort Audrey auf, grinst erst, wird jedoch ernst, als sie meinen Gesichtsausdruck sieht.

»Geh zu ihr«, sage ich ruhig. »Jetzt braucht sie dich. Ich red noch mal mit Reece und leg ein gutes Wort für dich ein. Schließlich ist nichts passiert.«

»Kosto, was zum –?«

Bevor Audrey mich mit Fragen löchert, die ich selbst nicht beantworten kann, schließe ich die Tür hinter mir und rufe mir ein Taxi. Ich fahre nach Hause, um endlich zu duschen und mir frische Klamotten anzuziehen, so kann ich Reece schließlich nicht gegenübertreten. Und plötzlich ist mir schlecht. Kotzübel.

Das ist neu.

5. Kapitel

NIKKI

Ich kenne diesen Mann kaum, und trotzdem vermisse ich ihn. Drei Sekunden, nachdem er weg ist. *Was für eine Glanzleistung!*

Meine Zimmertür öffnet sich, und Audrey steckt ihren Kopf rein. Sie sieht besorgt aus – und hat verheulte Augen.

»Was ist?«, frage ich sie.

Sie kommt zu mir aufs Bett, nimmt mich in den Arm. Und als ich die Umarmung erwidere, schmiegt sie sich an mich, und mir wird klar, dass nicht nur ich gerade in einer Krise stecke.

»Schon vergessen?«, schlägt sie einen künstlich fröhlichen Tonfall an. »Ich war so dumm, dich in den Klub zu lassen, und du hast dich nicht an unsere Abmachung gehalten.« Sie atmet zittrig durch. »Die letzten Stunden bin ich fast vor Sorge um dich gestorben. Jetzt weiß ich, wie es dir immer mit mir ergangen ist.«

»Ich bin in Ordnung«, sage ich. *Mehr oder weniger.*

Sie seufzt.

»Aber das ist nicht alles, warum du so fertig bist?«, rate ich.

»Nein.« Sie stockt, setzt ein Lächeln auf. »Könnte passieren, dass ich bald wieder bei dir einziehen muss.«

»Wie meinst du das?«

»Reece ist extrem sauer auf mich.«

»Also wirst du bestraft?«

»Genau«, sagt sie, drückt sich noch enger an mich und holt tief Luft. »Und er hat mich gefeuert.«

»Er hat was?! Wie kann er das tun? Ich war es doch, nicht du!« *So ein Mist!* Ich wollte nicht, dass meine Schwester Ärger bekommt.

»Nein, das ist richtig so«, beschwichtigt Audrey mich, dabei müsste ich doch sie aufbauen. »Ich kenne die Klubregeln, weiß, wie wichtig sie für Reece sind. Er kann nicht, nur weil ich seine kleine süße Freundin bin, eine Ausnahme machen. Wie sähe das vor den anderen Mitarbeitern aus?«

Schuldgefühle quälen mich. »Ich rede mit ihm.«

»Das wird nichts ändern.«

»Das weißt du nicht. Ich rede auf jeden Fall mit ihm. Du gehörst ins Tease & Please. Ich hab dich noch nie so glücklich gesehen wie in den letzten Monaten.« Voll neuer Tatkraft schwinge ich daher die Beine aus dem Bett und verschwinde ins Bad. Besser als Kostolany zu vermissen und mich in Selbstmitleid zu suhlen.

»Was tust du, Nikki?«, fragt Audrey wenig begeistert.

»Ich bin ab sofort wieder deine große und damit vernünftige, beherrschte und superschlaue Schwester.« Ein trauriges Herz reicht. Meines.

Ich stelle mich unter die Dusche, wasche meine Haare und höre, dass Audrey mir ins Bad gefolgt ist.

»Danke, dass du mir helfen willst, aber das wird nichts bringen«, sagt sie. »Es war meine Entscheidung, dich in den Klub zu lassen, mein Fehler. Nicht deiner.«

»Ja, ein Fehler, den du gar nicht erst gemacht hättest, wenn ich nicht zum Klub gefahren wäre. Etwas, von dem ich wiederum wusste, dass es falsch ist. Dich trifft da definitiv nicht die Alleinschuld.«

Ich steige aus der Dusche, trockne mich ab und gehe dann zu meinem Kleiderschrank, um mir ein seriöses Outfit rauszusuchen – also mich zwischen Kostümen in gedeckten Farbtönen, die ich zu einer weißen Bluse tragen werde, zu entscheiden. Dank meines Jobs bei der Bank habe ich davon Dutzende.

»Ist Reece gerade im Klub oder im Büro?«, frage ich und wähle Dunkelblau, passend zu meinen Augen. »Oder vielleicht sogar zu Hause?«

»Tu das nicht, Nikki«, will mir Audrey das Ganze ausreden.

»Lass es mich wieder in Ordnung bringen«, sage ich und ziehe mich an.

»Aber nicht so.«

»Wie denn dann? Mit Blumen und Pralinen? Ich glaube nicht, dass die Reece erweichen.«

»Das stimmt. Genauso wenig wie eine Frau, die wie ein Feldwebel unser Penthouse stürmt.«

»Du wirst mich nicht davon abhalten«, bleibe ich stur. »Vielleicht habe ich nicht den perfekten Plan, aber eines weiß ich: Wenn man zu lange wartet, wird es nur schlimmer. Ich muss mit ihm reden, denn er darf dich deswegen nicht feuern.«

Sie holt Luft, um zu protestieren.

»Nein, Ende der Diskussion«, schneide ich ihr das Wort ab. Ich war noch nie diejenige, die die Hände in den Schoß gelegt und darauf vertraut hat, dass sich die Dinge von alleine wieder einrenken. Oder das jemand anderer meine Angelegenheiten in Ordnung bringt. *Selbst ist die Frau!*

»Also gut, versuch es, aber ich komme mit«, gibt Audrey nach. »Er ist um die Zeit zu Hause.«

***

»Schließ auf!«, sage ich zu Audrey, als wir im Randall Tower mit dem Fahrstuhl hoch zum Penthouse gefahren sind und nun vor ihrer mittlerweile gemeinsamen Wohnung stehen.

»Du musst das wirklich nicht tun«, sagt sie ein letztes Mal.

Doch, muss ich. Weil Audreys unglückliches Gesicht mir sonst Albträume verursacht. »Mach schon!«, dränge ich sie.

Während sie die Tür öffnet, zittern ihre Hände, und ich hasse den Anblick, was mich nur noch mehr darin bestärkt, das hier zu klären.

»Reece?!«, ruft Audrey in die Wohnung. »Wo steckst du?«

Wir durchqueren den Eingangsbereich, sehen die leere Küche, und meine Schwester will bereits zum Arbeitszimmer abbiegen, als ich sie am Arm packe und aufhalte. Denn ich entdecke ihren Freund mit einem Drink auf der Terrasse. Und er ist nicht allein. Ian, sein Bruder und Anwalt des Klubs, ist an seiner Seite.

Audrey und ich werfen uns einen Blick zu. Sie schüttelt den Kopf, will abhauen. Ich nicke dagegen, sammele meinen Mut und trete nach draußen zu den Männern.

»Können wir kurz reden?«, frage ich und ignoriere den herrlichen Ausblick, den man von hier oben auf die Stadt hat.

»Scheint ja heute Tag der offenen Tür zu sein«, meint Ian, der zu mir schaut und lächelt, während Reece mich mit Missachtung straft.

»Wie meinst du das?«

»Kostolany war erst vor fünf Minuten da und hat sich für Audrey eingesetzt.«

Wärme durchflutet mich, weil das unglaublich nett ist. »Was hat er gesagt?«

Endlich dreht sich Reece um, und sein Gesichtsausdruck ist hart und undurchdringlich. »Dass dich wenn, dann genauso viel Schuld trifft wie Audrey. Und dass es ziemlich unfair ist, dass Audrey dafür so heftig bestraft wird, du allerdings nur mit dem Schrecken davonkommst.«

»Und das heißt?«, frage ich und schaue zwischen beiden Männern hin und her.

Ian fährt sich frustriert über die Haare. »Er wollte damit wohl sagen, dass Audrey nicht so hart bestraft werden sollte –«

»Und er hat mich damit auf eine andere Idee gebracht«, sagt Reece.

Er mustert mich nachdenklich und nimmt einen weiteren bedächtigen Schluck aus seinem Whiskeyglas, was mir zeigt, wie ernst die Situation ist. Denn ich kenne Reece nicht als jemanden, der bereits mittags trinkt – bevor sein Job im Klub beginnt. *Läuft ja super!*

»W-w-welche Idee?«, presse ich heraus.

»Dass diese Aktion auch für dich Konsequenzen haben sollte.«

Mir wird mulmig, und unterstützend stellt sich Audrey neben mich und greift nach meiner Hand.

»Auf keinen Fall«, sagt sie, bevor ich reagieren kann.

»Sollten wir uns nicht erst mal anhören, was er meint?«, flüstere ich ihr zu.

»Was glaubst du, in welche Richtung das geht, Nikki?«

Reeces Mundwinkel zuckt. Er versucht, das zufriedene Lächeln zu unterdrücken, doch es gelingt ihm nicht. Er liebt Audrey immer noch und freut sich darüber, dass sie gleich ticken – und sie anders als ich sofort erfasst hat, worauf er hinauswill.

»Vielleicht soll ich dauerhaft die Buchhaltung für den Klub übernehmen?«, rate ich und sehe Reece fragend an. Das würde für mich jede Menge Arbeit bedeuten und wäre fies, aber fair.

»Wodurch du in Klubnähe wärst? Vergiss es!«, schnaubt Reece.

»Du hast was anderes im Sinn?«, frage ich.

»Habe ich.«

»Was?«

»Du übernimmst für einen ganzen Monat die Reinigung sämtlicher Spielzeuge des Klubs.«

»Urgs«, macht Audrey neben mir.

»Aber das wäre doch okay«, raune ich zu ihr.

»Findest du? Da kleben manchmal Sachen dran, die selbst meine Fantasie Amok laufen lassen.« Sie schüttelt sich angewidert.

Ich lasse mich von ihr nicht entmutigen und blicke wieder zu Reece. »Wäre das überhaupt besser? Würde ich diesen Job nicht auch im Klub machen?« Dort, wo der Dreck anfällt.

»Es würde nur die losen Spielzeuge betreffen«, sagt Ian, mit dem Reece diesen Vorschlag offensichtlich bereits besprochen hat.

»Und du könntest das hier in den Geschäftsräumen erledigen. Die Etage mit den Seminarräumen ist groß genug. Da würden wir dir eine Ecke einrichten.«

»Mach das nicht«, wispert Audrey neben mir.

Keine Chance! Ich habe Mist gebaut und übernehme dafür die Verantwortung.

»Und wenn ich zustimme, hat das alles für Audrey keine Konsequenzen, richtig?«, hake ich nach. Nun bin ich es, die aufmunternd ihre Hand drückt.

Reece seufzt und reibt sich über das Gesicht. Dann sieht er Ian an, dessen Mundwinkel zucken, als fände er es amüsant, in welcher Zwickmühle sein Bruder steckt. »Kannst du mir bitte mal helfen?«, knurrt Reece ihn an. »Wie soll ich bei dem Anblick hart bleiben? Schau dir die beiden an! Von Kopf bis Fuß schuldbewusst und geständig.«

»Was immer du tust, ich steh hinter dir, das weißt du. So wie ich es vorhin schon gesagt habe: Keiner verlangt von dir, dass du Audrey entlässt. Bis auf Kostolany weiß niemand, was genau passiert ist, und der hat sich dafür eingesetzt, dass sie bleibt. Und selbst wenn es jemand wüsste, hättest du einen Spielraum.«

Reece sieht uns fragend an, führt das Whiskeyglas bereits an seinen Mund, stellt es dann jedoch weg und nimmt sich ein Wasser.

»Also gut, Audrey, du bist nur für zwei Wochen suspendiert. Wir werden uns weder im Klub noch im Büro sehen. Danach bist du sechs Monate lang auf Probe. Sechs Monate, in denen ich dich von deiner allerbesten Seite erleben will. Verstanden?«

»Verstanden, Sir«, haucht sie, allerdings nicht spielerisch, wie ich es bei Kostolany tue, sondern überzeugt.

»Außerdem …«, setzt er an.

»Es gibt noch mehr?«, frage ich erstickt.

Ein harter Blick trifft mich. »Außerdem«, fängt er erneut an, »folgt eine BDSM-Strafe, bei der Nikki zusätzlich zum Reinigen der Toys zuschauen wird.«

Audrey zuckt neben mir zusammen. Sie will was sagen, aber sie weiß, dass jetzt nicht der passende Moment dafür ist.

»Ich denke, mit dieser Lösung können wir alle leben.« Er seufzt. »Und dann möchte ich so eine Scheiße bitte nie wieder erleben.«

Meine Schwester zittert neben mir und zieht leise die Nase hoch.

»Es tut mir so leid«, flüstere ich ihr zu. Mir war nicht klar, was meine Aktion für Folgen haben würde. Ausgerechnet Audrey, die ich förmlich dazu zwingen musste, mir zu helfen, muss nun für meinen Fehler bezahlen.

»Kleines?«, sagt Reece sanft und kommt näher, weil sie noch nichts dazu gesagt hat.

Ich merke, wie Audrey mit sich kämpft, sich dann aber von meiner Hand losreißt und Reece um den Hals fällt. »Hass mich nicht«, schluchzt sie. »Ich wollte das alles nicht.«

Ian und ich sind für die beiden vergessen. Sie umschlingen sich, Reece flüstert ihr Dinge ins Ohr, Audrey ihm. Sie klammert sich an ihm fest, er streicht ihr über den Rücken, fährt ihr durchs Haar, lässt sie spüren, dass er sie trotz allem liebt. Wie verrückt liebt.

Und plötzlich fühle ich mich allein und wünschte, ich hätte jetzt so wie Audrey jemanden, der mich in die Arme nimmt und mir zeigt, dass er trotz allem für mich da ist.

Kostolany.

Der weg ist, weil du ihn weggeschickt hast.

»Wann beginnt die Strafe?«, störe ich die innige Umarmung der beiden.

Reece lässt Audrey nicht los, als könnte er sie vor dem, was er selbst festgelegt hat, beschützen. »Morgen Abend«, meint er. »Ian schickt dir die Details.«

Ich nicke, bin hier überflüssig. »Gut, dann bis morgen!«

Wie auf Autopilot verlasse ich die Wohnung und steuere die Tiefgarage an, wo mein Wagen parkt.

Als ich ankomme, stutze ich. Denn jemand lehnt an der Fahrertür. Groß, breitschultrig, mit roten Haaren. Ich blinzele, doch die Gestalt verschwindet nicht. Kostolany.

KOSTOLANY

Nikki bleibt stehen, sobald sie mich sieht. Ich rechne damit, dass sie mich wegschickt. Schließlich hat sie vorhin deutlich gemacht, dass sie mich nicht in ihrem Leben will. Zu meiner Überraschung beschleunigt sie jedoch ihren Schritt, bis sie beinahe rennt. Dann wirft sie sich mir förmlich an den Hals.

Von wegen, das zwischen uns ist vorbei!

Ich nehme sie in den Arm, drücke sie an mich, und eine angenehme Ruhe breitet sich in mir aus.

Sie sagt nichts, aber ich spüre, dass sie zittert. Am ganzen Körper. So heftig, dass ich mich frage, wie sie es ohne Hilfe vom Penthouse in die Tiefgarage geschafft hat.

Erst reibt sie ihre Nase nur an meiner Brust, dann lehnt sie sich richtig dagegen. »Du hast geduscht«, sagt sie erstickt.

»Das tun Menschen«, entgegne ich belustigt, dabei weiß ich, was sie eigentlich sagen will. Dass ich nicht mehr nach Leonora rieche.

»Blödmann!«, schnaubt sie.

Ich verkneife mir, sie darauf hinzuweisen, dass ich mir diesen Tonfall normalerweise nicht bieten lasse, und lache leise.

»Geht's wieder?«, frage ich sie und reibe über ihren Rücken.

Sie schmiegt sich enger an mich, ein klares Nein.

Ich seufze und frage mich, was Reece beschlossen hat. Und ich ärgere mich, dass er sie in dem Zustand hat gehen lassen. *Ja, Nikki ist stark, aber sie ist nicht Superwoman. Sieht das keiner außer mir?* »Und wie ist es jetzt?«, wiederhole ich und lege mein Kinn an ihren Kopf.

»Seit deiner letzten Frage sind gerade mal fünf Sekunden vergangen!«, beschwert sie sich, muss dabei jedoch kichern.

»Und?«, tue ich, als verstünde ich nicht, warum sie sich aufregt. Dabei bin ich erleichtert. Ich mag sie lieber kämpferisch als mit den Nerven am Ende.

»Ja, es geht wieder«, sagt sie schließlich.

»Gut, dann ist mein Job hier ja erfüllt.«

Ich will mich lösen, doch sie lässt es nicht zu.

»Was denn, Kitty?«

»Noch fünf Minuten.« Sie schluckt. »Oder hast du was vor?«

»Klar, wie jeden Sonntag Strafen planen, Knoten üben und beten, dass ich nicht in die Hölle komme«, murmele ich scherzhaft und genieße ihre Nähe und dass auch ich Gefühle für diese Frau entwickele. In einem Tempo, das für mich neu ist.

»Ha, ha«, macht sie.

»Dachte ich mir doch, dass dir meine Pläne gefallen.«

Schließlich gibt es keinen Grund mehr, den Abschied in die Länge zu ziehen. Ich wollte sicher sein, dass es ihr gut geht, und das tut es nun.

»Fahr nach Hause und genieß deinen Sonntag, okay?«, sage ich sanft und löse mich von ihr. Ich werde noch mal mit Reece sprechen, um zu erfahren, was vorgefallen ist. Damit will ich sie nicht belangen.

Sie will erneut protestieren, aber verkneift sich ihre Worte. »Okay.«

»Braves Mädchen. Wir sehen uns.«

»Tun wir das?«

»Verlass dich drauf.«

Ich trete einen Schritt zurück, damit sie in ihren Wagen einsteigen kann, sehe zu, wie sie sich anschnallt, und gehe weiter auf Abstand, als sie den Motor startet.

»Fahr vorsichtig«, sage ich ihr.

»Klar!«

Sie parkt aus und drückt zum Abschied kurz auf die Hupe. Ich warte, bis ihr Wagen die Tiefgarage verlässt, und frage mich, was das zwischen uns ist. Dann fahre ich erneut zu Reeces Penthouse.

***

»Solltest du nicht im Klub sein?«, begrüßt mich Ian, der mir erneut die Tür öffnet.

»Wo ist er?«, knurre ich.

»Du meinst mein Bruderherz?« Er grinst. »Das scheint ja heute die Frage des Tages zu sein.«

Spaßvogel! Ich werfe ihm einen aufgebrachten Blick zu, weil ich seinen Humor äußerst unpassend finde.

»Er ist auf der Terrasse. Mit Audrey«, erklärt er, aber hält mich am Arm fest, bevor ich losstürmen kann. »Gib ihnen noch etwas Zeit. Das alles ist gerade ganz schön heftig für die beiden.«

Ich schüttele seinen Arm ab, während die Emotionen in mir hochkochen. »Wozu? Wenn für Nikki fünf Minuten gereicht haben, um mit der Situation klarzukommen, dann doch wohl auch für Audrey!«

»Was willst du damit andeuten? Dass Nikki noch einen Moment hätte warten sollen? Ihr ging es gut, als sie gegangen ist.«

»Ach ja?!«, gebe ich nur zurück, beginne aber keine Diskussion. *Wozu? Vorbei ist vorbei.* »Was habt ihr ausgemacht?«

»Du hast sie nicht gefragt?«, meint Ian.

»Und sie an all die Scheiße hier erinnert? Ich bin nicht dumm.«

»Stimmt, bist du nicht.«

Ian führt mich ins Arbeitszimmer von Reece und deutet auf einen Sessel, wo ich Platz nehmen soll.

»So schlimm?«, witzele ich und setze mich.

»Megaschlimm«, sagt er grinsend. »*Dir* wird es allerdings gefallen.«

»Ach ja?«

Ian setzt sich mir gegenüber hin, legt den Kopf schief und sieht mich an. Es ist immer noch merkwürdig für mich, dass er nun ebenfalls ein Dom ist. Er war bisher nur der kleine Bruder von Reece und jemand, mit dem man sich nicht anlegen sollte, weil er der Anwalt des Klubs ist. Doch vor Kurzem hat sich herausgestellt, dass er all die fiesen BDSM-Tricks durchaus mag – und sie mit seiner Freundin und Sub Catherine auch auslebt.

»Nur so aus Interesse: Wenn sie deine Sub wäre, was würde ihr für diese Dummheit blühen?«, fragt Ian.

Fuck! Anders als Reece liebe ich es zu strafen. Der Sadist in mir hat dann quasi Happy Hour. Und allein die Frage mit den Reizwörtern ›Nikki‹, ›Sub‹ und ›Strafe‹ sorgt dafür, dass ich hart werde.

»Du Arsch!«, knurre ich. *Das hat er doch mit Absicht gemacht.*

Besänftigend hebt er die Hände. »Wenn, dann ein neugieriger, wissbegieriger Arsch. Also?«

Ich schließe die Augen und stelle mir die Situation vor. Nikki, wie sie ein Verbot überschreitet, sich in Gefahr bringt, andere mit reinzieht …

»Ich würde eines ihrer Tabus brechen«, sage ich ruhig und überlegt. Da sie mein Vertrauen missbraucht hätte, würde ich ihres missbrauchen. Wenn das Ganze vorbei wäre, würde ich sie auffangen, wie ich es immer tue, und mir ihr Vertrauen zurückerobern, sie verwöhnen, die dunkle Erfahrung mit einer hellen überstrahlen.

»Hättest du keine Angst, dass sie sich wegen so was von dir distanziert?«, fragt Ian.

»Nein. Danach ist man sich sogar näher – wenn man es richtig macht und diese Masche nicht überstrapaziert.« Ich grinse. »Sie zu quälen ist für mich wie ein edler Tropfen Wein. Man sollte ihn genießen. Bekommt man ihn jedoch jeden Tag, verliert er seinen besonderen Reiz.« Und man wird zum Psycho, weil man ständig nach mehr giert. »Reicht dir das als Antwort?«

Er lässt meine Infos sacken. »Dagegen ist mein Bruder ja der reinste Teddybär!«, meint er scherzhaft.

»Ist er.« *Und Ian, der noch mal softer ist, die Plüschfüllung.* »Apropos … Was hat der Boss beschlossen?«

»Ein Tabu brechen wir nicht, aber Nikki wird an ihre Grenzen kommen. Sie soll einen Monat lang die Sextoys des Klubs putzen und muss zusehen, wie Reece Audrey bestraft.«

Clever! Ich muss grinsen, weil das eine ziemlich gute Strafe für jemanden wie Nikki ist, die bisher mit der Welt des Tease & Please keine Berührungspunkte hatte.

»Als Anwalt ist mir dabei natürlich wichtig, dass alles korrekt abläuft, aber auch, dass die Interessen des Klubs gewahrt werden.«

»Und das heißt?«

»Dass jemand vom Klub sie überwachen wird. Nach all der Scheiße Anfang des Jahres können wir uns keinen weiteren Eklat leisten. Nikki und Audrey können von Glück reden, dass keiner der Gäste etwas mitbekommen hat. Sonst hätte ich Reece in seiner Entscheidung, Audrey zu entlassen, unterstützt.«

Klingt fair. »Wen habt ihr dafür eingeplant?«

»Einen der besten und eher moderaten Doms. Jace.«

Das Klub-Business geht mich normalerweise nichts an. Ich sollte einfach nicken und gehen. Doch ich kann nicht.

Denn zu sehen, wie Nikki die Toys putzt? Für diese Show würde ich sogar Eintritt bezahlen. Dabei zu sein, wie Reece seiner Angebeteten den Hintern versohlt? So was wie der Jackpot! Und die ganze Zeit Nikki neben mir zu haben und zu spüren, wie sie zusammenzuckt? Der Himmel!

»Zufrieden, wie wir das geregelt haben?«, fragt Ian und grinst.

»Eine Kleinigkeit solltet ihr abändern.«

»Ja, Kosto?« *Lauernder Winkeladvokat! Er weiß genau, worauf ich hinauswill.*

»Plant mich anstelle von Jace ein!« Denn wie ich Nikki versprochen habe – wir sehen uns.

6. Kapitel

NIKKI

»Hallo, mein Name ist Nikki Montgomery. Ich habe einen Termin mit Reece und Audrey«, melde ich mich einen Tag später nach Feierabend am Empfang des Randall Towers, der heute von einer anderen Frau besetzt ist als am Wochenende. Um meine Strafe anzutreten.

»Nikki Montgomery?«, fragt die Dame nach, auf deren Revers der Name Anna prangt, und durchsucht ihr Verzeichnis, während mein Herz immer schneller schlägt.

Ich nicke beklommen.

»Hi, Anna«, meldet sich eine mir vertraute Stimme hinter mir. Kostolany. »Nikki ist etwas früh dran. Sie müsste für den Neun-Uhr-Termin auf der Liste stehen.«

Die Frau sieht zu Kostolany, dann in ihren Computer und schließlich wieder zu mir. Breit lächelnd. Während ich versuche, den Mann hinter mir zu ignorieren. »Da haben wir Sie ja!« Sie reicht mir das Besucherkärtchen. »Ich muss Sie bitten, noch im Foyer zu warten. Allein darf ich Sie erst fünfzehn Minuten vor dem Termin durchlassen.«

»Das muss sie nicht. Ich begleite sie«, sagt Kostolany, woraufhin ich mir einen Schulterblick nicht verkneifen kann, den ich sofort bereue. Denn dieser Mann trägt heute, anders als am Wochenende, perfekt sitzende dunkelblaue Jeans und ein schwarzes Shirt, das sich über seinen Brustkorb spannt – und sieht einfach zum Anbeißen aus.

»Ihr habt den gleichen Termin?«, fragt sie lächelnd nach – flirtet mit ihm! –, dabei würde ich darauf wetten, dass ihr das Lächeln vergeht, wenn sie wüsste, was er mit Frauen im Tease & Please anstellt.

»Haben wir«, sagt Kostolany und rückt etwas dichter an mich heran, sodass sein Geruch vermischt mit dem Duft von Duschgel zu mir wirbelt.

Haben wir?!, denke ich entsetzt. *Was soll das heißen, haben wir?*

»Okay, dann könnt ihr durch«, meint Anna freundlich, die etwas in ihrem Computer vermerkt hat.

»Wollen wir?«, fragt Kostolany, legt seine Hand auf meinen Rücken und dirigiert mich Richtung Fahrstühle.

So gerne, wie zu einem Termin beim Frauenarzt!

»Was machst du hier?«, platze ich heraus, als wir die leere Kabine betreten und losfahren. Das warme Gefühl, das sich dank seiner Berührung in mir ausbreitet, versuche ich zu ignorieren.

»Beginnt heute nicht deine Strafe?«, fragt er wie nebenbei, als würden wir uns über das Wetter unterhalten. Dabei geht ihn das gar nichts an.

Misstrauisch verenge ich die Augen. »Tut sie«, gebe ich knapp zu.

»Und du weißt, dass jemand vom Klub dir dabei auf die Finger schaut?«

»Ja, Reece hat so was erwähnt.«

»Dieser Jemand bin ich.«

Das erklärt so einiges.

Ich müsste mich aufregen, denn das ist ganz sicher kein Zufall. Stattdessen taste ich nach seiner Hand und drücke sie. »Danke«, hauche ich erleichtert, denn irgendwie gibt mir seine Anwesenheit die nötige Sicherheit.

Kostolany lächelt amüsiert. »Danke mir noch nicht. Schließlich sorge ich dafür, dass du deine Strafe ableistest.« Er beugt sich an mein Ohr. »Mit allen Mitteln.«

Plötzlich ist die Fahrstuhlkabine viel zu eng. Hitze und Kälte schießen gleichzeitig durch mich hindurch, mir wird schwindelig, und ich lehne mich an die verspiegelte Wand.

»Dir macht es Spaß, mich so zu sehen, oder?«, frage ich verwirrt.

»Ziemlich«, entgegnet er ruhig und lässt seine Finger über meinen Hals wandern, spürt meinen hektisch schlagenden Puls, neckt mich, spielt mit mir.

»Nur fürs Protokoll: Mir passt nicht, dass du deshalb einen Ständer kriegst«, zische ich und mobilisiere meine Wut, die ich besser verstehe als den Rest meiner Gefühle.

»Lügnerin.«

Wie aufs Wort glühen meine Wangen verräterisch.

»Siehst du? Erwischt!«, sagt er vergnügt. »Aber du hast Glück, dass wir heute Abend bereits Pläne haben. Unter anderen Umständen würde ich dich dazu bringen, das zuzugeben.«

Noch nie war ich so dankbar, dass sich die Fahrstuhltüren öffnen und sich quasi ein Fluchtweg auftut.

Ich verlasse die Kabine und steuere zielstrebig den momentan ungenutzten Seminarraum an, wo Audreys Bestrafung stattfinden wird. Der Teppich dämpft meine energischen Schritte, trotzdem sorgen meine Pumps dabei für ein wütendes Geräusch.

Lass dich von diesem Mann nicht so überwältigen!

Ich stoße die Tür auf und bin überrascht, Audrey und Reece so gelöst wie eh und je zu sehen – neben einem Berg Spielzeug, den ich danach noch putzen muss. Sie scherzen miteinander, küssen sich, benehmen sich wie ein normales verliebtes Pärchen. So wie ich sie kenne. Nicht so, als würden hier jeden Moment die Fetzen fliegen.

»Hab ich was falsch verstanden?«, frage ich verwirrt nach.

»Ich liebe Audrey nach wie vor«, sagt Reece. »Das, was gleich passiert, wird mir mindestens so sehr wehtun wie ihr.«

»Ich könnte das übernehmen«, bietet Kostolany an.

»Wag es …«, knurrt Reece.

»War nur ein Angebot«, meint er. »Was hast du geplant? Wo spielt ihr?«

Reece nickt zu einem Bock, neben dem verschiedene Schlaginstrumente liegen. Ich erkenne ein Paddle, eine Gerte, einen Rohrstock und etwas wie ein dickes Seil.

»Du wirst alles benutzen?«, frage ich mit trockenem Mund.

»Werde ich«, sagt Reece.

Was hab ich nur getan? Das sind ja drei Strafen zum Preis von einer! »Es tut mir so leid«, hauche ich Audrey zu. »Du musst das nicht tun. Ich kann das für dich übernehmen, oder wir finden eine Alternative. Noch ist es nicht zu spät.«

Seltsamerweise lächelt sie. »Mach dir keine Sorgen, Nikki. Das ist in Ordnung. Ich hab Reeces Vertrauen missbraucht. So stelle ich es wieder her.« Sie nimmt mich in den Arm und ich rieche ihr Kokos-Shampoo. »Was auch immer du gleich siehst, versprich mir, dich nicht einzumischen, ja?«

»M-m-machst du dir meinetwegen Sorgen?«, stammele ich.

»Natürlich, große Schwester! Du kannst zu einer blutrünstigen Bestie mutieren, wenn die Menschen, die dir was bedeuten, in Gefahr sind.« Sie legt eine Pause ein, und ich wette, wir beide denken an den Tag, als ich einem ihrer Klassenkameraden, der sie gemobbt hat, die Nase gebrochen habe. »Bitte benimm dich also und halt dich zurück! Versprich es!«

»Versprochen.« Ich schlucke. »Wo sitzen wir?«, frage ich.

»Wir stehen«, sagt Kostolany.

Reece wollte gerade was anderes sagen, aber beide Männer tauschen einen Blick, und dann sagt auch Reece: »Ihr steht.« Er räuspert sich. »Weitere Fragen? Sonst könnten wir anfangen und das Ganze hinter uns bringen.«

»Keine«, krächze ich, dabei habe ich jede Menge.

Wie lange wird es dauern? Was passiert, wenn Audrey ernsthaft verletzt wird? Ist ein Arzt in der Nähe? Und was ist, wenn ich auf die Toilette muss?

Kostolany ist an meiner Seite und intuitiv greife ich nach seiner Hand, unsere Finger umschlingen sich, und er drückt mich beruhigend. Was sich gut anfühlt.

»Und, hast du noch Fragen, Kleines?«, wendet sich Reece an meine Schwester.

Das Lächeln ist von ihrem Gesicht verschwunden. Sie wirkt ernst und in sich gekehrt und schüttelt den Kopf. »Ich liebe dich«, sagt sie nur.

Reece tritt zu ihr und streift mit seinen Lippen ihre. »Und ich dich. Immer.«

Dann weicht er zurück und strafft die Schultern. »Zieh deine Bluse aus!«

Seine Stimme ist plötzlich anders, fester, tiefer, und ich zucke zusammen, als sie den Raum ausfüllt und meine Schwester seinem Befehl Folge leistet.

Angespannt drücke ich Kostolanys Hand und spüre, wie er den Druck erneut erwidert – und mich dazu bringt, das Geschehen zu verfolgen.

»Komm her, Kleines!«, sagt Reece, sobald Audrey die Bluse ausgezogen hat, und sie tritt zu ihm.

Das Gefühl der Reue wird heftiger, als ich sehe, dass Reece ihre BH-Schalen nach unten schiebt und ihre Nippel berührt. Audrey zuckt zusammen, und ich weiß genau, warum: weil sie dort wahnsinnig empfindlich ist, was natürlich für eine Strafe perfekt ist. Dann nimmt er eine Nippelklemme und schiebt sie fest. Dann die zweite. Ich erkenne nicht, was er tut, weil er mir den Rücken zuwendet, habe dafür aber freie Sicht auf Audrey. Tränen laufen ihr über die Wangen. Weil es ihr wehtut und es sie garantiert an diesen schrecklichen Vorfall Anfang des Jahres erinnert.

Verdammt, ich will hier nicht zuschauen!

Meine Fluchtreflexe übernehmen. Aufgewühlt will ich zurückweichen, aber Kostolany hält mich auf. Ich will mich an seine Brust schmiegen und mich verstecken, doch er dreht mich kompromisslos um. »Schau zu«, flüstert er mir ins Ohr. »Oder sie muss das noch mal über sich ergehen lassen.«

Erstickt ziehe ich die Luft ein. Das möchte ich auf keinen Fall. Also zwinge ich mich, das Geschehen zu verfolgen.

»Es tut mir leid«, wimmert Audrey.

»Ich weiß, Kleines. Mir auch«, sagt Reece sanft.

»Und jetzt, Sir?«

»Leg dich auf den Bock.«

»Aber ich trag den Nippelschmuck!«, entschlüpft ihr, bevor sie den Mund halten kann.

»Verdammt, Audrey!«, flucht Reece und fährt sich über die Haare. Er sieht nicht glücklich aus.

Ich bin verwirrt, werfe Kostolany einen fragenden Blick zu.

»Jetzt wird er sie noch heftiger bestrafen müssen, weil sie protestiert hat«, erklärt er an meinem Ohr und hält mich enger, als würde er spüren, dass ich kurz davor bin, einen weiteren Fluchtversuch zu starten. Während er das hier zu genießen scheint, der Beule nach zu urteilen, die sich gegen meinen Rücken drückt.

Wie krank ist das denn?!

Und irgendwie auch wie heiß!

Falscher Zeitpunkt, Nikki.

Wie befohlen legt sich Audrey auf den aufgestellten Bock und hält sich fest.

»Kein Mucks, Kleines. Verstanden?«, sagt Reece, zieht ihren Slip nach unten und ihren Rock hoch, sodass ihr Hintern für die Strafe freiliegt.

»Verstanden, Sir«, antwortet sie mit brüchiger Stimme, was mir durch Mark und Bein geht. Reece lässt sich davon nicht erweichen.

»Womit willst du anfangen?«, fragt er Audrey und zeigt auf das Equipment.

»Mit dem Paddle«, sagt sie.

»Also mit dem Rohrstock, gute Wahl«, beschließt er.

Was zum Henker soll das?!, frage ich mich, doch da höre ich, wie Kostolany leise an meinem Rücken lacht, so als hätte er dasselbe gemacht. *Der Sub nie die Regie überlassen.*

Der erste Schlag folgt, und ich zucke zusammen. Genau wie Audrey. Ich sehe die rote Strieme auf ihrer Haut, die lange brauchen wird, bis sie verblasst. Dann folgt schon der nächste Schlag.

Entsetzt kneife ich die Augen zu. Wie bei einem Horrorfilm. Keine Ahnung, wie meine Schwester das aushält, für mich ist es jedenfalls die reinste Tortur.

»Mach die Augen wieder auf, oder ich verpetz dich!«, raunt Kostolany mir zu.

»Ich kann nicht«, wispere ich.

»Du musst. Letzte Warnung. Ich zähle bis drei. Eins, zwei, drei.«

Ich will ja, wirklich. Doch meine Lider sind wie festgetackert. Jetzt sind es nur noch die Geräusche, die ich höre. Das Sausen des Stocks, wie er die Luft zerschneidet. Das Keuchen von Reece, weil ihn der Schlag Kraft kostet. Das unterdrückte Wimmern von Audrey, die das so tapfer über sich ergehen lässt. Es ist immer noch schlimm, aber erträglicher.

Womit ich nicht rechne, ist, dass Kostolany laut ruft: »Sie sieht nicht hin!«

Ertappt zucke ich zusammen und reiße die Augen auf, nur um direkt Reeces wütenden Blick aufzufangen. *Nein, nein, nein!*

»Ehrlich nicht?«, fragt er.

»Kostolany lügt«, sage ich.

»Schwerer Fehler«, murmelt Kostolany leise, und mir läuft ein Schauer über den Rücken. Seltsamerweise nicht nur vor Angst, sondern auch vor Lust, weil ich spüre, wie ausgeliefert ich ihm bin.

»Wie viele hat sie nicht gesehen?«, fragt Reece. Er glaubt Kostolany, nicht mir. *Cleverer Dom!*

»Zwei«, antwortet der.

»Gut, dann von vorne«, verkündet Reece sauer, lässt durchblicken, dass die Miss Montgomerys gerade nichts zu melden haben, und geht zu Audrey. Sie tauschen kurz drei Worte aus, die so leise sind, dass ich sie nicht verstehen kann. Dann greift er erneut nach dem Rohrstock.

»Oh Gott!«, keuche ich. »Nein!« *Was hab ich nur getan?*

Mir wird heiß und schwindelig und schummerig. Aber ich beiße die Zähne zusammen. *Wenn meine Schwester das aushält, dann ich ja wohl auch.*

Ich zähle zwanzig Schläge mit dem Rohrstock, und als Reece fertig ist, ist sein Hemd durchgeschwitzt vor Anstrengung. Er krempelt sich die Ärmel hoch, nimmt sich eine Wasserflasche, trinkt ein paar Schlucke und gibt Audrey ebenfalls davon.

»Willst du auch was?«, fragt mich Kostolany.

Wodka? Ja! Wasser? Ich schüttele den Kopf und krächze: »Nein.«

Er fühlt mein Gesicht, das ganz heiß ist. »Doch, nimm was!«

Notgedrungen tue ich, was er will. Mein innerer Tumult legt sich kein bisschen.

Als Nächstes wählt Reece die Peitsche. Nach jedem Schlag lässt er sie knallen, was mich zusammenzucken lässt – und was mich erregt und entsetzt. *Denn wie kann mein Körper in so einem Moment mit Lust reagieren? Was stimmt nicht mit mir, dass ich bei diesem Anblick feucht werde?! Das ist doch nicht richtig so!*

Gleichzeitig empfinde ich tiefe Reue. Hätte ich nur nicht darauf bestanden, in den Klub zu gehen! Wenn es eine Maschine gäbe, um in der Zeit zurückzureisen, ich würde sie sofort besteigen und diesen Fehler rückgängig machen. *Und dann hättest du Kostolany wie ein normaler Mensch einfach über Audrey treffen können!*

Ich leide mit meiner Schwester, möchte sie vor den Schmerzen bewahren, wie ich es mache, seit sie auf der Welt ist. Aber ich kann nichts tun, weil Kostolany mich wie in einem Schraubstock hält.

Dank mir noch nicht, hat er vorhin gesagt.

Jetzt verstehe ich seine Worte, denn er hat keine Gnade mit mir, zwingt mich, genau hinzusehen, was Audrey erleiden muss.

Tränen sammeln sich in meinen Augen, die ich hastig wegblinzele. *Nicht dass dieser Vollidiot hinter mir meint, ich würde nicht richtig hinschauen!*

»Scht«, murmelt Kostolany überraschend sanft an meinem Ohr und reibt beruhigend über meine Arme. Und ein Teil von mir nimmt seine Unterstützung dankbar an, während ein anderer protestiert.

Wenn er mir wirklich helfen will, sollte er das hier beenden! Tut er aber nicht.

Jetzt benutzt Reece das Paddle. Audreys ganzer Körper bewegt sich unter den Schlägen, droht jedes Mal auf dem Bock vorwärts zu rutschen. Sodass sie sich förmlich festkrallen muss!

Und da höre ich plötzlich ihr Schluchzen. Leise und stetig.

Ich kann mich nicht erinnern, Audrey je vor Schmerz heulen gehört oder gesehen zu haben. Sie ist taff und steckt so einiges weg. Und etwas in mir schnappt über. Ich entwickele Monsterkräfte. Denn keiner tut meiner kleinen Schwester weh. *Keiner!*

Wie eine Furie reiße ich mich von Kostolany los und stürze mich auf Reece. »Lass sie los, du Bastard! Hör auf damit! Fass sie nicht an! Nimm deine verfluchten Hände von ihr!«

Ich nutze das Überraschungsmoment, springe ihn von hinten an und trommele auf seinen Rücken ein. Wir taumeln. Doch bevor ich mehr ausrichten kann, werde ich von Kostolany gepackt und zurückgezogen – und dieses Mal so fest gehalten, dass es kein Entkommen gibt.

Mir ist, als würde mein Körper platzen, wenn er seinen Gefühlen nicht freien Lauf lassen kann. Und ich bin dankbar, wirklich dankbar, als Sterne vor meinen Augen auftauchen und die Welt vor mir verschwimmt.

KOSTOLANY

Was für eine Scheiße!

Reece sieht blass aus und wirkt total fertig, weil er es hasst, seiner Freundin wehzutun. Audrey heult, weil die Strafe für sie hart ist, vor allem nach dem, was ihr im Tease & Please widerfahren ist. Und Nikki, für die diese Session ohne jeden Zweifel kein Spaziergang ist, macht es für alle noch schlimmer. *Meine* Nikki, die nicht tut, was sie soll. Was ich einerseits bewundere, was mich aber andererseits wütend macht. *Denn das hier ist eine Strafe, und es ist wohl kaum zu viel verlangt, wenn sie sich wie alle anderen zusammenreißt!*

Ich nehme eine Wasserflasche und kippe ihr den Inhalt über das Gesicht. Ihre Lider flattern, sie hustet, kommt zu sich.

»Wir können weitermachen«, sage ich.

Reece reibt sich über das Gesicht, und der Kerl tut mir echt leid. Ich möchte nicht in seiner Haut stecken. Jemanden zu bestrafen, dem man normalerweise die Welt zu Füßen legt, ist nie leicht. Nicht mal für mich, der darauf steht, mit Schmerzen zu spielen.

»Nein«, wimmert Nikki.

»Trink was!«, sage ich.

Sie gehorcht, eine erfrischende Abwechslung.

»Ich will nicht, dass es weitergeht«, sagt sie und sieht mich flehentlich an, damit ich mich auf ihre Seite schlage und etwas unternehme.

»Das will hier niemand«, sage ich. »Trotzdem wird es das.« Ich zwinge sie, zu Audrey zu schauen. »Oder möchtest du, dass sie noch mehr leidet? Denn das wird sie. Je kühler ihre Haut wird, umso heftiger werden ihr die nächsten Schläge wieder wehtun. Dabei hat sie es fast geschafft. Sie spielt mit und erträgt ihre Strafe. Du kannst das auch.«

»Aber ich will nicht mehr. Es tut mir so leid.«

Falsche Antwort! Ich ignoriere ihr Gebrabbel und ziehe sie hoch auf die Beine. »Mach weiter«, sage ich zu Reece. »Du warst beim Paddle.«

»Bist du dir sicher, dass du weißt, was du da tust?«, fragt er.

»Bin ich«, sage ich. Er soll sich um Audrey kümmern, ich kümmere mich um Nikki – auch wenn das bedeutet, dass ich sie quasi tragen muss, damit sie stehen bleibt. Aber was wäre es für eine Strafe, wenn sie ihr leichtfallen würde? Nikki soll darüber nachdenken, was sie getan hat, und ihre Lektion lernen. Nämlich dass man nicht mit Feuer spielt, es sei denn, man steht darauf, sich zu verbrennen. *Wird Zeit.*

Reece beendet die Schläge mit dem Paddle und die mit der Gerte. Dann lässt er alles liegen, schiebt vorsichtig Audreys Slip hoch, richtet sie auf und nimmt sie in den Arm. Behutsam entfernt er die Nippelklemmen, rückt den BH zurecht, schlingt schließlich eine Decke um sie und drückt sie an sich.

»Danke dir«, wispert sie.

»Mach das nie, wirklich nie wieder, Audrey«, sagt er scharf.

Heulend lehnt sie sich an seine Brust. »Werd ich nicht, versprochen.«

Reece küsst sie zärtlich auf die Stirn und hebt sie hoch, um sich nun um sie zu kümmern.

Im Vorbeigehen wirft er Nikki, die ein Häufchen Elend ist, einen eisigen Blick zu. Ich verstehe seine Wut, dennoch stelle ich mich beschützend halb vor sie. Sie hat Teil eins ihrer Strafe absolviert. Es gibt keinen Grund, ihr weiter zuzusetzen.

»Es ist vorbei«, flüstere ich ihr ins Ohr, sobald wir unter uns sind. Ich bin unglaublich stolz auf sie.

»Gott sei Dank!«, keucht sie. »Meinst du, dass Audrey okay ist?«

»Ja. Reece ist ein guter Dom«, sage ich und streichele über ihr Gesicht, bin ganz zärtlich, weil sie genau das jetzt braucht. »Mach dir keine Sorgen. Er weiß, was er tut.«

»Hast du so was schon mit Frauen gemacht?«, fragt sie leise, dreht sich in meinen Armen und sieht mich an.

»Sie geschlagen? Ja«, sage ich ruhig. *Das ist kein Geheimnis.*

»Und es hat dir Spaß gemacht?«

Seufzend fahre ich ihr durch die Haare. »Du kennst die Antwort.«

»Ich muss es hören.«

»Ja, hat es. Aber dann war es keine Strafe, sondern ein Spiel. Das ist ein Unterschied.« Ein riesiger. So wie zwischen Wasserpistolen und echten Waffen.

»Weil es weniger wehtut?«

»Weil es einen anders berührt«, sage ich und bedauere, es ihr nicht besser erklären zu können.

Sie lehnt sich gegen meine Handfläche, schließt die Augen, ist so herrlich vertrauensvoll. Doch ich bleibe achtsam, beobachte sie, bin mir noch nicht sicher, ob ihre Ruhe sich nicht gleich wieder ins Gegenteil verkehrt. *Und sie zu dieser sexy Wildkatze mutiert!*

»Und wenn du solche Sessions gemacht hast, wie schaffst du es, dass dich die Frauen danach noch mögen?«

»Wenn die Schläge zum Spiel dazugehörten, habe ich nie etwas kitten müssen.«

»Und wenn du sie strafst?«

»Bin ich danach unglaublich sanft«, sage ich. *So wie jetzt.*

»Das heißt, du manipulierst sie?«

»Vielleicht.« Grinsend streiche ich ihr eine Haarsträhne hinters Ohr.

»Manipulierst du mich gerade?«

»Magst du mich denn?«, frage ich zurück.

»Ja«, sagt sie, obwohl ich es war, der sie gezwungen hat, sich all das anzuschauen.

»Dann manipuliere ich dich wohl«, gestehe ich amüsiert.

»Kannst du damit bitte weitermachen?«, wispert sie und schlingt mir ihre Hände um den Hals, ist mir so herrlich nah, manipuliert auch mich ein bisschen.

»Warum?«, frage ich nach, nun im Spielmodus.

»Weil es sich gut anfühlt.« Also steht sie auf all das hier! *Perfekt.*

»Aber nicht mehr heute«, sage ich. »Du hast genug. Geh nach Hause und früh schlafen, ruh dich aus, überdenk alles. Und dann sehen wir weiter.«

»Ich muss noch die Toys putzen!«

»Das erledige ich.«

Sie wirft mir einen ungläubigen Blick zu, weil es eine Sensation ist, dass ich, der Dom, Sub-Aufgaben übernehme.

»Wirklich«, bestätige ich.

»Danke«, haucht sie und schmiegt sich erneut an mich.

»Wie heißt es richtig?«, ermahne ich sie instinktiv und spüre, wie ihr Puls dabei in die Höhe klettert und Wärme sie durchströmt.

»Danke, *Sir.*«

»Sehr gern geschehen. Bis morgen …«

7. Kapitel

NIKKI

Obwohl ich im Büro ziemlich viel Stress habe, fühlt sich der nächste Tag so an, als würde er in Zeitlupe vergehen. *Sehr untypisch!* Und ich kann es kaum erwarten, Kostolany am Abend wiederzusehen.

Um Spielzeuge für den Klub zu putzen, erinnere ich mich und verziehe dabei das Gesicht.

Und um zu spielen, denke ich mir aufgeregt.

»Klopf, klopf«, macht es kurz vor 18 Uhr an meiner Bürotür, und ich bin überrascht, als meine Schwester ihren Kopf reinsteckt.

»Wer hat dich denn reingelassen?«, rufe ich.

»Ich bin investigative Journalistin und Sicherheitsprofi, ich habe so meine Tricks.« Sie grinst, weil ihr die Überraschung gelungen ist. »Ein Kollege von dir, dem ich passendes Kleingeld für euren Kaffeeautomaten in der Cafeteria geben konnte.«

»Und was machst du hier?« Ich stehe auf, falle ihr um den Hals, begutachte sie in ihrer Jeans und ihrer gepunkteten Bluse und umarme sie dann erneut, als hätte ich sie seit Ewigkeiten nicht gesehen.

»Ich dachte mir, ich hole dich ab, wir nutzen das schöne Wetter und essen auf dem Weg zum Randall Tower vielleicht noch ein Eis zur Stärkung. Mango. Das ist doch deine Lieblingssorte, oder?«

Bei dem Wort Mango wird mir sofort heiß, und ich muss wieder an Kostolany denken.

Man mag eben, was man mag …

Aber ist das wirklich festgelegt? Kann es nicht variieren?

»Gute Idee«, sage ich. »Vielleicht probiere ich heute allerdings mal eine neue Sorte.«

»Verwegen!«, sagt sie amüsiert und lacht, wird dann aber schnell ernst. »Oder stimmt was nicht?« Besorgt legt sie eine Hand auf meine Stirn, und ich bekomme ihren Laserblick zu spüren, der jede Lüge enttarnt.

»Es ist nur Eis«, tue ich cool.

»Nur Eis? Du isst, seit ich dich kenne, keine andere Sorte. Und ich kenne dich mein ganzes Leben!«

»Ein Grund mehr, entweder ein Mangoeis-Abo auf Lebenszeit abzuschließen oder mal was Neues auszuprobieren!«

»Nikki, das ist nicht lustig.«

»Mir geht es wirklich gut«, sage ich, was irgendwie auch stimmt. »Und dir?« Ohne nachzudenken, gebe ich ihr einen Klaps auf den Hintern, nur leicht, dennoch jault sie auf. »Ups, sorry!«

Mit verzogenem Gesicht grinst sie mich an. »Schon okay. Aber das eben, mach das bitte die nächsten Tage nicht, es sei denn, du willst, dass ich dir ebenfalls den Hintern versohle.«

»Ist alles in Ordnung bei dir, bei euch?«, frage ich nach.

»Ist es«, sagt sie. »Ich hab einen Fehler gemacht, und so regeln wir das halt. Mir war klar, dass so was mal passieren würde. Aber dir? Ich weiß noch, wie skeptisch du warst, als ich mit all dem hier angefangen habe, und dass du da jetzt so schnell mittendrin steckst, das hab ich nicht gewollt. Diese ganzen Regeln können am Anfang ganz schön Furcht einflößend sein.«

»Weißt du was, lass uns draußen weiterreden«, sage ich. Ich habe plötzlich so viele Fragen. Doch ich will nicht, dass jemand in der Firma mitkriegt, was in meinem Leben los ist. *Hallo, ich bin Nikki Montgomery, Financial Analyst und neuerdings heiß auf Fesselspiele …* Ich schüttele mich. *Das wäre eine Katastrophe!* Das Einzige, was mich fesselt, sollten Tabellenkalkulationen sein.

Gemeinsam verlassen wir das Büro und steuern unsere Lieblingseisdiele an, wo wir an einem kleinen Tisch mit Schirm den letzten Platz in der Abendsonne ergattern.

Während Audrey sich für einen Erdbeerbecher entscheidet, bestelle ich allerlei verschiedene Eissorten – keine davon Mango – und kassiere dafür einen sehr irritierten Blick von meiner Schwester.

»Ich hab dir doch gesagt, ich muss mal was Neues ausprobieren«, erkläre ich.

»Und das machst du tatsächlich jetzt?«

»Das Wetter ist herrlich. Die Sonne scheint. Es ist keine Wolke am Himmel. Wir gehen viel zu selten essen. Ich habe Feierabend. Und ich brauche Mut in Form von Zucker für meine Strafarbeit. Ja, das mache ich jetzt«, sage ich und merke, dass ihr vor allem das Argument, dass ich mir hier Mut anfuttere, einleuchtet.

»Es war schlimm für dich, oder?«, fragt sie nach.

Ich atme tief durch, setze zu einer Antwort an, doch das Eis kommt schneller als gedacht, für Audrey im Becher, für mich auf zwei Tellern. Ich beginne, mich durchzuprobieren, aber nicke schließlich, weil die Frage weiter unbeantwortet im Raum hängt. »Ja, war es. Wobei das Schlimmste war, dass du meinetwegen leiden musstest.«

»Nicht das, was Reece gemacht hat?«

Ich denke an das Knallen der Peitsche, und ein Prickeln durchfährt mich. Die anderen Sachen fand ich ebenfalls spannend, doch das, das hat mich am meisten beeindruckt.

»Nikki!« Audreys Tonfall ist eindringlich und fordernd.

Um etwas Zeit zu gewinnen, bearbeite ich meinen Eisberg, bevor er schmilzt. »Oh, Erdbeere ist lecker!«, murmele ich und gehe sofort zur nächsten Sorte über, weil ich nicht weiß, wie ich mit meiner Schwester über diese seltsamen Gefühle sprechen soll.

»Ich warte auf eine Antwort«, ermahnt sie mich.

»Oh, du hattest was gefragt?«, tue ich unschuldig.

»Netter Versuch«, bleibt sie hart. »Sag schon! Den Anblick an sich, den fandest du gar nicht so furchtbar?«

»Nein«, gestehe ich und spüre, wie meine Wangen rot werden, als hätte ich ihr was Verbotenes verraten.

»Auf einer Skala von eins bis zehn, wobei eins schlecht und zehn gut ist, wo würdest du dich einordnen?«

»Ist das wichtig?«

»Ja, ist es«, sagt sie, löffelt nun aber auch ihr Eis, was mir etwas Zeit verschafft, um über meine Antwort nachzudenken.

Ich rekapituliere die Situation und blende meine Schuldgefühle, so gut es geht, aus. Und wieder breitet sich dieser wohlige Schauer über meinen Rücken aus – und ich muss daran denken, wie aufgehoben ich mich in Kostolanys Armen gefühlt habe.

»Vielleicht eine Fünf«, sage ich nachdenklich.

»Eine Fünf!«, kreischt Audrey völlig aus dem Häuschen.

»Na gut, dann eine Sechs«, räume ich schnell ein.

»Eine Sechs!«, wird meine Schwester noch lauter, was mir zeigt, dass sie eher mit einer Zwei oder Drei gerechnet haben muss. »Nikki, weißt du, was du da sagst?«

»Dass die Strafe nicht wirkt und ich eine andere brauche?«, rate ich. *Eine härtere?*

Sie nimmt mir den Eislöffel weg. »Nein, dass dir das prinzipiell gefällt.« Nun isst sie von meinen Tellern, probiert mehrere Sorten und meint, ich solle mal Cookie-Sahne nehmen, das wäre genial, was ich mache und ihr zustimme. Aber damit ist das Thema nicht beendet.

»Ich kann es immer noch nicht glauben«, murmelt Audrey.

Ich zucke mit den Schultern. Es geht mir ähnlich. Aber ich weiß, was ich fühle, und kann das schlecht ändern.

»Nur, was war dann im Klub los?«, fragt Audrey. »Du hast dich während der Session übergeben. So als wäre dir das, was du siehst, zu viel.«

»Na ja … Gegenfrage: Wie würdest du dich fühlen, wenn Reece mit einer anderen Frau spielt und du zuschauen müsstest?«

»Puh!« Sie bläst die Luft geräuschvoll aus. »Das wäre hart«, sagt sie. »Richtig hart.« Dann sieht sie zu mir. »Moment mal, soll das heißen, *du* stehst auf *Kostolany*? Ich meine *den* Kostolany! Nikki! Er ist der sadistischste Sadist auf Erden!«

Als wäre ihr Reece ein Heiliger! »Nicht so laut«, zische ich, weil ich nicht will, dass die Leute am Nebentisch mitbekommen, worüber wir reden, und stochere in meinem Eisberg herum. »Ich weiß selbst, wie verrückt das klingt. Aber ja, ich mag ihn. Na und?«

»Na und!« Sie legt ihre Hand auf meine und verhindert, dass ich ein halbes Dutzend Eissorten zu einer Masse verrühre. »Ich kenne diesen Mann und weiß, wozu er fähig ist. Er kann soft spielen, doch das liegt nicht in seiner Natur.«

»Soll das eine Warnung werden?«, frage ich schlecht gelaunt.

»Ja, soll es.«

»Nun, dann muss ich dich informieren, dass alles in mir nickt und sabbert und sagt: Ja, genau deshalb ist es wohl Kostolany. Weil in meiner *Natur* offensichtlich andere Dinge liegen, als ich bisher dachte«, greife ich ihre Worte auf.

Audrey sieht mich irritiert an, lutscht nachdenklich an ihrem Eislöffel, und weil sie nichts sagt, esse ich weiter und widme mich meinen schmelzenden Sorten, wobei ich weiter Mango favorisiere. *Wie ätzend!*

Bis sie ihren Eislöffel unter mein Kinn hält und mich zwingt, den Kopf zu heben. »Nikki?« Ihre Stimme ist anders, fordernder, härter.

»Ziehst du jetzt diese Lady-Dom-Nummer ab?«, witzele ich.

»Möglich.« Sie lässt den Löffel unter meinem Kinn. »Wirkt sie?«

Mir läuft ein Schauer über den Rücken, und ich schüttele mich.

Sie grinst. »Krass, ich hab es wirklich voll drauf. Das hat dich angemacht!«

»Du bist meine Schwester, hat es nicht.« *Denn das wäre irgendwie merkwürdig.* Nicht nur, weil wir verwandt sind, sondern auch, weil ich nicht auf Frauen stehe.

Audrey schaufelt sich erneut was von meinem Eis rein, da ihr Becher leer ist. »Doch, hat es.« Ihr Grinsen wird breiter. »Und was glaubst du, was passieren würde, wenn Kosto das gesehen hätte und du ihn anlügst?«

Findet sie das lustig?

Alles in mir zieht sich vor Verlangen zusammen. Er würde mich bestrafen, mich auf die Toilette schicken, wo ich auf ihn warten müsste. Er würde nachkommen. Dort meinen Rock hochschieben und mich dann mit seiner Hand spanken.

Ich schüttele den Kopf, um meine kleine sexy Fantasie zu vertreiben.

»Hat er aber nicht«, sage ich grantig. *Zum Glück.*

Audrey grinst teuflisch. »Trotzdem hat das eben gewirkt, richtig? Dein Körper reagiert anders. Du nimmst alles intensiver wahr? Und du fühlst dich wieder ein bisschen wie ein Teenager, der erst entdecken muss, wie die Welt funktioniert.«

Schockiert? Nervös? Verunsichert?

»Ja«, gebe ich frustriert zu.

»Ich kann es nicht glauben! Du bist echt eine Masochistin!«

»Sag das nicht *so*, das klingt … nun ja … pervers.«

»Willkommen im Klub. An den Gedanken würde ich mich an deiner Stelle lieber schnell gewöhnen.« Sie nimmt etwas Schlumpfeis, das ich aussortiert habe, weil es mir nicht geschmeckt hat, und reicht mir den Löffel. »Iss!«

»Sag mal, machst du Experimente mit mir? So läuft das nicht.«

Sie grinst. »Iss, Nikki!«, verlangt sie erneut, dieses Mal wieder mit dieser festen, selbstsicheren Stimme. »Sei brav, Darling! Mach mich stolz!«

Diese simplen Worte üben einen gefährlichen Reiz auf mich aus. *Doch so einfach kann es nicht funktionieren, oder?*

Sauer schnappe ich mir den Löffel und esse die blaue Pampe. »Bitte sehr! Ist der kleine Lady Dom jetzt zufrieden?«

»Absolut«, sagt sie. »Ich werde dir meine Unterlagen schicken, mit denen ich damals für das Bewerbungsverfahren beim Tease & Please geübt habe. Es gibt im Internet viel dazu, aber ich finde, du solltest damit anfangen. Das Material ist gut aufgearbeitet.«

»Ich bin nicht maso…« Ich krieg das Wort ›masochistisch‹ nicht über die Lippen, obwohl ich empfinde, was ich empfinde. Das eine ist zuzugeben, dass mich gewisse Szenarien erregt haben, das andere, mich so zu akzeptieren. »Das ist bestimmt nur eine Phase«, winke ich ab, weil ich das Thema vorerst beenden will.

»Träum weiter!«

»Aber kein anderer Mann hat das je in mir ausgelöst«, gebe ich zu bedenken. *Das hätte mir bei etwas rauem, härterem Sex auffallen müssen!*

»Keiner ist wie Kosto!«

Das stimmt. Doch dann könnte es auch nur an ihm liegen. Und wie verrückt wäre das denn?! Ich wäre keine Masochistin, sondern Kostolanystin!

Ich nehme einen weiteren Löffel Eiscreme, um meine Suche nach einer neuen Geschmacksrichtung fortzusetzen, und halte plötzlich inne.

»Was ist?«, fragt Audrey irritiert. »Ist was im Eis, was da nicht reingehört?« Sie schüttelt sich. »Käfer, Kapern, Killerwespen?«

»Du wieder, Quatsch!«, sage ich mit klopfendem Herzen und tippe mit dem Löffel auf eine zerschmelzende Eiscremepfütze. »Das ist meine neue Lieblingssorte.«

»Echt? Was ist das?«

»Ja, echt. Orange-Karamell. Göttlich!«

»Das ist kein Ablenkungsmanöver?«

»Nein.« Ich nehme einen weiteren Löffel und ignoriere den restlichen schmelzenden Berg, und plötzlich sehe ich es ein, einfach so. »Es ist keine Phase, Audrey. Ich weiß, dass ich es selbst noch nicht so ganz begreife. Aber Geschmack kann sich definitiv verändern, und meiner hat es.«

»Was ist keine Phase?«, lässt mich in dem Moment eine tiefe Stimme innehalten, die alles in mir zum Brennen bringt.

Kostolany. Mit wie immer perfektem Timing! In sexy sitzenden dunkelblauen Jeans, einem grauen Hemd und einem schwarzen Jackett.

Er schlendert zu uns, greift in meinen Nacken, und alles in mir möchte, dass er meinen Kopf zurückreißt und mich küsst, als würde ich ihm gehören. Stattdessen kassiere ich unter dem Tisch einen Tritt von Audrey gegen das Schienbein.

»Aua!«, zische ich und funkele sie sauer an.

Sie grinst breit. »Kosto wartet auf eine Antwort.«

»Ach ja?« Ich habe keine Ahnung, wovon sie redet.

»Was ist keine Phase, Nikki?«, fragt er wieder.

Sein Blick bohrt sich in meinen, und mein Puls rast, als ich mir vorstelle, wie er mir die Antwort entlockt. Je mehr ich mich weigere, desto unnachgiebiger würde er die Worte aus mir herauskitzeln.

Stopp, Nikki! »Karamell-Orange«, presse ich heraus.

Er runzelt die Stirn, hat seine Hand nach wie vor in meinem Nacken und reibt mit dem Daumen über meine Haut, was mich ganz verrückt macht.

»Mein neues Lieblingseis ist Karamell-Orange. Gut, oder?«

Seine Augen funkeln, weil er weiß, worauf ich mich beziehe. »Wie man es nimmt: Es ist immer noch Eis und immer noch höllisch süß.« Sein Blick verdunkelt sich – und sein Griff wird fester. »Aber es ist was Neues, und ich begrüße Neues sehr.«

Audrey platzt gleich vor Lachen. Während Nikki so aussieht, als hätte man sie beim Masturbieren auf offener Straße erwischt. Was eine absurd anregende Vorstellung ist. Denn wenn sie das getan hätte, würde ihr jede Menge Ärger blühen. Von mir.

»Bereit?«, frage ich sie und meine, ihre Strafe anzutreten und eventuell dort weiterzumachen, wo ich unser Spiel gestern abgebrochen habe.

»Ist sie«, antwortet Audrey, erhebt sich und umarmt ihre Schwester. »Viel Spaß«, flötet sie und gibt ihr einen ordentlichen Klaps auf den Hintern.

»Au!«, keucht Nikki. »Spinnst du?«

»Sag Danke«, raunt sie ihr mit ihrer Lady-Dom-Stimme zu.

»Danke, Mistress«, zischt Nikki spöttisch, woraufhin alles in mir zuckt, ihr *diesen* Ton auszutreiben.

»Oh, oh«, macht Audrey und schwingt tadelnd ihren Zeigefinger in Nikkis Richtung, bis sie sich zu mir wendet. »Kosto, kannst du mir einen Gefallen tun?«

»Klar, welchen?«

»Wenn ihr für heute fertig seid, gib ihr doch noch drei Schläge von mir, richtige Schläge. Sie hat das eben überhaupt nicht ernst gemeint!«

Meine Mundwinkel zucken, und ich kann nicht anders und fahre Nikki durch die Haare – noch ganz sanft, aber mit dem Wissen, dass ich jederzeit grober zupacken könnte.

Sie entwindet sich mir geschickt, ordnet ihre Frisur und funkelt mich an. »Wehe! Wenn du das tust, dann, dann, dann … Dann überlege ich mir umgekehrt was Fieses!«

»Also war das ein Scherz?«, frage ich irritiert an Audrey gerichtet zurück. *Und du bist darauf reingefallen, Kostolany!*

»Kein bisschen«, sagt sie unverändert ernst.

»Wehe«, faucht Nikki wieder.

Audrey legt Geld auf den Tisch, um zu zahlen, und nimmt ihre Tasche. »Sag das noch ein Mal, und ich verdoppele auf sechs, Schwesterherz. Und ich kann dir jetzt schon versprechen, dass dir die von Kosto nicht gefallen werden.«

Instinktiv bedeckt Nikki mit den Händen ihren Hintern. *Als könnte mich so was aufhalten!* »Warum tust du das?«, fragt sie Audrey und blitzt sie herrlich kläglich an.

»Erinnerst du dich, wie du mir das Schwimmen beigebracht hast? Einfach rein ins Wasser und los!«

»Ich wusste, dass du mir das mal vorhalten wirst«, murmelt Nikki.

»Also ist das hier ernst gemeint?«, frage ich sie.

»Es ist … kein … Scherz«, presst sie heraus und sieht etwas verloren zu ihrer Schwester, die ihr aufmunternd zunickt, fortzufahren. »Ich war …« Wieder zögert sie und ballt schließlich ihre Hände zu Fäusten. »Ich kann das nicht!«

»Doch! Na los, sei nicht so ein Schisser«, drängt Audrey sie.

»Das ist sooo peinlich!«

Das Gezeter der beiden nervt mich. Mit einer schnellen Bewegung ziehe ich Nikki an mich, und sie schnappt überrascht nach Luft. Einen Arm habe ich um sie gelegt, für Außenstehende sieht es wie eine normale Umarmung aus, doch meine andere Hand liegt versteckt in ihrem Nacken, und ich drücke sie warnend. Noch nicht schmerzhaft, aber fest.

»Nimm die Hände von deinem Hintern! Die Leute denken ja, ich will dir was antun!«, fordere ich sie ruhig auf.

Zum Glück gehorcht sie, löst die Hände von ihrem Hintern und legt sie dann an meine Hüften, als bräuchte sie Halt.

»Gut gemacht, Kitty«, lobe ich sie. »Und jetzt sag es! In einem klaren Satz. Kein Gestammele, keine drei Versuche.« Ich beuge mich an ihr Ohr. »Sonst finde ich hier und jetzt einen Weg, dir zu zeigen, wie genervte Doms störrische Subs handhaben. Wir sind sehr kreativ.« *Keine hohle Drohung.*

Ihre Finger krallen sich fester, und ich spüre ihre Wärme und ihre Aufregung. Es gefällt mir.

»Das alles ist kein Scherz«, sagt sie leise. »Ich hab mich nicht benommen. Bei Audrey. Eben. Ich war aufmüpfig. Und deshalb muss ich bestraft werden. So wie Audrey es gesagt hat.« Sie schluckt. »Von dir.«

Das läuft anders als erwartet. Ihre Worte rauschen wie Zucker durch mich hindurch. Kaum hat sie sich erklärt, da steht mein Schwanz und drückt gegen ihren Bauch – und ihre Reaktion darauf ist, kurz die Augen zu schließen und seufzend durchzuatmen.

Himmel, diese Frau!

»Gern geschehen«, meint Audrey, die das Schauspiel verfolgt hat, und drückt zum Abschied meinen Arm. »Und wir«, sie wendet sich an Nikki, »wir sprechen morgen darüber. Auf die Story bin ich gespannt.«

Nikki kann nichts sagen, nur mich anschauen.

»Antworte ihr«, befehle ich ihr in dem Tonfall, den ich in Sessions benutze, den ich liebe. Denn er verheißt böse Dinge, wenn man mir nicht Folge leistet.

»Ich freu mich schon«, sagt sie zu ihrer Schwester, schaut dabei aber mich an. Nur mich. Abwartend – und eine Spur provozierend.

»Lass uns gehen!«, sage ich. »Erst die Arbeit und dann das Vergnügen.«

Sie schluckt. »Du meinst wohl, erst die Strafe und dann die Strafe.«

Ich muss lachen. »Alles eine Frage der Perspektive …«

8. Kapitel

NIKKI

Mit jedem Meter, den wir dem Randall Tower näher kommen, werde ich nervöser. Weil ich genau weiß, was mich erwartet: drei Schläge von Kostolany. Meine ersten drei Schläge.

»Wie war dein Tag?«, fragt mich Kostolany überraschend normal und wirft mir einen Seitenblick zu, wie um sicherzustellen, dass es mir gut geht. *Oder dass du ihm brav wie das Lamm zur Schlachtbank folgst …*

»Anstrengend«, gebe ich zu.

»Immer noch so viele Überstunden?«

»Woher weißt du das?« Schwer vorstellbar, dass Audrey mit ihm darüber gesprochen hat. Sie kann mit meinem Finanzkram nichts anfangen.

»Ich sehe es dir an.«

»Ja, immer noch viele. Aber das Ende ist absehbar. Heute in zwei Wochen ist das Projekt, an dem ich arbeite, abgeschlossen.«

»Und dann kommt das nächste mit Überstunden?«, fragt er nach.

Ich runzele verwundert die Stirn. »Sag mal, warum interessiert dich das? Wie war denn dein Tag?«

»Bis eben recht langweilig.«

Wärme steigt in mir auf. »Meinetwegen oder weil du nachher im Klub noch jemandem wehtun darfst?«

»Rate mal!«, sagt er.

»Weil du noch jemandem wehtun darfst«, gebe ich zurück.

Er lacht leise. »Das durfte ich heute schon, und es war kein bisschen befriedigend. Anders als die Situation jetzt.« Er räuspert sich. »Wie du ja vorhin spüren konntest.«

Ja, der Ständer war schwer zu ignorieren. Neues Verlangen rauscht durch mich, aber ich bin zu neugierig und blende es aus. Ich hatte bisher kaum Zeit mit Kostolany allein, und plötzlich freue ich mich darauf, ihn besser kennenzulernen. Als Menschen, nicht als Dom.

»Dann arbeitest du gar nicht nur nachts?«, frage ich nach, weil ich es so von Audrey und Reece mitbekommen habe.

»Nein, das hängt von den Kunden ab. An den Stoßtagen, das ist Donnerstag bis Sonntag, bin ich wie jeder andere für Sessions eingeplant, spiele dabei jedoch meist softer und mime den bösen, aber anständigen Dom.«

Eine Rolle, die er garantiert perfekt beherrscht. »Und sonst?«

»Sonst bin ich der Dom für die abgefuckten Sachen.«

»Weil dir das wirklich Spaß macht?« Ich muss es einfach noch mal fragen, obwohl ich die Antwort kenne.

»Ja, weil es mir wirklich Spaß macht.«

Wir erreichen den Geschäftssitz des Tease & Please, dieses riesige Hochhaus, in dem die obersten Etagen Reece Randall gehören und die unteren von anderen Firmen angemietet sind. Doch zu meiner Überraschung drückt Kostolany im Fahrstuhl nicht auf den Knopf für die Etage mit den Seminarräumen, sondern den für die Cafeteria.

»Mir wäre lieber, wenn wir gleich anfangen. Je schneller ich fertig bin, desto eher habe ich Feierabend.« Der Zuckerschock in der Eisdiele hat mir nur kurzzeitig geholfen, ich bin wirklich erledigt vom Tag.

»Glaub mir, nichts liegt mir ferner, als dich abzuhalten. Du weißt ja, was ich am Ende darf?«

Alles in mir brennt. *Mir mein erstes Spanking verpassen.* »Aber?«

»Lass uns noch was trinken und weiterreden. Das kam bei uns bisher zu kurz. Ich helf dir auch nachher bei deiner Strafarbeit.«

»Machen das Doms so?«, ziehe ich ihn auf, weil es schon das zweite Mal ist, dass er das anbietet.

»Für ihre Subs da sein? Sicher«, spielt er seine Hilfe herunter.

»Ich bin nicht deine Sub«, stelle ich klar.

»Vielleicht«, sagt er sanft. »Aber du bist die Frau, der ich heute noch den Hintern versohlen darf. Quasi meine Sub auf Zeit. Das kommt dem recht nahe.«

»Mit nur drei Schlägen«, wende ich ein. »Das ist doch nichts für dich, oder?«

»Glaub mir, ich werde jeden einzelnen genießen. Also komm!«

In dem Moment hält der Fahrstuhl.

Einladend reicht er mir den Arm, und nervös gebe ich ihm meine Hand.

»Du liebst deinen Job also?«, frage ich, während ich ihm in die Cafeteria folge.

»Sonst würde ich ihn nicht machen.«

»Wie lange bist du schon dabei?«

Er überlegt kurz, lacht dann. »Ich bin im verflixten siebten Jahr. Sagt man das nicht so?«

»Nur wenn das, was du tust, auf der Kippe steht. Tut es das?«

»Das klingt zu dramatisch. Ich führe das Leben, das ich mag. Aber ich habe natürlich Pläne für die Zukunft. Nichts ist von Dauer.«

»Und deine Ex-Freundinnen hatten nie ein Problem mit deinem Job?«, frage ich weiter. Ich weiß, dass er single ist, das habe ich aus allem, was Audrey und auch er gesagt haben, herausgehört. Aber dieser Mann ist so attraktiv, dass ich nicht glaube, dass er jemals lange allein gelebt hat. Und mich interessiert, ob ich die Einzige bin, die es schwierig findet, wenn er sich mit anderen Frauen vergnügt. Und ob es ein Geheimrezept gibt, wie man das besser erträgt.

»Die letzte Beziehung, die ich hatte, war lange, bevor ich den Job im Klub angetreten habe«, sagt er zu meiner Überraschung. »Und ehe du fragst: Es ist nicht so leicht, jemanden zu finden, der es auf Dauer mit mir aushält.«

»Verständlich. Wer möchte auch Nacht für Nacht gequält werden?«, sage ich scherzhaft.

»Ich meinte eher wegen meiner Arbeitszeiten. Aber: Das denkst du von mir?«

Wir holen uns beide Wasser mit Apfelgeschmack und setzen uns an einen Tisch am Fenster, von dem man einen herrlichen Ausblick auf die Stadt hat.

Die Abendsonne färbt den Himmel in rosafarbenes Gold, und unten auf der Straße sieht man Menschen als Punkte Feierabend machen, in Taxis steigen, zum Bus oder zur U-Bahn gehen, Einkäufe erledigen. Ein normales Leben leben, anders als ich.

»Ich bin kein Psycho, Nikki, der unruhig wird, wenn er nicht seine Dosis Gewalt kriegt«, klärt er mich auf, teils amüsiert, teils gekränkt, dass ich ihm das unterstellt habe.

»Ja, mit dir möchte ich ziemlich grenzwertige Dinge anstellen. Aber ich bin nicht so dumm, es sofort darauf ankommen zu lassen. Ich stehe nicht drauf, meine Spielzeuge kaputt zu machen, sondern sie zu hegen und zu pflegen, damit ich möglichst lange etwas von ihnen habe.«

Als wäre man eine Antiquität! Verdammt, das klingt irgendwie gut. Ziemlich gut. »Also dreht sich nicht alles in deinem Leben um den Klub?«

»Natürlich nicht. Ich lese viel, spekuliere aus Spaß mit Wertpapieren, betreibe Kraftsport – manchmal mit einem Trainer, manchmal zu Hause in meinem Sportraum – was mir beim Umgang mit störrischen Subs schon zugutegekommen ist.«

»Jetzt, da du es erwähnst ...« Ich erinnere mich daran, wie eisern er mich festgehalten hat. »Wie bist du Dom geworden?«, frage ich.

»Ich gehöre zu denen, die es in der Pubertät gemerkt haben. Ich habe mich informiert, bin mehr und mehr in die Welt eingetaucht, hab mir erfahrene Subs zum Lernen gesucht.«

»Also haben dich die Mädchen an der Highschool nicht interessiert?«

»Na ja.« Er grinst ertappt. »Wie jeder Teenager war ich heiß auf Sex. Dafür waren sie gut.«

»Du warst beliebt?«

»Ich war ein finsterer, gut aussehender, intelligenter Typ, der jede Frau mit Respekt behandelt hat«, sagt er. »Und ich hatte durch meine Eltern einen Joker: Zugang zu jeder Menge Wodka, der in meiner Familie wie Wasser getrunken wird.«

Er hätte auch einfach Ja sagen können! »Also haben sie bei dir Schlange gestanden?«

»Haben sie. Und wenn ich die Sachen, die Audrey über dich ab und zu hat durchblicken lassen, zusammenzähle, war das bei dir nicht anders.«

»Ich war weder finster noch besonders attraktiv. Und Alkohol hatte ich auch nicht. Ich hatte einfach nur als eine der ersten Brüste«, sage ich. »Was nicht schön ist, weil plötzlich alle Jungs, bei denen die Hormone durchgehen, zu dir glotzen, als wärst du ein fleischgewordenes Pin-up-Girl.«

»Und dann lernt man, von Männern nicht sonderlich viel zu halten?«

»Man lernt eher, das Interesse von euch Männern in zwei Kategorien einzuteilen: interessiert an einem hübschen Gesicht und einem sexy Körperbau – oder interessiert an mir als Mensch. Dreimal darfst du raten, welche Seite überwiegt!« *Mist, ich klinge verbitterter, als ich wollte.* »Aber wir Frauen können den Spieß auch umdrehen«, sage ich schnell und rette die lockere Unterhaltung. »Man kann euch Männer genauso benutzen.«

»Also hattest du nur Affären? Nie was Ernstes?«

Ich nicke. »Es passt gut zu meinem Job. Ich weiß nicht, ob Audrey das erzählt hat. Ich bin Analystin für eine Bank und hab mich dafür entschieden, Karriere zu machen. Das bedeutet jede Menge Überstunden. Nicht unbedingt das festeste Fundament für eine Beziehung.« Mehr gibt es dazu meiner Meinung nach nicht zu sagen. »Was hast du nach der Schule gemacht?«, wechsele ich das Thema. »Ich kann mir nicht vorstellen, dass dein Berufswunsch Dom war.«

»Nein, war es nicht. Ich bin erst aufs College gegangen und hab dann studiert. Mathematik und Finanzwissenschaften.«

»Echt?«, kann ich mir nicht verkneifen, dabei sollte mich das bei jemandem, der aus Spaß mit Wertpapieren zockt, nicht so verwundern. Er ist nur so anders als die steifen, übergenauen Buchhalter, die ich von der Uni kenne.

»Echt«, sagt er amüsiert. »Das ist so ein Familiending. Mein Vater ist Banker, mein Großvater hatte einen Geldverleih, meine Vorfahren … na ja, wussten auch, wie sie zu ihren Rubel kommen.«

»Ihr seid ja gefährlich!«

Er grinst. »Sind wir. Also nimm dich vor uns in Acht.«

»Warnung angekommen«, sage ich lässig und nehme einen Schluck von meinem Wasser. Dieser Mann fasziniert mich immer mehr. »Und dann?«, frage ich, weil ich mehr wissen will.

»Schon während des Studiums hab ich selbstständig als Trader gearbeitet. Erst sieben Tage die Woche, später fünf, am Ende drei.«

»Wie bist du letztlich im Tease & Please gelandet?« Das ist für mich überhaupt nicht naheliegend.

»Mit meinen Hauptkunden war ich auf Empfängen, Partys und Events. All diese Veranstaltungen, auf die man geht, um sich wichtig und erfolgreich zu fühlen. Einer dieser Kunden war Reece. Wir kamen auf unsere Neigungen zu sprechen, dann auf den Klub, und eines Tages meinte er, jemanden wie mich könnte er gut gebrauchen und ob ich es nicht mal als Dom probieren wollte.«

»Und das hast du?«

»Genau, das habe ich. Und ich bin dort geblieben, trade aber wie gesagt immer noch, weil es mir Spaß macht.« Er lacht. »Und natürlich, weil man damit gutes Geld verdient, mit dem ich irgendwann meine eigene Firma gründen will.«

»Ein zweites Tease & Please?«

»Was Ähnliches«, meint er vage.

Also auch ein Klub mit anderen Frauen? Ich verziehe das Gesicht.

»Und warum nennen dich alle Kostolany?«, frage ich nach.

Er sieht mich irritiert an. »Weil ich so heiße.«

»Ich meine …« Wieder werde ich nervös. »Das ist doch kein Name!«

Nun lacht er. »Doch, meiner. Gut, mein Nachname. Eigentlich heiße ich Ivan Kostolany. Ich bin in Russland geboren und die ersten Jahre dort aufgewachsen. Und da hießen so viele Leute Ivan, dass es sich recht schnell ergeben hat, dass sich mein Nachname als Rufname durchsetzt.« Er zwinkert schelmisch und fügt in russischem Akzent hinzu: »Ein paar Damen dürfen mich außerdem Master oder Sir nennen.«

»Was bevorzugst du?«, frage ich.

»Bei dir eigentlich ›Sir‹. Aber nur um sicherzugehen: Nenn mich mal ›Sir‹ und dann ›Master‹!«

»Was ist denn das für ein bescheuertes Spiel!«

»*Mein* Spiel. Also, spiel mit!«

Sofort beschleunigt sich mein Herzschlag. »Also gut. Test, Test, Test!«, tue ich so, als würde ich mich vorbereiten. »Ja, Sir, bitte, Sir, nicht, Sir«, leiere ich herunter, dicht gefolgt von: »Ja, Master, bitte, Master, nicht, Master.«

»Du nimmst das hier nicht ernst«, sagt er plötzlich tadelnd, sodass ich am ganzen Körper Gänsehaut bekomme.

»Doch, Sir«, beharre ich angespannt und hole tief Luft. »Doch, Master.«

»Viel besser«, lobt er mich. »Sag es noch mal!«

Bin ich sein Unterhaltungsprogramm? »Du hast dich doch längst entschieden«, rufe ich empört.

»Von wegen!«

»Ach ja, Sir-Master?!«

»Ach ja, Kitty. Denn wenn du ›Sir‹ sagst, zuckt mein Schwanz, und wenn du ›Master‹ sagst, klettert mein Puls in die Höhe.«

»Dann sorge ich also, wenn ich ›Sir, Sir, Sir, Master, Sir, Master, Master, Sir‹ sage, für Herzrhythmusstörungen und bringe dich total durcheinander?« Was ich fair fände, weil er das Gleiche mit mir anstellt.

»Nein, wenn du das tust, kommen mir lauter Ideen, wie ich dich für diese Respektlosigkeit bestrafen könnte.«

»Nämlich wie, Sir-Master?«, ziehe ich ihn weiter auf. Ich weiß, ich sollte das lassen, aber kann nicht anders. *Immerhin: Wir sind in einer Cafeteria! Was soll mir hier schon passieren?*

»Ich denke, ein Gagball wäre angemessen«, sagt er. »Du weißt, was das ist? Der Ball, den man in den Mund nimmt, sodass man nicht sprechen kann.« Er sieht mich verträumt an und seufzt dann. »Der würde bei dir wirklich hübsch aussehen.«

»Wenn es weiter nichts ist«, sage ich, obwohl ich Bilder davon kenne, die mich nicht kicken, sondern mich eher an ein gebratenes Wildschwein mit einem Apfel im Mund erinnern. *Nicht sexy!*

»Na ja, und dann würde ich bei dir für Herzrhythmusstörungen sorgen. Wahrscheinlich mit einer ganzen Reihe von Orgasmen. So vielen, dass du das hier bitter bereuen würdest.« Ich hole Luft, um etwas zu entgegnen, doch er legt mir schnell einen Finger auf meine heißen Lippen. »Überleg dir gut, was du jetzt tust, Nikki.«

Die Warnung kommt an.

»War nett, sich mit dir zu unterhalten«, sage ich deshalb. »Aber ich denke, wir sollten langsam anfangen.« Bevor ich weiß, ob er dabei ist, stehe ich auf, sodass er auch aufstehen muss, und nehme unsere mittlerweile leeren Gläser.

»Ich denke, wir sollten jetzt anfangen, *Sir*«, sagt er.

»Wie bitte?«, antworte ich verwirrt.

»Du hast mich doch gefragt, was ich bei dir präferiere? Nun bin ich mir hundertprozentig sicher. Ich bevorzuge ›Sir‹. Also heißt es richtig: Ich denke, wir sollten jetzt anfangen, *Sir.*«

»Aber wir spielen doch noch gar nicht«, sage ich, weil ich nicht einsehe, das zu wiederholen, nur damit er seinen Spaß hat. Ich bin immer noch hin- und hergerissen zwischen dem, was ich fühle und will, und dem, was mein Kopf mir sagt. Nämlich dass das pervers ist. Außerdem muss ich unbedingt Audreys Material lesen, damit ich ein paar meiner Gefühle besser verstehe.

»Falsch, Kitty, wir spielen seit der ersten Sekunde, und langsam wird es spannend. Also?«

Ich bringe unsere leeren Gläser zur Geschirrrückgabe, und Seite an Seite gehen wir zu den Fahrstühlen. Dabei höre ich das Blut in meinen Ohren rauschen, mir ist ganz warm, und ich bin feucht. Ich betrete die Kabine, drehe mich um und sehe, dass Kostolany mir gefolgt ist und mich aufmerksam, abwartend, lauernd ansieht. Er will, dass ich den Satz von eben korrekt wiederhole. Das hier ist der Moment, um auszusteigen. *Aber will ich das? Nein!*

»Ich denke, wir sollten anfangen, Sir«, sage ich.

KOSTOLANY

Meine Finger kribbeln vor Vorfreude. Ich warte, ob Nikki ihre Worte zurücknimmt. Das würde ich unter diesen Umständen akzeptieren. Doch stattdessen sieht sie mich einfach nur voll Verlangen und Hitze an. Ist so perfekt, so wundervoll und lernt so verflucht schnell.

»Ich weiß nicht, inwieweit Audrey dich dazu schon aufgeklärt hat, aber das nennt man sein Einverständnis geben.«

»Das ist mir klar«, haucht sie.

Galant halte ich ihr die Tür zum Seminarraum auf und höre, wie sie tief Luft holt, als sie eintritt und den Berg von Spielsachen heute richtig in Augenschein nimmt.

»Das wird ewig dauern«, ruft sie.

»Strafe ist Strafe«, antworte ich ungerührt.

Sie tritt näher und inspiziert die Dildos, Plugs, Peitschen, Rohrstöcke und Fesseln. Manches sieht benutzt aus, anderes unbenutzt. Ein Anblick, der mir vertraut ist, Nikki aber sichtlich Kraft kostet.

Ich hole die Kiste mit den Putzmitteln und reiche ihr Mundschutz und Handschuhe. »Nimm das«, sage ich ihr, denn aus gesundheitlichen Gründen sollte niemand mit den Körperabsonderungen anderer Leute in Kontakt kommen. »Womit möchtest du anfangen?«

»Mit den Dildos«, entscheidet sie, ohne zu zögern.

»Weil du die kennst?«, frage ich.

Sie nickt, entdeckt die Waschbecken, zieht ihren hinderlichen Blazer aus, krempelt die Ärmel ihrer Bluse hoch und macht sich daran, die Sachen zu säubern, die Dildos erst unter Wasser abzuspülen und sie mit einer speziellen Seife zu waschen und zu desinfizieren. Ein Anblick, der meinen Schwanz sehnsüchtig zucken lässt. Besonders, wenn sie mit ihren schaumigen Handschuhhänden über die harten, langen, dicken Formen reibt. *Ja, du bist eindeutig pervers, Kostolany!*

»Wohin lege ich die fertigen Spielzeuge?«, fragt sie und sieht sich suchend um.

Ich öffne eine der Transportkisten. »Dort rein. Jedes Teil kommt auf ein Seidenkissen und dann in eine der Plastikboxen.«

»So?«, fragt sie, platziert einen Dildo, der ziemlich groß ist, in einer Schachtel und hält mir die unter die Nase.

Himmel, ist das heiß! Ich reibe mir über das Gesicht und hole tief Luft.

»Nicht gut?«, fragt sie nach.

Fuck! Zu gut! Aber das werde ich ihr nicht verraten.

»Genau so«, sage ich ruhiger, als ich mich fühle. »Wenn du hiermit fertig bist, mach als Nächstes die Plugs sauber!«

»Aye, aye, Sir.«

Während Nikki sich weiter um die Dildos kümmert und dann zu den Plugs wechselt, kümmere ich mich um die Peitschen. Schließlich habe ich ihr vorher versprochen, ihr zu helfen. Das scheint mein neuer Fetisch zu sein. *Der putzende Dom!* Nicht dass es mir etwas ausmacht, mit anzupacken. In einer BDSM-Beziehung ist das in puncto Toys eher ungewöhnlich. Aber mit Nikki ist sowieso alles anders …

Erst muss grober Schmutz entfernt werden. Dann verwende ich eine eigens vom Klub entwickelte Mischung zum Desinfizieren und am Ende einen Balsam, um das Leder geschmeidig zu halten, ohne es aufzuweichen.

Jede Peitsche, die ich fertig habe, lege ich in einen länglichen Karton. Im Klub werden Mitarbeiter sie dort verteilen, wo sie benötigt werden.

Ab und zu schaue ich zu Nikki. Sie ist nun bei den Nippelklemmen angelangt, desinfiziert jedes Teil und räumt es sorgsam weg. Bis ich sie plötzlich dabei erwische, wie sie zu mir schaut – und sich über die Lippen leckt.

»Durst?«, frage ich sie, unterbreche meine Arbeit und reiche ihr eine Wasserflasche. »Du kannst jederzeit eine Pause einlegen.«

Wie ertappt zuckt sie zusammen. »Nein … das heißt, ja … gute Idee …«

Sie ist total durch den Wind, und ich mustere sie eindringlicher. Wenn das hier zu viel wird, war es das für heute. Ich will nicht, dass sie sich zu sehr verausgabt. Strafe hin oder her.

Oder ist es was anderes?

Ich bemerke ihren Blick, der zu der Peitsche in meiner Hand wandert, und mir wird klar, dass sie nicht so durcheinander ist, weil die Strafe zu hart ist, sondern weil sie mich beobachtet haben muss – und weil ihr gefällt, was sie sieht. *Interessant.*

Dennoch nimmt sie die Wasserflasche und trinkt daraus.

»Besser?«, frage ich sie, nachdem sie ein paar Schlucke genommen hat, trete auf sie zu und lasse dabei die Peitsche durch meine Hände gleiten.

»Besser«, krächzt sie, als wäre ihr Mund erneut staubtrocken.

»Halt die mal!«, sage ich, als ich vor ihr stehen bleibe, und reiche ihr die Peitsche, als wäre nichts dabei.

»Ich weiß nicht.«

»Halten!«, befehle ich.

»Ist ja gut«, zischt sie, nimmt die Peitsche und erschauert.

Wie sexy ist das denn?!

»Das erste Mal, dass du eine berührst?«, frage ich und nehme mir auch was zum Trinken, um Zeit zu schinden.

»Ja«, gesteht sie.

»Audrey hat nicht damit gespielt?«

»Für den Lady-Dom-Test? Gott, nein! Das Zeug ist sauteuer, weshalb sie die Schlagtechniken mit einem Kochlöffel geübt hat. Das erste Mal hatte sie im Kurs eine Peitsche in der Hand.« Sie grinst. »Und hat sich dabei prompt selbst geschlagen.«

Ich muss lachen, weil ich mir bildlich vorstellen kann, wie diese zierliche, zurückhaltende Brünette bei ihrem eigenen Treffer zurückgezuckt ist. Kein Wunder, dass Reece ihrer Schwester verfallen ist. So ein Anblick ist göttlich! »Man braucht etwas Geduld und Übung«, sage ich. »Aber wenn man den Dreh einmal raus hat, ist es wie Fahrrad fahren, man vergisst es nicht mehr.«

»Also kannst du damit umgehen?«, fragt sie, nun neugierig, eindeutig aufgeregt.

»Ja, kann ich.«

»Würdest du mir was zeigen?«, fragt sie.

Ich verschlucke mich beim Trinken und muss husten. *Das kam unerwartet.* »Nein«, sage ich, nehme die Peitsche wieder an mich und will sie zu den anderen legen. Bisher haben wir extrem soft gespielt. Das hier, das ist ein viel zu großer nächster Schritt.

»Warum nicht?«

»Ich hab Nein gesagt, Nikki.« Und ich muss als Dom nichts erklären.

»Bitte, Sir«, ruft sie da, erneut mit diesem verführerisch ernsten Unterton. »Bitte, bitte, bitte.«

Ich drehe mich um und betrachte sie, wie sie da steht mit diesen roten Wangen und diesem lüsternen Blick – und auf ihren Lippen herumkaut.

»Nein«, sage ich wieder, was mich einiges an Willenskraft kostet. Sicher, ich könnte ihr nur eine Demonstration geben. Aber ich bin nicht ihr Dressuräffchen, sondern wenn, dann ist sie meines. »Und jetzt lass uns weitermachen. Wir sind noch lange nicht fertig.«

Sichtlich enttäuscht geht sie zu den Handschellen und Manschetten und reinigt sie, während ich mich um die restlichen Peitschen kümmere und ihr danach helfe, die Rohrstöcke zu desinfizieren. Obwohl sie auch vorher bei der Arbeit nichts gesagt hat, ist ihr Schweigen nun eisig. Die Arktis ist dagegen die reinste Sauna.

»Bist du immer noch sauer wegen der Peitsche?«, frage ich, als wir fast fertig sind.

»Und wenn schon«, antwortet sie pampig.

»Nicht in dem Ton, Kitty.«

»Doch, genau in dem Ton!«, giftet sie zurück und räumt die restlichen Sachen in die entsprechenden Taschen. Eine Spur zu geräuschvoll für meinen Geschmack, denn es klappert und scheppert, als würde sie ihre schlechte Laune an dem Equipment auslassen.

»Hey!«, mache ich nur.

»Es war eine einfache Bitte. Du machst das jeden Tag. Warum darf ich dich nicht dabei sehen?« Sie grinst beinahe bösartig, was meine Instinkte sofort triggert. »Oder hast du Schiss, dass du dich blamierst?«

Oh, Nikki! Schwerer Fehler! »Okay, das reicht«, rufe ich. »Du willst eine Demonstration, sollst du kriegen. Und dann schauen wir mal, wie vorlaut du danach noch bist.«

Ich öffne die Kiste mit den Peitschen, die ich gerade gesäubert habe, und suche mir mein Lieblingsmodell aus, das verdammt gut in der Hand liegt und einen schönen Schwung hat. Dann drücke ich Nikki eines der Seidenkissen in die Hand und bedeute ihr, dass sie sich an die Fensterfront stellen soll. So kann sie keinen Schritt zurück machen. Und bietet mir vor der Kulisse der abendlichen Stadt einen traumhaften Anblick.

»Ich dachte eher, du schwingst sie einfach so«, stammelt sie, nun doch etwas überfordert.

»Tja, dumm gelaufen, Nikki. Entweder man benutzt Peitschen, weil man spielt.« *Oder jemandem Beine macht*, denke ich mir grinsend. »Oder weil man übt. Und wenn ich so darüber nachdenke, dann sollte ich mal wieder üben. Ich bin ziemlich eingerostet.« Eine glatte Lüge, um ihr

Angst einzujagen. »Besser du rührst dich keinen Zentimeter. Nicht dass ich dich aus Versehen verletze. Bereit?« Meine sadistische Ader pocht.

Sie ist kein bisschen bereit, aber sie reckt ihr Kinn, stolziert zu den Fenstern, stellt sich auf und mustert tapfer mich und die Peitsche in meiner Hand mit ihren großen blauen Augen. Offenbar gefällt ihr der Anblick. »Bereit«, sagt sie.

Ich hole aus, schwinge die Peitsche und lasse sie etwa einen halben Meter vor ihr knallen.

Nikki schreit leise auf und beißt sich auf die Lippe.

»Zufrieden?«, frage ich, obwohl ich ihre Antwort bereits kenne.

»Du hast nicht getroffen«, gibt sie zurück, sammelt sich und schwingt das unversehrte Kissen. »Reece gestern war viel besser als du. Du solltest weiterüben.«

Mit Mühe und Not verkneife ich mir ein teuflisches Grinsen. Ich bin präzise und ausdauernd, aber das weiß sie natürlich nicht. Ich hole wieder aus und sorge dafür, dass die Spitze dieses Mal ganz leicht ihren Oberschenkel berührt.

Ein Keuchen entweicht ihrer Kehle, und ihre Knie zittern. Sie reibt sich über die feine rote Linie, die ich hinterlassen habe, und gerade als ich mich frage, ob ich vielleicht zu weit gegangen bin, sagt sie nur: »Üb weiter!«

Himmel, weiß sie, wem sie das hier sagt?

Ich hole wieder aus, sehe ihr an, dass sie damit rechnet, erneut getroffen zu werden, aber platziere den Schlag nun zielsicher ins Kissen – allerdings kraftvoll, sodass der Stoff reißt und Füllstoff herausrieselt.

»Wow!«, ruft sie.

»Lass mich das gleich noch mal probieren. Sicher ist sicher. Nicht dass es nur Glück war.« *Was es natürlich nicht war.*

Ich hole erneut aus, lasse die Peitsche dichter vor ihr knallen und sehe mit Freuden, wie sie sich an die Scheibe presst. Angst vor dem Treffer hat, zugleich jedoch aufgeregt ist.

»Genug?«, frage ich sie, weil ich es nicht übertreiben will.

»Du hast erst eines von vier Malen getroffen. Nicht genug«, feuert sie zurück und beißt sich wieder auf die Lippe. »Du musst deutlich besser werden.«

»Hält das Kissen noch?«

Sie drückt es. Weiterer Füllstoff rieselt heraus. Aber nicht viel.

»Na dann!« Ich hole erneut aus und lasse die Peitsche dieses Mal an die Scheibe neben ihr knallen. »Ups, mein Fehler«, sage ich, gebe ihr nicht die Möglichkeit, das zu kommentieren, und treffe danach das Kissen und noch mal das Kissen und noch mal, bis es fast in zwei Teile zerfällt.

»D-d-du bist gut darin«, stammelt sie und erkennt endlich, was hier läuft.

»Bin ich«, antworte ich ruhig.

»Und jeder Schlag eben war Absicht? Auch die, die vermeintlich danebengingen?«

»Richtig«, sage ich und rechne damit, dass wir nun fertig sind.

Zu meiner Überraschung nimmt sie jedoch schwer atmend das Kissen weg. »Würdest du es noch mal machen?«

»Was genau?«, frage ich und mustere sie in ihrem Business-Kostüm.

»Mich treffen«, sagt sie selbstsicher.

»Dir wehtun?«

»Ein bi-bi-bisschen«, gibt sie zögerlich zu, doch ich spüre ihre Angst und dass sie selbst nicht glauben kann, worum sie da bittet.

»Warum?«, frage ich.

»Weil … weil … weil …« Sie schließt die Augen, atmet tief durch, sieht mich dann wieder an. »Weil das das Erotischste ist, was ich je erlebt habe.«

Ist sie etwa nass? Mein Ständer ist zurück, hart und pochend. Sie so zu sehen, so perfekt, so unschuldig, so wild entschlossen, das ist wie ein feuchter Traum, der wahr wird.

»Und wo?«, frage ich sie, kann mich ihr nicht entziehen.

»Wo du willst.«

»Bist du dir sicher? *Überall*, wo ich will?«

Sie nickt. »Ja, Sir. Überall.«

Ich muss grinsen. Denn da fallen mir diverse Stellen ein. Es gibt nur ein Problem. »Was, wenn mich deine Sachen stören?«, sage ich.

Sie schluckt, ohne unseren Blickkontakt zu unterbrechen. »Die könnte ich ja auch beiseitenehmen, oder?«

Fuck! Es gibt eine Stelle, die ich berühren will, dort, wo Angst und Lust zusammenkommen. Und eine Stelle, bei der ich verdammt vorsichtig sein muss – nicht nur bei ihr, sondern auch bei anderen Partnerinnen, was die Aussicht, sie dort zu quälen, für mich umso reizvoller macht.

»Schieb deinen Rock hoch und zieh deinen Slip aus!«, fordere ich. Ich will wissen, ob sie wirklich bereit ist.

Sie erschauert, und ihre Hände zittern, aber sie befolgt meinen Befehl, und ihr im Schritt feuchtes Höschen fällt zu ihren Knöcheln. »So, Sir?«

Ihr Anblick raubt mir den Atem. Weiche, geschmeidige Schenkel, erkennbar volle Schamlippen, glatt rasierte Haut. Was für das, was ich vorhabe, perfekt ist. Weil *sie* einfach nur perfekt ist.

»Ich muss dich warnen. Ich treffe nur in neunundneunzig Prozent der Fälle mein Ziel. Es könnte auch schiefgehen«, sage ich und meine es dieses Mal nicht spielerisch. Ich bin gut, aber habe nicht die Präzision einer Maschine.

Sie atmet heftiger. »Willst du mir Angst einjagen?«

»Vielleicht ein bisschen.«

»Funktioniert«, sagt sie.

»Das sehe ich«, antworte ich zufrieden. *Und wie!* »Bereit?«

»Ja, Sir«, haucht sie.

Ich habe nicht vor, sie sofort zu treffen. Deshalb hole ich effektvoll aus und lasse die Peitsche vor ihr knallen, so nah, dass sie den Lufthauch spürt.

Ihre Knie werden weich.

»Ich hab dich gewarnt. Das war etwas zu kurz geworfen. Ich versuche es einfach noch mal.« Ich grinse. »Auf dass ich jetzt nicht zu heftig aushole.«

Unverändert sieht sie mich an, schwer atmend, nervös, erregt.

Wieder hole ich aus, mit mäßigem Schwung, damit der Schlag nicht zu schmerzhaft wird. Die Peitsche zerschneidet dennoch zischend die Luft, fliegt im hohen Bogen, und kurz vor ihr ziehe ich sie zurück, sodass nur die Spitze Nikki und ihre empfindliche Mitte trifft.

»Oh Gott!«, keucht sie und lehnt den Kopf zurück an die Scheibe. »Oh Gott, oh Gott, oh Gott.«

Ich kenne Nikki noch nicht gut genug, um zu erkennen, ob das nun Panik oder Ekstase ist. Deshalb trete ich näher, mit der Peitsche noch in der Hand.

»Alles okay, Kitty?«, frage ich sie und streichele zärtlich ihre Wange, spüre ihre Wärme und wie seidenweich ihre Haut ist.

Langsam schaut sie auf, sieht mich durch ihre vollen Wimpern hindurch an, nimmt meine Hand und führt sie an ihre Mitte. »Sag du es mir!«

Was stellt diese Frau nur mit mir an? Ich spüre ihre Hitze und wie feucht sie dort ist, wo ich sie getroffen habe, und dass sie das eben wirklich erregt hat.

Unglaublich!

»Ich fürchte, das muss ich noch etwas genauer untersuchen«, sage ich lächelnd und gleite mit meinen Fingern über ihre feuchte Mitte, drücke dabei ihren Kitzler und tue mit den Fingerkuppen so, als würde ich in sie eindringen. Dabei erkunde ich sie, spiele mit ihr, verwöhne sie, genieße es, ihre Erfüllung in meiner Hand zu halten.

»Und?«, presst sie heraus.

Ich lasse meine Finger in sie gleiten und spüre ihre nasse, heiße Enge. »Fühlt sich für mich ziemlich okay an. So feucht, so bereit, so bedürftig«, raune ich ihr ins Ohr und bewege meine Finger im Rhythmus meiner Worte vor und zurück. »Und so weit davon entfernt zu kommen.«

»Du könntest das ändern«, keucht sie und sieht mich dabei herrlich flehend an. Das Spiel wird immer besser.

»Könnte ich.« Ich grinse. »Aber werde ich nicht. Schließlich hast du mich nur darum gebeten, die Peitsche zu spüren. Mehr haben wir nicht verhandelt.« Ich ziehe meine Finger wieder weg und ihren Rock nach unten. *Wie ich es liebe zu spielen!*

»Bitte«, sagt sie. Musik in meinen Ohren und aus ihrem Mund ganz besonders süß. Besser als Beethoven, Wagner, Bach und all das, was musikalische Genies sich sonst so erdacht haben.

»Keine Chance«, bleibe ich hart.

»Bitte, *Sir*«, verbessert sie sich.

Zwei magische Worte, die mich kurz zögern lassen, denn ich will sie genau wie sie mich. Aber es wäre falsch, zumindest in diesem Moment.

Zur Belohnung drücke ich ihr einen Kuss auf den Hals, spüre, wie sie erschauert. Dann wandere ich mit meinen Lippen zu ihrem Ohr. »Nicht jetzt, Kitty. Aber wenn du mich noch mal bittest, nachdem wir mit dem Putzen fertig sind *und* ich dir zur Strafe den Hintern versohlt habe, könnte ich mich eventuell dazu bereit erklären.«

»Du alter Sadist!«, schnauft sie und entwindet sich mir. »Dann lass uns das hinter uns bringen!«

9. Kapitel

NIKKI

Was tue ich hier nur? Ich erkenne mich selbst nicht wieder, kann nicht glauben, wie mein Körper auf diesen Mann und das, was er macht, reagiert. Ich weigere mich ein Stück weit immer noch zu akzeptieren, dass ich auf diese perversen Spiele stehe und dass Schmerz einen rauschhaften Kick in mir auslöst. Aber es ist so. Es ist definitiv so. Und ich kann es gar nicht erwarten, mehr von dieser neuen Welt zu entdecken.

»Möchtest du hier oder bei dir zu Hause bestraft werden?«, fragt Kostolany mich, als für heute alle Spielzeuge zum Abtransport in den Klub verpackt sind.

Ich muss daran denken, wie es mir gestern nach der Bestrafung meiner Schwester ging. Ich war völlig durch den Wind. Das wird heute wahrscheinlich nicht anders sein.

Ich schaue mich im Übungsraum um. Es gibt Betten, aber ich will nicht, dass ich hier einschlafe, in einer Umgebung, die mich an die Strafe erinnern wird. Gleiches gilt für mein Zuhause.

»Können wir in ein Hotel gehen?«, frage ich.

»Angst?«, fragt er zurück, kommt zu mir und nimmt mich herrlich sanft in die Arme, drückt meinen Kopf an seine Brust, lässt mich seine Wärme spüren, seinen Duft einatmen, seine Kraft aufsaugen. Er hat ein gutes Gespür dafür, was ich brauche.

»Ein wenig«, gebe ich zu.

»Wir können das auch bei mir machen.«

»Ist das dein Ernst?«

»So überrascht?«

»Ja.«

»Warum?« Er reibt mit dem Daumen über meine Lippen. »Jemand wie du läuft mir nicht jeden Tag über den Weg. Du bist etwas Besonderes, Nikki, und deshalb biete ich dir auch etwas Besonderes an.«

Ich öffne automatisch meinen Mund, schnappe nach seinem Daumen, will daran saugen, doch er zieht ihn rechtzeitig mit einem »Na!« zurück.

»Ich bleibe beim Hotelzimmer«, sage ich, denn neutraler Boden ist mir lieber. Eine Umgebung, in der keiner von uns zu Hause ist.

»Dann nehmen wir ein Hotelzimmer.« Er lächelt keine Spur enttäuscht, weil ich sein Angebot ausgeschlagen habe. »Aber eines, das ich aussuche.«

Doms! »Abgemacht.«

***

Wenig später checkt Kostolany, nachdem er etwas herumtelefoniert hat, in einem der besten Hotels der Stadt in einer Suite ein. Als wäre das nichts.

»Ein einfaches Hotelzimmer hätte auch genügt«, sage ich.

»Das hätte aber keine besonders dicken Wände für maximale Privatsphäre«, meint er zwinkernd.

»Oh!« Ich werde rot. Daran hatte ich nicht gedacht. »Wie viel hat das Zimmer gekostet?«

»Wieso fragst du? Willst du etwa dafür bezahlen?«

»Na ja«, beginne ich zögernd, während wir die Lobby durchqueren und einen der Aufzüge betreten.

»Keine Chance«, sagt er und beugt sich in der Kabine an mein Ohr. »Ich bin zwar sadistisch, aber dann doch nicht so sehr, dass meine Subs für ihr Elend etwas hinblättern müssen.«

Ein Schauer durchfährt mich, als mir klar wird, wie ernst das hier ist. »Aber so eine Suite ist nicht billig«, gebe ich zu bedenken, weil ich es nicht gewohnt bin, eingeladen zu werden.

»Schon vergessen? Ich kann es mir leisten.«

»Ich mir auch«, sage ich selbstbewusst. *Locker!* Obwohl ich mir solchen Luxus normalerweise nicht gönne.

»Betrachte es einfach als Geschenk.« Wieder beugt er sich an mein Ohr. »Das ist ein Befehl, Kitty.«

Es passt mir nicht, dass er zahlt. Ich fühle mich in seiner Schuld, und ich habe den Verdacht, dass er genau das genießt.

»Aber das nächste Mal zahle ich«, stelle ich klar, bevor ich begreife, was ich damit eigentlich sage.

»Ach, das ist ja interessant! Es wird also ein nächstes Mal geben?«

Ich rolle mit den Augen. »So war das nicht gemeint.«

»Doch, ich glaube, das war es.«

Wir halten in unserer Etage, laufen über den mit dichtem Teppich ausgelegten Flur und bleiben vor unserer Tür stehen, wo Kostolany eine PIN eingibt.

»Nach dir«, sagt er und hält mir die Tür auf, ist ganz der formvollendete Gentleman.

Ich betrete die Suite, Licht geht an, und ich mache große Augen. Denn der Raum ist großzügig geschnitten, mehr wie eine Wohnung als wie ein Hotelzimmer, mit weichen Teppichen, Kommoden, Vasen mit frischen Blumen.

»Jetzt werde ich jedes Mal, wenn ich solchen Luxus sehe, an diesen Abend denken«, murmele ich aufgeregt.

Kostolany lacht hinter mir, schließt die Tür und sperrt sie ab, sodass uns niemand stören kann. »Finde ich gut«, sagt er.

Ehrlich? Wärme durchdringt mich, und mein Herz flattert. »Ich hab dir schon mal gesagt, dass ich Gefahr laufe, mich in dich zu verlieben«, grummele ich. »Das hier ist dabei nicht hilfreich.«

»Dein Problem«, sagt er sanft und umschlingt mich von hinten, was sich so herrlich normal und vertraut anfühlt, dass ich leise seufze.

»Denkst du etwa an eine Zukunft für uns?«, frage ich.

»Zukunft? Das klingt so nach Ewigkeit. Ich denke an vier Wochen mit dir, und daran, dass mir die nicht reichen werden. Und mir gehen all die Dinge durch den Kopf, die ich mit dir anstellen will. Schöne Dinge … schmutzige Dinge«, meint er. »Woran denkst du?«

Daran, wie wundervoll sich das anhört. Aber das alles geht viel zu schnell.

»An die Strafe«, sage ich feige. Deshalb sind wir schließlich in dieser luxuriösen Hotelsuite. Nicht weil das hier ein romantisches Abenteuer ist. »Tut mir leid.«

»Das muss es nicht, Nikki«, sagt er, ist so unglaublich verständnisvoll. »Willst du es dir noch mal anders überlegen?«

Dies ist meine letzte Chance zur Flucht. Und gerade weil Kostolany sie mir erneut anbietet, vertraue ich ihm und schüttele den Kopf. »Nein«, sage ich und sehe dabei halb schräg zu ihm nach hinten, woraufhin sich sein Lächeln verändert und diesen mir mittlerweile so vertrauten sadistischen Zug bekommt.

»Wie heißt es richtig?«, fragt er, löst sich, umrundet mich und stellt sich vor mir auf.

Für einen Moment stehe ich auf dem Schlauch, mein Kopf ist wie leer gefegt. Dann prickelt meine Haut, als würde ich unter Strom stehen, und alle meine Sinne sind wie geschärft. »Nein, *Sir.*«

»Braves Mädchen«, sagt er zufrieden und lässt seinen Blick über mich schweifen. »Bereit?«

»Ja«, sage ich und verspüre eine Aufregung, die man eigentlich nicht spüren sollte, wenn man den Hintern versohlt bekommt.

»Warum musst du bestraft werden?«

»Weil meine Schwester fies ist«, sage ich, bevor ich es zurückhalten kann, woraufhin sein Mundwinkel zuckt. »Und weil ich frech war«, füge ich hastig hinzu.

»Du bist oft frech«, stellt er fest.

»Selbstbewusst«, kontere ich.

»Oder respektlos.«

»Eigenständig.«

»Und besserwisserisch«, sagt er.

»Klug«, korrigiere ich ihn erneut, nicht weil ich ihn reizen will, sondern weil ich nicht schwach bin, nie war und es auch nie sein werde – außer vielleicht bei ihm.

»Es sind drei Schläge«, sagt er. »Keine Schläge, die du genießen wirst, sondern welche, die wehtun werden. Ist dir der Unterschied klar?«

»Ja«, sage ich, will cool klingen, aber meine Stimme zittert verdächtig.

»Ja?«, wiederholt er zweifelnd.

Ich kann ihm nicht in die Augen sehen.

»Was, Nikki?«, fragt er, umfasst mein Kinn und zwingt mich, ihn anzuschauen. »Ist dir der Unterschied klar?«

»In der Theorie«, sage ich.

»Also soll ich dich erst spanken – so, dass du es genießt?«, fragt er amüsiert. »Und dir dann zeigen, wie es bei einer Strafe ist?«

In meinem Kopf überschlägt sich alles. *In die Richtung habe ich überhaupt nicht gedacht! Dabei ist das Angebot nur logisch. Aber will ich das? Beides. Jetzt?*

»Warte nicht zu lange mit der Antwort, sonst entscheide ich«, sagt er.

Du musst verrückt sein! Der Eisberg, den du gegessen hast, muss all deine Gehirnzellen eingefroren haben. Oder der Zucker hat ein paar Synapsen durchknallen lassen. »Ja, Sir«, kommt mir tatsächlich über die Lippen. Und das nachdem ich noch vor einer Woche bei allem, was mir heilig ist, geschworen hätte, nicht auf BDSM zu stehen. »Ja, zeig mir erst, wie gut es sein kann.«

Nervös verfolge ich, wie Kostolany sein Jackett ablegt und sich die Ärmel hochkrempelt. Dann trifft mich sein Blick. Lodernd, mich durchdringend. Und höchst zufrieden.

Ich warte, dass er etwas sagt, aber das tut er nicht.

Ich werde unsicherer, und das Funkeln in seinen Augen wird intensiver.

Mistkerl! Er genießt das hier.

Wobei … Mein Körper genießt die Spannung ebenfalls, glüht, brennt, kribbelt, wird feuchter. Das Verlangen ist kaum auszuhalten. Ich brauche seine Haut auf meiner. Und so wie er seine Ärmel hochgekrempelt hat, so öffne ich den obersten Knopf meiner Bluse.

»Hab ich dir das erlaubt?«, fragt Kostolany, und ich halte mitten in der Bewegung inne.

»Nein, Sir«, sage ich unsicher. »Aber du hast es auch nicht verboten.«

Sein Mundwinkel zuckt. »Nur weiter so, Nikki! Dann werden aus drei Strafschlägen sechs.«

Erschrocken verkneife ich mir einen weiteren selbstbewussten Kommentar. Die spätere Strafe soll nicht unnötig härter werden.

»Das ist mein Mädchen«, sagt er zufrieden, stellt sich hinter mich, streicht meine Haare zur Seite, legt seine Hände schwer auf meine Schultern – und massiert sie. »Entspann dich, Kitty.«

Meine Kehle ist wie zugeschnürt, weil ich jeden Augenblick mit einer bösen Überraschung rechne. Schließlich weiß man bei diesem Mann nie …

»Das hier soll Spaß machen.« Er beißt mich in den Nacken, fest und doch so, dass mir ein Prickeln über den Rücken läuft. »Wenn es dir zu viel wird, sag es, und ich höre auf.«

»Spielen wir mit einem Safeword?«, frage ich mit trockenem Mund.

»Nein. Heute heißt Ja einfach Ja, Nein einfach Nein und Stopp einfach Stopp. Verstanden?«, murmelt er an meinem Hals knabbernd.

»Verstanden«, keuche ich.

Seine Lippen lächeln auf meiner Haut, zufrieden mit meiner Reaktion, und seine Finger nesteln am ersten Knopf meiner Bluse. »Dann ist es okay, wenn ich dich jetzt ausziehe?«

»Ja, ist es«, seufze ich. »Mach, was du willst!«

Wieder beißt er mich. »Ein großzügiges Angebot …«, sagt er und beginnt, meine Bluse aufzuknöpfen. *Langsam … unendlich langsam …* Er drückt meine BH-Schalen tiefer und umfasst meine Brüste, die schwer und voll in seinen Händen liegen, während er mit den Daumen über meine Nippel reibt.

»Was, wenn ich dir gleich wehtue?«, fragt er ruhig, die Lippen an meinem Ohr, sodass mich mit jedem Wort sein feuchter, heißer Atem reizt. »Du bist so zierlich, weiblich, schwach.« Der Druck seiner Daumen wird fester, und ich wimmere. »Es ist so leicht, mir von dir einfach zu nehmen, was ich will.« Er macht eine kurze Pause. »Dich so zu nehmen, wie ich es will.«

Dieser Mann versteht es, einer Frau einzuheizen! Denn das ist keine hohle Drohung. Sondern ein bittersüßes Versprechen.

»Antworte mir!«, knurrt er und kneift so fest in meine Nippel, dass mir vor Schmerz heiß wird, anders heiß.

Meine Knie zittern, Widerstand regt sich in mir. Ich muss verrückt sein, das hier zu wollen. Doch im beinahe gleichen Moment lindert Kostolany den Schmerz und berührt mich so sanft, dass ich dahinschmelze. So als wäre ich in die Tiefe gestürzt, aber bevor ich gefallen bin, zieht er mich wieder in die Höhe.

»Oh Gott!«, keuche ich und lehne mich gegen ihn.

»Hat dir das wehgetan?«, fragt er, während er erneut zärtlich mit meinen Nippeln spielt.

»Ja«, stöhne ich.

»Und hat es dir gefallen?«

»Ja«, wiederhole ich.

»Soll ich dir weiter wehtun?«, fragt er lauernd, während seine Fingerspitzen über meine Haut tanzen und er mir die Bluse über die Schultern streift, sodass sie zu Boden gleitet. »Darf ich Spuren auf deiner Haut hinterlassen?«

Jedes Wort brennt sich unsichtbar in mich ein. Die Vorstellung, dass mehr von diesem Moment auf mir bleibt, kickt mich. »Ja, bitte, Sir«, sage ich leise.

»Darf ich dich benutzen?«, fragt er weiter. »Mit jeder Faser von dir anstellen, wonach mir ist?«

»Ja«, sage ich wieder. Dabei ist mein Einverständnis Unsinn, denn ich weiß gar nicht, was alles darunter fällt.

»Auch wenn ich dich zu meinem Vergnügen benutze, du aber nur halb so viel Spaß haben wirst?«

Verdammt, dieser drohende Unterton wirkt wie eine Droge! »Ich werde mich wohl kaum wehren können, oder?«, gebe ich mutig zurück.

Er legt seine Hand um meine Kehle und drückt zu. Nicht so fest, dass ich keine Luft bekomme, aber so, dass mein Herz automatisch panischer schlägt.

»Wirst du etwa frech?«, fragt er leise an meinem Ohr – und beißt mich.

»Nein«, antworte ich und verziehe spöttisch den Mund. »Sir.«

Wir sind wie zwei Tänzer auf einem Drahtseil. Jeder Schritt ist unsicher, der Boden ist weit unter uns, es besteht die Gefahr, sich ernsthaft zu verletzen, und genau das erhöht den Reiz.

Zwischen Daumen und Zeigefinger zwirbelt er meinen Nippel erneut, fester, härter, schmerzhafter, warnender. »Doch! Ich glaube, du wirst frech, Kitty. Und weißt du, was ich mit frechen Subs anstelle?«

Mein Herz explodiert gleich. »Keine Ahnung«, lege ich noch eine Schippe drauf.

Er lacht leise, küsst für einen Augenblick sanft meinen Hals, was mir zeigt, wie zufrieden er mit mir ist und dass ich mich gut schlage. Dann hakt er meinen BH ganz auf und entfernt ihn, und schließlich spüre ich, wie er langsam, aber mühelos den Reißverschluss meines Rocks aufzieht und ihn tiefer schiebt, bis er von allein zu Boden fällt. »Aufmüpfige Subs werden bestraft, Kitty.«

»Nicht«, entweicht mir überwältigt.

Sofort hält er inne. »Nicht oder Stopp, Nikki?«

Diese so einfache, plötzlich normal klingende Frage, lässt neben sehnsüchtigem Verlangen eine Welle von Wärme durch mich fließen und verstärkt mein Vertrauen in diesen Mann. Nein heißt Nein, hatten wir vereinbart. Wir spielen ultravorsichtig, und Kostolany hat nicht vor, mich zu überrumpeln. Er will, dass ich das hier genieße.

»Nur nicht«, sage ich. »Mach weiter!«

»Und was ist, wenn ich jetzt deinen Slip zerreiße?«, fragt er wieder in *diesem* Tonfall und schiebt die Finger unter mein Höschen. »Nicht weil ich muss, sondern weil ich es kann.«

»Ich mag den Slip«, keuche ich, während seine Finger mit dem Stoff spielen, sich jedoch von meiner feuchten Mitte fernhalten.

»Ich auch. Aber ich finde, er hat seinen Zweck erfüllt.«

»Der da wäre?«

»Mich auf das neugierig zu machen, was darunterliegt«, sagt er und mit einem plötzlichen Ruck zerreißt der Stoff – und ich stehe komplett nackt vor Kostolany und erzittere, als er über die Stelle fährt, wo mich die Peitsche getroffen hat.

»Zufrieden?«, knurre ich etwas übellaunig. Denn so sexy das eben war: *Hätte er den Slip nicht einfach abstreifen können?*

»Vorsichtig, Kitty!«, knurrt er. »Vergiss nicht deine Manieren.«

»Zufrieden, *Sir*?«, verbessere ich mich, benutze allerdings denselben säuerlichen Tonfall.

»Sehr«, sagt er. Und keine Ahnung, ob ich das darf, aber ich drehe mich in seinem Griff, falle ihm in die Arme und muss ihn einfach küssen.

Kostolany reagiert im ersten Moment überrascht, und ich befürchte, einen Fehler gemacht zu haben. Doch da erwidert er den Kuss bereits.

Nur eine Sache fehlt mir noch: seine Haut an meiner.

Wie so oft beim Sex übernehmen meine Instinkte. Während wir uns küssen, knöpfe ich sein Hemd auf, kriege nicht mit, was sonst noch passiert, und seufze jedes Mal, wenn er mich beißt, neckend, warnend oder strafend. Mir egal. Bis ich rückwärts auf dem riesigen Bett im Schlafzimmer lande und Kostolany über mir ist, meine Hände festhält und mich einfach nur anschaut, schwer atmend, mit funkelnden Augen, gierig nach mehr und unglaublich zufrieden.

Warum nur flattern dann meine Nerven so?

»Nur zu deiner Information: Subs knöpfen mir nicht das Hemd auf.«

»N-n-nie?«, stammele ich und frage mich sofort, wie groß der Regelverstoß auf einer Strafskala von eins bis zehn ist und was Kostolany nun deshalb tun wird. Denn er wird was tun, das sehe ich ihm an.

»Nie«, wiederholt er meine Worte.

»Das gefällt mir nicht«, rutscht mir heraus, dabei wäre jetzt der Moment, um um Gnade zu flehen.

»Ach, das gefällt der kleinen Sub nicht?«, äfft er mich grinsend nach, und alle Härchen auf meinem Rücken richten sich auf. Ich werde noch feuchter, weil der Tonfall Ärger verspricht, den ich mögen werde. »Nun, ob du es glaubst oder nicht, gerade ist egal, was *dir* gefällt.«

Schneller, als ich begreife, was passiert, hat mich Kostolany auf den Bauch gedreht, meine Arme nun nicht mehr über meinem Kopf, sondern auf dem Rücken zusammengehalten, und sitzt auf meinen Beinen. Ich versuche freizukommen, aber der Kerl ist stark.

»Wie wäre es, wenn ich dir endlich ein paar Manieren beibringe …« Es ist keine Frage, sondern ein lautes Nachdenken.

»So hatte ich mir das nicht vorgestellt«, keuche ich – und glühe, mag unser Gerangel und das Gefühl, ihm unterlegen zu sein.

Da folgt der erste Klaps auf meinen Hintern.

»Oh Gott!« Ich winde mich, will mich befreien, doch plötzlich staut sich feurige Hitze in mir, die ich so nicht kenne, aber die sich unheimlich gut anfühlt. »Was zum Henker!«

»Wirst du jetzt netter sein?«, fragt er.

Nein, denn ich will mehr. »Aber sicher doch, Sir!«, entgegne ich daher spöttisch.

Kostolany lacht rau. Ein zweiter Schlag folgt, fester als der erste, der mich zum Keuchen bringt. »Ergibst du dich mir endlich?«, fragt er.

»Wie weit denn noch?«, fauche ich, weil ich die Konfrontation weiter suche, mehr von dem Prickeln spüren will.

Noch ein Schlag folgt, einer, der brennende Hitze durch mich jagt, der erst wehtut, dann aber zu einem seltsamen Kribbeln wird und mir ein lautes Stöhnen entlockt.

»Sag bloß, das gefällt dir?«, raunt Kostolany mir zu, knetet meine glühenden Pobacken und intensiviert das Gefühl, das ich gerade erlebe.

Und wie! Mein Körper antwortet ihm, indem ich mich ihm entgegenrecke, mehr einfordere, das noch mal erleben will.

»Oder soll ich sanfter sein?«, spielt er mit mir, massiert meinen Hintern, lässt mich ab und zu seine Erektion spüren, beugt sich tiefer und küsst und leckt meinen Rücken, meinen Hals, meinen Nacken, feucht und heiß und genüsslich. So als wäre ich die köstlichste Delikatesse der Welt und würde ihm gehören, ihm allein.

Verflucht! Ich habe außer Acht gelassen, dass Kostolany mehr als einen Weg kennt, um eine Frau in den Wahnsinn zu treiben. »Mach weiter!«, flehe ich.

»Mach ich doch.«

Ich wimmere frustriert, weil mich seine Lippen auf meiner Haut ganz verrückt machen. »Nein, anders.« Ich schlucke. »Schlag mich wieder!«

»Das hat dir also gefallen?«, fragt er, als würde er die Antwort nicht kennen.

»Kostolany!«, fauche ich frustriert.

»Also ist das wohl ein Ja.«

»Du Blödmann!«, rutscht mir raus.

»Jetzt sind es vier Strafschläge«, sagt er trocken, aber mit einer gewissen Aufregung in der Stimmung.

»Das ist unfair!«, beschwere ich mich. »Du fängst das hier an, bringst mich ganz durcheinander, manipulierst mich, reizt mich, und dann gibst du mir nicht, was ich will!«

»Fünf«, erhöht er seelenruhig, verteilt weitere Küsse auf meinem Rücken und drückt seine Erektion gegen mich. »Weitere Einwände?«

Dieser Mann bringt mich ganz durcheinander. »Ich dachte, es geht zuerst um das Vergnügen«, kann ich mir nicht verkneifen, sage es aber leise, sanft, will nicht, dass er die Strafe noch mal erhöht. »Das hatten wir doch vereinbart.«

»Und hat es dir keinen Spaß gemacht?«

»Ich bin nicht gekommen.«

»Ich auch nicht. Und?«

Und?! Natürlich gefällt mir der Schwebezustand davor, aber ich gehöre zu den Frauen, die auf ihre Orgasmen extrem hohen Wert legen. Ich vergrabe mein Gesicht im Kissen, bevor ich noch mehr sage, was ich bereuen werde. *Dieser Vollarsch!*

»Mir nicht zu antworten, kann ebenfalls Konsequenzen haben«, erklärt er.

Dieser Riesenvollarsch!

»Ich wäre gerne gekommen«, gestehe ich leise.

»Dann verhandele das das nächste Mal eher mit mir«, sagt er nur. *Als würde er gerne mit einem Ständer durch die Welt laufen!* »Du wolltest wissen, wie es ist, wenn die Schläge Spaß machen. Und jetzt weißt du es, richtig?«

Ich möchte ihn wirklich hassen. Aber er knabbert an meinen Schultern, spielt weiter mit mir, zeigt mir, wie sehr er mich begehrt, was es mir schwermacht. »Dann zeig mir doch jetzt, wie es ist, wenn es nicht schön ist«, knurre ich ins Kissen.

KOSTOLANY

Ihre Wut rauscht wie Zucker durch meine Adern und macht mich an. Nikki ist nicht nur eine atemberaubend schöne Frau, sie ist auch unglaublich sexy und willensstark und zum Glück manchmal etwas zu selbstbewusst, sodass man ihr Einhalt gebieten muss. Und sie ist angetörnt von dem, was hier geschieht. Ich muss nicht erst ihre Pussy berühren, um zu wissen, dass sie nass und bereit ist. Ich kann ihre Lust riechen. Lust, die sie meinetwegen empfindet.

Sie dreht den Kopf auf dem Kissen, sieht zu mir, und ein verärgerter Blick trifft mich, der alle meine Sinne anspricht – und mich zwingt, kurz die Augen zu schließen, weil ich sonst in meine Jeans komme.

Fuck! Sie ist sauer auf mich? Wann wird ihr wohl klar, welche Macht sie über mich hat? Dass nicht nur ich mit ihr spiele, sondern auch sie mit mir.

Sie hat mir das Hemd aufgeknöpft! *Himmel! Das Biest!* Und ich habe es für eine Sekunde zugelassen. *Weiß sie, was das bedeutet?*

Es hat einen Grund, warum ich in Sessions angezogen bleibe. Weil sonst Instinkte von mir übernehmen, die ich nicht unter Kontrolle habe. Denn sobald ich ihre Haut auf meiner spüre, will ich mehr, will in ihr sein, will sie erobern, voll und ganz und heftiger als alle Frauen vor ihr. Dann will ich, dass sie mir gehört.

»Bist du wirklich bereit?«, frage ich Nikki, meine damit die Strafe, die im Raum steht, und lasse von ihr ab.

»Du würdest immer noch abbrechen?«, fragt sie, setzt sich jetzt, da sie es kann, auf und hält sich ein Kissen vor den Bauch.

»Ja, würde ich«, sage ich.

Sie bearbeitet heftig ihre Unterlippe, was mir bereits die Antwort verrät. »Nein, wir machen das. Sonst versohlt Audrey mir den Hintern, und ich weiß nicht, ob das angenehmer wäre.« Sie atmet schwer. »Außerdem will ich wissen, wie es ist.«

»Also gut.« Ich knöpfe mein Hemd wieder zu, was sie mit Hunger und Bedauern, aber zur Abwechslung ohne Protest verfolgt, und löse den Gürtel von meiner Jeans.

»Da-da-damit?«, stammelt sie.

»Es soll doch wehtun, oder?«, gebe ich zurück und wickele routiniert das eine Ende des Gürtels um meine Hand, damit ich nicht vom Leder abrutsche.

Sie wird blasser. »Ich werde das wirklich bereuen?«, piepst sie.

»Du wirst das wirklich bereuen.« Ich halte den Kopf schief. »Und noch mal: Wenn du kneifst, ist das okay. Es wird keine Konsequenzen haben. Ich werde Audrey einfach erzählen, ich hätte es getan. Sie muss die Wahrheit nie erfahren.«

Das Angebot ist verlockend. Ich sehe Nikki an, wie sie mit sich ringt. Schließlich füllen Tränen ihre Augen. Zum ersten Mal. Was mich sofort härter werden lässt. Denn das Schöne an Tränen ist, das man sie wegküssen kann.

»Aber ich war wirklich frech«, sagt sie, nun nicht länger spielerisch, sondern voller Reue. Und die erste Träne rollt.

»Warst du«, sage ich und wische ihre feuchte Wange sanft trocken. *Und das zu mehr Gelegenheiten als den wenigen, für die ich sie jetzt bestrafe.* Doch das erwähne ich nicht. Das hier ist für sie schon aufwühlend genug.

»Also gut«, meint sie, woraufhin mein Schwanz fast platzt. »Und schau nicht so gierig«, schiebt sie schniefend hinterher.

Ich muss lachen. Auch das ist neu, dass ich mich anmotzen lasse und es genieße. *Konzentration, Kostolany!*

»Knie dich vor das Bett«, befehle ich ihr und stehe bereits auf. »Leg dich mit dem Oberkörper drauf und behalt die Hände neben dem Kopf. So weit alles klar?«

Sie nickt, ist in sich gekehrt, aber tut, was ich ihr sage.

»Hier, leg noch das Kissen unter deine Knie«, sage ich, weil ich möchte, dass es so angenehm wie möglich für sie wird.

Sie lässt es geschehen, aber schweigt nach wie vor, weshalb ich ihr sanft über den Rücken fahre.

Sie erschauert, reagiert immer noch so intensiv auf meine Berührung, will mich nach wie vor.

Auf dass das auch in fünf Minuten noch so ist!

Vielleicht hat Audrey mir deshalb diese Aufgabe übertragen. Ich zeige Nikki, wohin die Reise geht. Und entweder sie sucht danach das Weite, oder wir haben wirklich eine

Chance – und Sex. *Ist das nicht auch der Grund, warum ich eben nicht mit ihr geschlafen habe? Weil ich das zwischen uns nicht komplizierter machen will, als es eh schon ist.*

Ich reibe mir über das Gesicht, ich sollte mir nicht ausgerechnet jetzt so viele Gedanken machen.

Auf ihre Sicherheit bedacht drücke ich ihre Hände, die seitlich neben ihrem Kopf liegen. »Lass sie dort und halt dich am Laken fest. Verstanden?«

Sie nickt kaum wahrnehmbar.

Ich überlege, ob ich sie zählen lassen soll, aber beschließe, einfach anzufangen. Mit der Erwartung zu spielen ist normalerweise ein Teil des Ganzen. Doch das wäre zu viel für Nikki. Zumindest heute.

Ich atme tief durch, präge mir ihren Anblick ein, in dem Bewusstsein, dass dies das erste und letzte Mal sein könnte, dass ich sie so sehe. Ihr herrlich voller Hintern, der Schwung ihrer Wirbelsäule, ihre dunklen Haare, die sich über das weiße Laken ergießen, ihre zierlichen Hände neben ihrem Kopf – und wie sich ihr Rücken mit jedem Atemzug hebt und senkt. *So perfekt!*

Dann hole ich mit dem Gürtel aus und schlage zu. Zum ersten Mal lande ich einen ernsthaften Treffer.

Nikki schreit auf und zuckt zusammen.

Ich warte, aber sie hält ansonsten still. Nur die Anspannung in ihren Armen verrät mir, dass sie nun versteht, was mit einer Strafe gemeint ist.

Ich schlage ein zweites Mal zu, lasse den Gürtel knallen, liebe das Geräusch, das entsteht, wenn das Leder auf Haut trifft, liebe, wie sich die Haut meiner Sub von Weiß zu Rosa verfärbt, wie *dieser* Hintern meine Handschrift trägt.

Nikkis Finger krallen sich fester in das Laken, weil sie sich nicht bewegen will. *So brav!*

Wieder hole ich aus, treffe sie. Sie zuckt zusammen, und ein Stöhnen entschlüpft ihr. Bedürftig, tief, willig.

Was zum Henker?! Das ist unerwartet.

Erneut schlage ich zu. Höre, wie sie wimmert – und sehe, wie ein Lusttropfen zwischen ihren Schenkeln nach unten läuft. Was ziemlich sexy ist und mich erleichtert, denn dann scheint sie Schmerz ohne jeden Zweifel zu mögen. Gleichzeitig ärgert es mich. Weil das hier kein Spaß ist, sondern eine Strafe.

Ich lege eine Pause ein, gehe zu ihr und wische mit einem Taschentuch die Feuchtigkeit zwischen ihren Beinen ab – woraufhin sie bedürftig seufzt und leise schluchzt.

»Der letzte«, sage ich ruhig. »Okay?«

»Okay«, wispert sie.

Himmel, macht sie mich stolz! Mit einem zärtlichen Kuss in ihren Nacken wende ich mich von ihr ab, nehme erneut meine Position ein und versetze ihr den letzten Schlag, der ihren Hintern wunderschön rosa hinterlässt. *Und jetzt kommt der ebenso schöne Teil …*

»Ist es vorbei?«, fragt sie leise.

»Ja, ist es«, sage ich zufrieden.

Ich fädele den Gürtel wieder in die Schlaufen meiner Jeans, gehe zu ihr und will sie in den Arm nehmen, wie ich es immer nach heftigen Momenten tue, aber sie entwindet sich mir und wickelt sich in eines der Laken. Nicht unbedingt die Reaktion, die ich von jemandem erwarte, der feucht geworden ist.

»Nikki?«, frage ich sanft.

Sie straft mich mit Schweigen. *Nicht gut.*

»Hey, rede mit mir.«

»Wichs im Bad, wenn du musst«, sagt sie eisig, angewidert davon, dass mich das angemacht hat, dabei glüht sie selbst vor Lust.

Da stimmt doch was nicht.

»Und danach darf ich zu dir ins Bett kommen?«, frage ich, weil alles in mir für sie da sein will, muss. *Weiß sie das nicht?*

»Wehe«, antwortet sie und funkelt mich mit ihren Augen auf eine Art an, die ich nicht ganz einordnen kann.

Verdammt! Ja, das war hart, aber nicht zu hart. Kein Vergleich zu dem, was Reece mit Audrey angestellt hat. Und nur minimal schmerzhaft im Vergleich zum Spiel mit der Peitsche. In meinem Kopf rattert durch, wie die wechselseitigen Ausschüttungen von Adrenalin und Endorphin den Körper bei Sessions in immer höhere Sphären tragen. Auch ihren. *Was ist also gerade los?*

»Du weißt, du hättest es abbrechen können?«, versuche ich, ein Gespräch anzufangen, um ihr zu helfen zu verstehen, was in ihr vor sich geht.

»Lass mich einfach!« Sie wartet, aber ich bin unentschlossen, weil es falsch wäre. »Na los, verschwinde, Kostolany!«

Jetzt klingt sie beinahe hysterisch, was mich eine eher untypische Entscheidung treffen lässt. Sie soll sich auf keinen Fall weiter aufregen. Wenn sie Zeit braucht, gebe ich sie ihr.

»Okay. Nur eines noch …«, sage ich.

Ohne Nikki aus den Augen zu lassen, trete ich zu ihr ans Bett, setze mich, beuge mich über sie und nehme sie zwischen meinen Armen gefangen. Und ich küsse sie so, dass sie nicht auf die Idee kommt, dass ich hier ein Problem mit ihrer Abfuhr habe. In meinen Augen bleibt sie perfekt, und ich lasse sie nicht allein, ohne dass sie diese Botschaft mitkriegt.

Im ersten Moment stemmt sie abwehrend ihre Hände gegen meine Schultern – während ihre Lippen bereits hungrig mehr von mir einfordern, mich brauchen, so wie es normal nach Sessions ist und wie ich es kenne und erwartet hätte.

»Nein«, keucht sie, doch ich weiche nicht zurück. »Verdammt, Nein heißt doch Nein, hatten wir vereinbart!«

»Ja, während einer Session«, murmele ich. »Nicht danach.«

»Mistkerl!«, keucht sie. Dann gibt auch ihr Körper nach, wird weicher, und ein Stöhnen entschlüpft ihrer Kehle. Ein Laut, den sie zwar versucht herunterzuschlucken, den ich aber dennoch höre und der mich beruhigt. Weil sie mich will, wie verrückt will. Wenn ich raten müsste, dann ist sie einfach nur überrumpelt von dem, was sie fühlt.

»Versuch zu schlafen«, sage ich, als ich merke, wie ihr Widerstand schmilzt, und lasse von ihr ab. Ich streiche ihr zum Abschied durch ihre dunklen Haare, warte, ob sie noch etwas sagt und mich aufhält, doch da sie es nicht tut, lösche ich das Licht. Dann ziehe ich mein Jackett an, nehme mein Handy und verlasse die Suite.

Keine leichte Entscheidung, aber es ist das Beste für sie.

Unten an der Rezeption verlängere ich das Zimmer, weil ich nicht möchte, dass Nikki morgen vom Hotel rausgeschmissen wird, und rufe dann Audrey an.

»Jetzt sag mir nicht, du hast es vermasselt«, begrüßt sie mich scherzhaft.

Ich atme tief durch, rekapituliere die letzten Stunden mit Nikki, das Reinigen der Toys, die Demonstration mit der Peitsche, die lustvollen Schläge auf ihren Hintern. Und die strafenden. »Ehrlich gesagt: Ich weiß es nicht.«

Audrey schweigt einen langen Moment und lässt die Worte, die für mich absolut untypisch sind, sacken. Denn seit ich in der Szene bin, habe ich immer gewusst, wie Situationen einzuschätzen sind, was mein Gegenüber verträgt, was in der Sub, mit der ich spiele, vor sich geht. Nikki ist die Erste, die ich nicht ganz einschätzen kann, und es jagt mir eine Heidenangst ein.

»Es tut mir leid«, schiebe ich hinterher. »Kannst du –?«

»Es ist nicht dein Fehler, Kosto. Ja, ich rede mit ihr.«

»Danke.«

10. Kapitel

NIKKI

In dem Moment, in dem ich allein bin, bereue ich es, Kostolany weggeschickt zu haben. Nur mein brennender Hintern erinnert mich daran, was ich gerade mit ihm erlebt habe, und das Gefühl ist seltsam tröstlich. So als wäre ein Teil von ihm noch hier, bei mir. Aber plötzlich war mir alles zu viel, ohne dass ich hätte sagen können, was genau los ist. Da war der Schmerz, da war die Lust – und diese Stimme im Kopf, die mir gesagt hat, dass das hier nicht richtig ist. Obwohl es sich richtiger angefühlt hat als alles andere in meinem Leben.

Ich versuche zu schlafen, doch ich bin zu aufgewühlt und komme nicht zur Ruhe.

Wer bin ich, wenn nicht nur sanfter spielerischer Schmerz für dieses süße Ziehen in mir sorgt, sondern sogar die Strafe eben, die wirklich wehgetan hat, mich in dieser warmen, kribbelnden Blase schwimmen lässt?

Oder liegt das an diesem Kuss, mit dem sich Kostolany verabschiedet hat? Ein Kuss, den ich nicht wollte und der mir trotzdem alles gegeben hat, was ich in dem Moment brauchte. Ein Kuss, der mich dazu gebracht hat, mich erneut nach diesem Mann zu verzehren.

Niemand sollte dermaßen sinnlich küssen können!

Aber *er* kann es, und er tut es, lässt mich alles vergessen, außer meinem Verlangen nach ihm.

Als ich höre, wie die Zimmertür aufgeht, schwappt Erleichterung über mich hinweg. Beruhigend warm.

»Kostolany?«, rufe ich. Er muss es sein, er ist zurückgekommen. Er ist der Dom. Natürlich lässt er sich nicht von mir herumkommandieren. Er hat mir ein paar Minuten gegönnt, um über alles nachzudenken. Und wenn ich jetzt artig bettele, machen wir beim schönen Teil weiter …

»Nein, ich bin es!«, höre ich die Stimme meiner Schwester und sehe sie wenig später im Türrahmen erscheinen und zu mir kommen.

»Was machst du denn hier?«, frage ich und versuche, mit der Erleichterung darüber, nicht mehr allein zu sein, und der Enttäuschung, weil sie nicht der Mann ist, den ich so begehre, klarzukommen.

»Kosto hat sich Sorgen um dich gemacht«, sagt sie, streift sich ihre Flipflops ab und klettert in Yogahosen und Shirt zu mir aufs Bett. »Geht es dir gut?«

»Ich weiß nicht«, antworte ich und kuschele mich an sie, so wie wir es als Kinder immer getan haben. Nur dass ich dann meist diejenige war, die Audrey gehalten hat. Nun ist es umgekehrt.

»Das ist lustig. Kosto hat das Gleiche gesagt.«

»Er ist eben ein kluger Mann«, sage ich und versuche, dieses schmerzhafte Verlangen nach ihm zu ignorieren.

»Ja, das ist er.« Sie haucht mir einen Kuss auf den Scheitel. »Und er ist obendrein jemand, der, seit er Erektionen hat, weiß, worauf er steht. Anders als du. Das hier, das kann am Anfang mächtig verwirrend sein.«

Ist es nur das?

Ich erinnere mich, wie es bei Audrey war, als sie entdeckt hat, dass sie diese Spielchen anmachen. Dass ihr Magen rebelliert hat, dass es ihr zeitweise richtig dreckig ging, weil sich ihr Verstand dagegen gewehrt hat. Aber ich habe bereits akzeptiert, dass mich Schmerz kickt.

Seltsam …

»Die Strafe war okay?«, fragt sie.

»Meinst du das Reinigen der Toys oder das Spanking?«

»Beides.«

Ein Schauer rinnt über meinen Körper, nicht vor Abscheu, sondern so als würde ich mich an etwas verdammt Schönes erinnern, das für Gänsehaut sorgt.

»Das Saubermachen der Spielzeuge war die reinste Sklavenarbeit. Kostolany hat mir zum Glück geholfen und die Peitschen übernommen und –« Ich halte inne, weil mir einfällt, wie sexy dieses Folterwerkzeug in den Händen dieses Mannes ausgesehen hat.

»Du magst die Peitschen?«, fragt Audrey überrascht.

Ich spüre, wie meine Wangen rot werden, und bin froh, dass wir im Halbdunkel sitzen und sie das nicht sehen kann. »Ja, tue ich. Wir haben damit gespielt, während meiner Putzstrafe, und es war der Wahnsinn«, gestehe ich und erzähle ihr von der Mini-Session im Randall Tower.

»Ihr habt gespielt!«, ruft sie entsetzt. »Richtig gespielt?«

»Es war nicht Kostos Idee. Ich wollte das«, beeile ich mich zu sagen.

»Verdammt, Nikki, warum? Du solltest erst mein Material lesen.«

Mir wird klar, dass sie nicht sauer auf Kostolany ist, sondern auf mich. Sie muss sich so wie ich sonst fühlen, wenn ich ihr einen Rat gegeben habe und sie ihn in den Wind geschossen hat.

»Es hat sich gut und richtig angefühlt«, verteidige ich meine Session.

»Na und? Da gibt es so vieles, über das du dir erst klar sein solltest.«

»Du tust ja so, als bräuchte man eine Gebrauchsanweisung für BDSM! Aber nur zu deiner Information: Man kann Dinge auch einfach ausprobieren und daraus lernen.« *Du weißt schon: Ins Wasser springen und schwimmen! Das waren doch deine Worte!*, denke ich mir.

»Aber es wird leichter, wenn du Bescheid weißt. Nimm Sex. Das erste Mal. Da hilft es in etwa zu wissen, was auf einen zukommt. Du dagegen bist komplett ahnungslos!«

»Also so ganz stimmt das nicht. Ich kenne ein paar Sachen durch dich.«

»Sprich zu Dominanz und Unterwerfung, mit denen ich mich für den Job als Lady Dom beschäftigt habe. Informationen über Sadismus oder Masochismus hab ich für mich behalten. Doch genau dazu hättest du dich einlesen sollen.«

Ich gebe einen unwirschen Laut von mir. Ein Teil von mir weiß, dass sie recht hat. Gleichzeitig verstehe ich sie nicht. »Aber das Spanking war in Ordnung?«, zische ich. Das Spanking, zu dem sie Kostolany erst ermuntert hat.

»Ja, war es«, sagt Audrey. »Was in einer Session passiert, ist damit nicht zu vergleichen. Die Strafe war einfach nur eine Strafe und sollte wehtun. Dafür braucht man keine Vorkenntnisse.«

Ich beiße mir auf die Lippen, um sie nicht zu korrigieren. Das, was Kostolany getan hat, war neu, aufregend und definitiv ungewohnt. Schließlich habe ich nackt auf Knien vor einem Bett gehockt. *Aber es war nicht schrecklich*, wie ich mich mit einem prickelnden Schauer erinnere.

»War das Spanking denn okay?«, forscht Audrey nach.

»Es hat wehgetan.«

»Das ist gut, so war es gedacht.«

»Und ich glaube, es hat mich angemacht«, schiebe ich hinterher und rede schnell weiter. »Aber natürlich hat es auch wehgetan. Ich bin froh, dass nicht mehr passiert ist. Der erste Schlag … Himmel! Dieser Mann hat sich kein bisschen zurückgehalten. Ich hatte das Gefühl, meine ganze Wahrnehmung ist plötzlich intensiver. Ich hab mich ein bisschen wie Superwoman gefühlt. Und ihn gehasst und geliebt. Dann folgte der zweite Schlag, und der hat das Gefühl noch verstärkt. Und es war kaum auszuhalten, aber trotzdem gut. Davon hast du nie was erzählt! Und dann kam der dritte! Wow!«

»Also war die Strafe eigentlich keine?«

»Nicht wirklich«, gebe ich zu. »Bekomm ich jetzt eine neue?«

»Nein«, sagt sie, und ich bin erleichtert.

»Weißt du, Audrey, ich dachte, du wärst irgendwie seltsam. Aber ich fürchte, ich verdiene den Titel der Miss Oberpervers.«

»Nicht doch«, sagt sie beruhigend. »Das ist keine von uns beiden. Du stehst nur auf sehr speziellen Sex. Daran ist nichts verkehrt. Und dein Instinkt sagt dir, dass Kosto dafür der Richtige ist. Ich finde ihn auch heiß und sexy, und er hat diese gefährliche Aura. Dennoch würde ich mich niemals mit ihm anlegen. Wenn du allerdings auf Schmerz stehst, masochistisch bist, dann ergibt es Sinn, dass du dich von ihm angezogen fühlst.«

»Aber er ist doch kein Standardsadist.« Ich räuspere mich, weil das komisch klingt, und Audrey lacht. »Du weißt, was ich meine. Er ist euer extremster Dom!« So was wie der Mount Everest unter den Bergen.

»Du scheinst ja auch keine Standardmasochistin zu sein«, antwortet sie unbekümmert.

»Ich glaube, das muss ich erst mal sacken lassen.« Wie so vieles.

Im Kopf gehe ich vergangene Beziehungen durch. Dabei finde ich keinerlei Anhaltspunkte dafür, dass ich auf solche Dinge stehe. Ich hätte mich doch von miesen Typen, die einen schlecht behandeln, angezogen fühlen müssen! Aber dem war nicht so. Kostolany ist in der Hinsicht der Erste. Wobei er ja kein mieser Typ ist, sondern nur auf miese Sachen steht. Ich seufze. *Lauter Fragen, keine Antworten.*

»Weißt du jetzt, wie es dir geht?«, fragt Audrey nach einer Pause und drückt mich leicht.

»Ich bin müde«, sage ich, weil mir der Kopf schwirrt. »Unglaublich müde. Und ich bin froh, dass du da bist.«

»Dann lass uns schlafen.«

***

Obwohl ich keinen Wecker gestellt habe, wache ich um sieben Uhr auf. Normalerweise bin ich eine gute Frühaufsteherin, aber an diesem Morgen fühle ich mich total fertig. Und ich vermisse Kostolany. Wie gerne würde ich ihm jetzt einfach die Arme um den Hals legen, in seine Augen schauen, ihm durch die Haare streichen und beim Küssen spüren, wie sein Bart mich kratzt und Schauer durch meinen Körper jagt … Und darauf lauern, dass er mir wieder irgendwas herrlich Fieses androht …

Ich seufze und verdränge den Gedanken, schwinge die Beine aus dem Bett und gehe duschen. Wenn ich schon wach bin, sollte ich zusehen, dass ich ins Büro komme. Noch etwa eineinhalb Wochen, bis die Firmenübernahme durch ist. Dann folgt endlich das nächste Projekt. Ich muss lächeln. Denn so anstrengend mein Job auch ist, ich liebe es, unter Strom zu stehen.

Ich muss über mich selbst den Kopf schütteln. *Nikki, da hast du dein Anzeichen dafür, dass du masochistisch veranlagt bist. Welcher normale Mensch findet Stress gut?*

Audrey hat recht. Ich sollte mich unbedingt in ein paar Prozesse einlesen, um zu verstehen, was mit mir und meinem Körper während einer Session passiert. Ich vertraue Kostolany und dass er weiß, was er tut. Aber letztlich trage auch ich eine Verantwortung.

»Du bist ja schon wach«, begrüßt mich meine Schwester verschlafen, als ich aus dem Bad komme.

»Die Arbeit ruft.«

»Du weißt, dass Kosto dir die Suite für noch eine Nacht reserviert hat?«

Das ist mir neu. »Hat er?«

»Hat er.« Sie setzt sich auf die Polsterlehne des Sofas und sieht mich an. »So sind die Doms. Wollen immer nur das Beste für ihre kleinen Subs.«

Wärme durchflutet mich. »Aber das bin ich doch nicht«, sage ich. *Seine Sub.*

»Mag sein. Aber Reece war bei mir genauso. Oder hast du vergessen, wie er eines Abends bei dir zu Hause aufgetaucht ist, um nach mir zu sehen? Auch wenn der Beziehungsstatus auf ›kompliziert‹ steht, sind sie für uns da. Und apropos Sub-Dasein. Was macht dein Hintern?«

Ich verziehe das Gesicht. »Brennt etwas.«

»Ich kann dir eine Salbe dagegen geben.«

»Das wäre super.«

»Brauchst du sonst noch was?«

Ich muss los, die Pflicht ruft, aber ich zögere. »Eines wäre da tatsächlich«, sage ich.

»Was?«

»Zeit, ich könnte Zeit gebrauchen.«

Audrey runzelt die Stirn. Wir kennen uns von klein auf, aber sie weiß nicht, worauf ich hinauswill. Oder es ist einfach zu früh am Morgen. Schließlich ist ihr Tagesrhythmus mittlerweile ein anderer als meiner.

»Kannst du mit Reece und Kostolany reden?«, bitte ich sie.

»Und worüber?«

Ich fahre mir über das Gesicht und vertreibe das ungute Gefühl. »Du hast recht. Ich sollte mich erst in alles einlesen, was ich über BDSM finden kann. Ich sollte wissen, worauf ich mich einlasse und das Ganze deutlich langsamer angehen.« *Manchmal geht Studieren über Probieren*, wandele ich in Gedanken das bekannte Sprichwort ab.

»Und deshalb soll jemand anderes als Kosto bei der Strafe abends dabei sein?«, rät sie nun und erkennt, in welche Richtung ich denke.

Ich nicke, obwohl mein Herz protestiert. Aber ich weiß, es ist die richtige Entscheidung. Das, was ich gerade entdecke, ist neu und braucht Zeit. Durch meinen Job habe ich nicht so viel, durch die Strafe noch weniger. Ich kann nicht alles auf einmal machen, egal wie gerne ich das möchte. Und Kostolany ist die einzige Variable in diesem Spiel. Weniger Zeit mit ihm bedeutet mehr Zeit, um mein Leben zu ordnen. Und wenn ich weiß, was Sache ist, können wir vielleicht da weitermachen, wo wir aufgehört haben. Wenn wir es dann beide noch wollen.

»Bist du dir sicher?«, fragt Audrey.

Ich zögere, aber nicke dann.

»Er würde dir bei all dem auch helfen«, gibt sie zu bedenken.

»Audrey!«, sage ich, weil ich nicht will, dass sie mir das wieder ausredet.

»Gut, ich regele das«, sagt meine Schwester. »Kann ich sonst noch was tun?«

»Mir sagen, wo es in diesem Luxushotel Kaffee gibt.«

Sie lacht. »Krieg ich hin. Gib mir fünf Minuten, um mich frisch zu machen, und dann kann es losgehen.« Sie will schon ins Bad, dreht sich jedoch auf dem Absatz noch mal zu mir um. »Ich weiß, ich sag das nicht oft, aber ich bin verdammt stolz auf dich. Das hört sich für mich alles sehr gut an.«

Ich ringe mir ein Lächeln ab. *Wäre nur schön, wenn es sich für mich auch so anfühlen würde …*

KOSTOLANY

Ich schlafe ein, schrecke hoch, schlafe wieder ein, werde erneut wach und werfe einen Blick auf mein Handy, weil ich mit einem Anruf von Audrey rechne.

Was ist los bei Nikki? Braucht sie mich? Geht es ihr gut? Warum meldet sich keiner? Ich habe Audrey nicht explizit darum gebeten, aber ich bin davon ausgegangen, dass sie mir Bescheid gibt. Sie muss doch wissen, dass ich mir Sorgen mache.

Als endlich mein Handy vibriert, ist es Nachmittag. Ich fühle mich völlig fertig, habe versucht, mich mit Sport abzulenken, was eher schlecht als recht geholfen hat. Aber es ist wieder nicht Audrey, auch nicht Nikki, sondern die Büronummer von Reece.

Kann der Tag noch mieser werden?

»Ja?«, melde ich mich verwundert. Neue Sessions stimmen wir in der Regel per Mail oder in Meetings ab. Ich habe noch nie einen persönlichen Anruf erhalten.

»In mein Büro«, sagt er nur, und seine Stimme bebt vor unterdrücktem Zorn. »Sofort.«

»Wie kann ich einer so netten Aufforderung nur widerstehen?«

Ich sollte entspannt sein. Das Schlimmste wäre, dass Reece mich feuert, warum auch immer. Und das wiederum wäre zwar ärgerlich, weil ich damit meinen Zugang zu einem nie enden wollenden Pool von Subs verlieren würde, allerdings finanziell kein Drama.

Doch ich bin nicht entspannt, weil dieser Anruf nur mit einer Person zusammenhängen kann. Nikki Montgomery.

***

»Geht es ihr gut?«, frage ich, als ich das Büro betrete, ohne zu erklären, wen ich meine. Audrey sitzt am Besprechungstisch, ebenso Ian als Firmenanwalt und Reece selbst. *Das Trio infernale.*

»Setz dich!«, meint Reece.

Ich bleibe stehen, warte auf eine Antwort.

»Ja, es geht ihr gut«, sagt Audrey. »Nimm doch bitte Platz, wir müssen reden.«

Ich rühre mich immer noch nicht.

»Was an ›Lass die Finger von ihr!‹ war nicht zu verstehen?«, donnert Reece.

Hilfe suchend blicke ich zu Audrey, aber die ist nun in Unterlagen vor sich vertieft – und plötzlich nervt mich das hier.

»Nikki ist weder eine Kundin noch deine Mitarbeiterin. Und du bist weder ihr Aufpasser noch ihr großer Bruder. Ich bin erwachsen, sie ist erwachsen. Wir können tun und lassen, wonach uns ist. Oder soll ich dir in Zukunft mitteilen, mit welchem Toilettenpapier ich mir den Hintern abwische? Dass ich eine Schwäche für Online-Poker habe? Oder womit mein privates Spielzimmer zu Hause ausgestattet ist?«, zähle ich sauer auf, denn es gibt Grenzen, und er hat sie überschritten.

»Also war alles, was zwischen euch passiert ist, einvernehmlich?«, fragt nun Ian und lässt durchblicken, dass sie von dem Spanking wissen.

»Stehe ich hier etwa unter Anklage?«, wende ich mich an ihn, bleibe äußerlich ruhig, aber in mir brodelt es.

»Antworte einfach«, sagt Audrey.

»Ja, natürlich lief die Strafe einvernehmlich ab. Wie immer! Ich mag es nämlich nicht, wegen Körperverletzung verklagt zu werden.«

»Sie hatte die Möglichkeit abzubrechen?«, fragt Ian weiter.

»Sicher«, sage ich, obwohl es verfickt noch mal niemanden in diesem Raum etwas angeht. »Ich hab Nikki mehrfach darauf hingewiesen. Sie wollte nicht. Hätte ich das auf Band aufnehmen müssen? Wenn ihr mir nicht glaubt, fragt sie. Ich bin mir sicher, sie bestätigt meine Version.«

Ian schreibt sich etwas auf. »Was genau habt ihr gemacht?«

Ich mustere alle in der Runde. *Könnte bitte einer lachen! Denn das muss ein Witz sein!* Doch die Gesichter sind wie auf einer Beerdigung. »Wofür ist das wichtig?«, frage ich.

»Wir kennen dich. Also?«

»Kein Kommentar«, knurre ich. Ich weiß, dass ich vergleichsweise soft gespielt habe, trotzdem werde ich das nicht mit ihnen diskutieren. Nicht meinetwegen, sondern wegen Nikki.

»Sie ist dir also wichtig?«, fragt Reece endlich eine Spur versöhnlicher. Aber jetzt, nachdem er auf böser Cop gemacht hat, auf guter Cop zu machen, kann er sich sparen.

»Was soll die Inquisition?«, gebe ich zurück.

»Antworte einfach, Kosto«, meint Audrey. »Wir alle sind hier, weil wir für Nikki das Beste wollen.« Sie lächelt mich an und erinnert mich dabei so sehr an ihre Schwester, dass ich mich zumindest etwas beruhige.

»Ja, sie ist mir wichtig. Natürlich ist sie das«, gebe ich zu und bin erstaunt, wie leicht es mir fällt, meine Gefühle zu äußern. »Darf ich mein Leben jetzt weiterleben?«

»Darfst du.« Reece wirft Papiere vor sich auf den Schreibtisch und lehnt sich in seinem Stuhl zurück. »Das sind deine Kunden für die nächste Woche. Das wäre dann alles.«

Klasse Meeting, Leute! Richtig herzlich und heimelig!

Ich nehme den Stapel, noch etwas grantig, aber erleichtert, dass ich dieses Tribunal verlassen darf. Bis ich sehe, wann die Sessions sind. »Die Termine sind alle abends und nachts. Da kann ich nicht. Schon vergessen? Ich bin dabei, wenn Nikki die Toys putzt.«

»Wir halten es für das Beste, wenn unter diesen Umständen jemand anderer den Job übernimmt«, meint Ian.

»Umstände? Was denn für Umstände?«

»Dass du aus ihrer Strafe ein Spiel machst.«

Stimmt, mein Fehler. Verdammt, ich könnte mir gerade selbst eine kleben.

»Und an wen habt ihr für den Job gedacht?«, frage ich Ian, als mir klar wird, dass ich nichts an der Entscheidung der drei ändern kann. »Ich dachte, wir wollten das kleinhalten.«

»Ich«, meldet sich Audrey. »Schließlich bin ich noch suspendiert. Und bevor du protestierst: Sie selbst will es so. Du weißt, wie überwältigend die Welt des Tease & Please für den Anfang ist. Gib ihr Zeit, sich an all das zu gewöhnen. Lass sie in ihrem Tempo alles entdecken. Sie hat deine Nummer. Wenn sie so weit ist, wird sie sich melden.«

Wie gut das klappt, wissen wir … Weil sie sich ja auch nach unserer ersten Begegnung gemeldet hat … Und nach der Nacht im Klub …

Ich will protestieren, aber mir sind die Hände gebunden. Denn wenn es um ihre Sicherheit geht, kann ich schlecht was einwenden.

»Wenn das dann alles war …«, sage ich und warte.

»War es«, meint Reece.

Ich nehme die Akten für die nächsten Kunden und setze eine gespielt fröhliche Miene auf, die jedem im Raum ein stummes ›Fuck you‹ zusendet. »Na, dann erledige ich wohl besser meinen Job.«

11. Kapitel

NIKKI

Wie ich es meiner Schwester versprochen habe, schlage ich alles zum Verhältnis zwischen Dom und Sub nach, welche Regeln und Spielarten es gibt und wie man einen sicheren Ablauf der Session gewährleistet, auch wenn Schmerzen im Spiel sind. Und ich verstehe endlich vieles besser. Denn es geht um Kommunikation, Vertrauen und Sicherheit. Und darum, beim Spielen bestimmte Hormone im Blut freizusetzen, die das Erleben steigern. Nicht darum, Gewalt zu verherrlichen. Wenn jemand gegen seinen Willen geschlagen wird, ist das Körperverletzung und zu Recht strafbar. Daran ist nichts schön.

Tagsüber erstelle ich die letzten Analysen für den Kunden und die anstehende Firmenübernahme und bin dankbar, dass keinem meiner Kollegen auffällt, wie aufgewühlt ich bin. Abends putze ich die Spielsachen des Tease & Please, wobei mir nun Audrey auf die Finger schaut.

Und so vergeht Tag für Tag.

Nacht für Nacht.

Die Suspendierung meiner Schwester läuft aus. Alles steht wieder auf Anfang. Und das, was ich mit Kostolany erlebt habe, fühlt sich mehr und mehr wie ein Traum an – ein sexy, verstörender Traum. Einer, den ich erneut erleben will. Aber ich weiß nicht, wie. Denn es fällt mir schwer, mich bei ihm zu melden, wenn ich umgekehrt auch nichts von ihm höre.

Sobald die Firmenübernahme abgeschlossen ist, fahre ich für ein Wochenende in ein Spa und genieße es, mich von oben bis unten verwöhnen zu lassen. Doch diese tiefe Zufriedenheit, die ich von früher kenne, stellt sich weder im Hamam noch im Sprudelbad oder unter den walkenden Händen einer zierlichen Asiatin ein. Mein Leben fühlt sich leer an, und je näher das Ende meiner Putzstrafe rückt, umso unruhiger werde ich.

»Wie geht es Kostolany?«, frage ich Audrey völlig unvermittelt in Woche vier meiner Strafe, während ich gerade die Peitschen reinige, die später unter anderem durch *seine* Hände gleiten werden.

»Kosto?«, sagt sie, als würde sie den Namen zum ersten Mal hören.

»Du weißt schon, der gefährlich gut aussehende rothaarige Typ mit den grauen Augen.« *Der mein Gehirn dazu bringt, dämliche Luftschlösser zu bauen, Königreiche, ganze Welten!*

»Er hat viel zu tun«, sagt sie.

»Im Klub?«

»Genau.«

»Hat er wieder Sessions mit dieser einen Frau?«

»Du meinst die, mit der du ihn gesehen hast?«

Ich nicke und halte unwillkürlich die Luft an.

»Ja, sie hat einen Narren an ihm gefressen.«

Mir wird schlecht, und alles in mir zieht sich zusammen. *Was bist du bescheuert, Nikki! Du kriegst ihn nicht aus dem Kopf, während er einfach weitermacht und sich von anderen Frauen holt, was er braucht. Ist Sub nicht gleich Sub für ihn?*

Ich reinige die Peitsche weiter und stelle mir trotz allem vor, dass Kostolany sie nachher benutzt und irgendwie spürt, dass sie durch meine Hände gegangen ist.

»Fragt er nach mir?«, horche ich Audrey weiter aus. *Ich Masochistin! Als würde das irgendwas besser machen!*

»Wir sehen uns eigentlich kaum«, erklärt sie entschuldigend. »Reece hat mit den Doms zu tun, nicht ich.« Sie legt den Kopf schief. »Ruf ihn einfach an, wenn du ihn sprechen willst. Du hast doch seine Nummer.«

Habe ich mittlerweile. Das Dumme ist nur, dass es sich mit jedem Tag, der vergeht, und mit jedem bisschen, das ich über das Wechselspiel von Dominanz und Unterwerfung, Sadismus und Masochismus dazulerne, falscher anfühlt. Kostolany lebt sein Leben weiter. Er braucht keinen Neuling wie mich, sondern Kunden wie diese eine Frau, die es so extrem mag.

Ich versuche, mir diesen Mann aus dem Kopf zu schlagen. *Es gibt ja wohl mehr als einen Sadisten auf der Welt!* Dennoch vermisse ich ihn, seinen Geruch, seine Blicke, seine Berührungen und das Brennen, das er in mir auslöst. Und ich will ihn sehen, auch wenn er mich anscheinend nicht sehen will. *Glückwunsch, Nikki, jetzt drehst du völlig durch!*

Mit einem Schnaufen packe ich die letzte Kiste für heute und wische mir den Schweiß aus dem Gesicht. »Audrey?«, beginne ich. »Kannst du mir einen Gefallen tun?«

»Oh, oh, den Tonfall kenne ich.«

»Kannst du mich noch mal in den Klub bringen?«

»Nein«, sagt sie. »Die letzte Strafe reicht mir fürs Leben. Also schlag dir das aus dem Kopf.«

»Aber –«

»Nein!«

Klasse, aber jede andere darf? So leicht gebe ich nicht auf.

Als ich fertig bin und Audrey zur Arbeit muss, verlasse ich nicht sofort den Randall Tower, sondern gehe zu Reeces Büro und klopfe.

»Hast du einen Moment?«, frage ich, als ich die Tür vorsichtig einen Spalt öffne und meinen Kopf reinstecke.

»Sicher, Nikki, komm rein!«

Ich betrete das Büro, in dem meine Welt so aus den Fugen geraten ist, und schließe die Tür hinter mir.

»Okay, welche Art Gespräch wird das hier?«, fragt er locker, legt aber die Papiere, die er gerade gelesen hat, beiseite.

»Ich würde gerne in den Klub«, sage ich, bevor mich der Mut verlässt.

»Um Kosto zu sehen?« Er klingt genauso wenig begeistert wie Audrey.

»Ähm, nein, natürlich nicht«, sage ich hastig, während ich fieberhaft überlege, was ich für einen Grund angeben könnte.

»Weshalb dann?«

»Tja, also …« *Hallo, Ideenblitz! Bitte triff mich!*

»Also ist es wegen Kosto?«, fragt er amüsiert nach.

»Nein! Natürlich nicht. Wenn ich ihn sehen wollte, könnte ich mich einfach so mit ihm treffen. Es ist nur –«

In dem Moment fliegt die Tür auf und ein Mann stürmt herein, der in mir sofort einen Sturm der Gefühle auslöst. Groß, kräftig gebaut, gut gekleidet. Und rothaarig.

»Fuck, Reece. Jetzt ist aber genug. Ich weiß, wir tun für unsere Kunden alles. Aber das mit Leonora geht zu weit! Wenn ich weiter mit ihr spiele, baut sie eine ernsthafte Bindung zu mir auf. Plan einen anderen Dom für sie ein.«

Reeces Mundwinkel zucken. Sein Blick wandert prüfend zu mir und – was auch immer er in mir liest – gleitet dann wieder zurück zu Kostolany, der mich noch nicht bemerkt hat. »Alles, was sie will, ist, dass du sie am Ende einmal richtig hart durchfickst. Das war doch bisher kein Problem.«

»Du weißt, dass ich das nicht mehr will, seit –« Er rauft sich die Haare, und in dem Moment entdeckt er mich, und meine Welt bleibt stehen.

Ich weiß nicht, worum es hier geht, aber ein Blick genügt und alles in mir schreit nach ihm, so heftig, dass ich mir sicher bin, dass Kostolany das in meinem Gesicht lesen kann. Ich will ihn, brauche ihn, jetzt, sofort.

Doch anstatt auf mich zuzugehen, mich zu begrüßen, mit mir zu reden, verfinstert sich seine Miene, und er tut, womit ich nie im Leben gerechnet hätte. Er wendet sich wieder zu Reece und tippt auf die Akte, die er ihm auf den Tisch geknallt hat. »Ich nehme Urlaub. Such mir danach jemand anderen! Bei dieser Frau bin ich raus!«

Und mit diesen Worten stürmt er aus dem Büro, und ich frage mich, wie er nur einen Schritt machen kann, während meine Beine sich wie Wackelpudding anfühlen.

»Alles in Ordnung?«, fragt Reece.

»Ich muss mich kurz setzen«, murmele ich und schwanke zum Sofa.

Kostolany zu sehen hat mir förmlich den Boden unter den Füßen weggerissen. Und dann zu erleben, wie er einfach abhaut, ohne mich eines Wortes zu würdigen, das fühlt sich wie ein Schlag ins Gesicht an.

Wenn ich noch einen Zweifel gehabt habe, so ist der nun weg. *Kostolany ist Kostolany. Ich war nur eine Herausforderung für ihn, ein neues Spielzeug, das nun nicht mehr spannend ist. Ich muss aufhören, mich an ihn zu klammern.*

»Du hast mich gefragt, warum ich in den Klub will«, greife ich unsere Unterhaltung von eben wieder auf, als Reece sich neben mich setzt und mir besänftigend über den Rücken reibt. »Die Antwort ist einfach: weil ich die letzten Wochen so viel gelesen habe und endlich was ausprobieren will. In einer Umgebung, die absolut safe ist. Ich kenne nur Kostolany. Aber ich will wissen, wie es mit anderen Doms ist. Was liegt da näher, als das im Klub herauszufinden?«

Guter Schritt in die richtige Richtung, lobe ich mich.

Auch wenn es wehtut, der Wahrheit ins Gesicht zu sehen: dass es mit Kostolany vorbei ist, bevor es überhaupt richtig begonnen hat.

»Okay, einverstanden«, sagt Reece unerwartet einsichtig und drückt mich sanft. »Ich suche dir einen passenden Dom.«

»Einen sadistischen?«

»Wenn du das möchtest.«

»Ja, will ich.«

KOSTOLANY

Was habe ich getan?!

Drei Wochen lang nichts, und plötzlich steht sie da, in Reeces Büro, genauso schön wie eh und je – trotz ihres Business-Kostüms – und sieht mich mit einem Verlangen an, das Berge versetzen könnte. Das mich nicht verstehen lässt, warum sie sich nicht gemeldet hat. Das mich verwundert, denn wie viel Zeit braucht sie bitte schön noch? Ja, bei BDSM-Spielen gibt es einiges zu beachten, aber andererseits handelt es sich nicht um komplexe Wissenschaft.

Diese Frau treibt mich noch in den Wahnsinn!

Wobei, nicht nur diese … alle! Denn Leonora will es immer abgefuckter, was mich seltsamerweise abtörnt. Während mir eine gewisse zierliche Brünette gerade mit ihrer bloßen Anwesenheit den härtesten Ständer seit Tagen verpasst hat.

Der Urlaub war eine gute Idee. Vielleicht eine Woche am Strand, unter Palmen, mit Wellenrauschen. Oder Camping in den Bergen. Meine Laune ist zu mies, um safe spielen zu können.

Und doch gehe ich nicht sofort nach Hause.

Ohne dass mir ganz klar ist, was ich da tue, lauere ich Nikki an den Fahrstühlen auf. *Was für einen erwachsenen Mann ziemlich erbärmlich ist*, denke ich mir. Aber ich muss sie einfach noch mal sehen.

Peach schlendert vorbei, Reeces neue Assistentin, und ich nicke ihr zu, als wäre unauffällig im Gang herumzustehen völlig normal. Als zwei Frauen aus der Personalabteilung vorbeikommen, gebe ich vor, zum Kopierraum zu gehen.

Bevor meine schauspielerischen Fähigkeiten weiter auf die Probe gestellt werden, verlässt Nikki jedoch Reeces Büro – mit seltsam roten Wangen und harten, durch ihr Oberteil sichtbaren Nippeln, die mich spekulieren lassen, was Reece mit ihr angestellt hat.

Verdammt, wie sehr fehlt mir diese Frau! Und es beruhigt mich zu wissen, dass es ihr gut geht. Sie wirkt ausgeschlafener und entspannter. Vermutlich, weil ihr Projekt in der Bank abgeschlossen ist.

Obwohl ich nicht weit entfernt stehe, bemerkt sie mich nicht. An den Fahrstühlen holt sie ihr Handy aus der Tasche, und sobald die Person, die sie anruft, rangeht, strahlt sie – was mich freut und gleichzeitig die Augen misstrauisch zusammenkneifen lässt.

Hat sie etwa einen neuen Freund? Habe ich deshalb nichts von ihr gehört? Das würde so einiges erklären.

»Ja, alles bestens«, sagt sie, als würde sie auf eine Frage antworten. »Du wirst nicht glauben, was passiert ist!«

Pause.

»Nein, Quatsch, ich hab mich nicht in den Klub geschlichen. So was mach ich nicht noch mal. Lektion gelernt.«

Braves Mädchen, denn das würde Ärger bedeuten, denke ich, während mir klar wird, dass sie wohl mit Audrey und nicht mit ihrem Freund spricht. *Gott sei Dank!*

»Ich hatte eine bessere Idee«, verkündet sie stolz.

Kurze Pause.

»Ich hab mit Reece gesprochen.«

Pause.

»Ganz genau, ich hab ihn rumgekriegt und darf im Klub spielen.«

Pause.

»Wie ich ihn überzeugt habe? Indem ich ihm den Schwanz gelutscht habe.«

Pause. Nikki lacht prustend los.

»Komm mal runter, Schwesterherz, du weißt, das würde ich nie tun. Was glaubst du wohl, wie? Indem ich ihm mit dem Sicherheitsargument gekommen bin. Er macht sich Sorgen um mich? Nun, das muss er ja nicht, wenn ich im sichersten Klub und mit den besten Doms der Stadt spiele, richtig?«

Pause.

»Am Samstag«, sagt sie zögerlich, als der Fahrstuhl kommt, betritt die Kabine und hat dieses verklärte Lächeln auf den Lippen, als würde sie sich schon ausmalen, wie die Session ablaufen wird. »Und ich bin mega aufgeregt.«

Bei diesen Worten schließen sich die Türen. Und ich bin plötzlich auch aufgeregt. Ich weiß, dass ich Reece gerade gesagt habe, dass ich Urlaub nehme. Aber wenn Nikki im Klub ist, muss ich auch im Klub sein.

Dieses Mal klopfe ich an Reeces Tür, bevor ich das Büro betrete, und ermahne mich, meine besten Manieren an den Tag zu legen. Zu viel steht auf dem Spiel.

»Herein, Kosto!«, ruft er und grinst, als wüsste er, weshalb ich hier bin. »Plötzlich höflich?«

Lach du nur! »Das eben war blöd«, räume ich sofort ein.

»Also doch kein Urlaub?«, rät er.

»Nein, noch nicht.«

Sein Grinsen wird breiter. »Du hast gerade irgendwie mitbekommen, dass Nikki eine Session hat, richtig?«

Ich nicke. »Lass mich die übernehmen!«

»Nein«, sagt er, aber sein Lächeln bleibt.

»Ich werde soft sein, werde berücksichtigen, dass sie Anfängerin ist, gehe nach Vorschrift vor.« *Bettele hier auf Knien, wenn es das ist, was du willst, du Oberarsch!*

»Nein«, wiederholt er ruhig.

»Warum nicht?«, werde ich ungehalten, schon wieder, und atme tief durch, weil den Boss anzuschreien mir nicht weiterhilft.

»Hätte sie mit dir spielen wollen, hätte sie das sagen können. Sie will aber jemand anderen.«

Verdammt, wäre ich eben nur nicht so überrascht gewesen! Ein Lächeln in ihre Richtung hätte ich doch hinkriegen müssen.

»Das ist zumindest das, was sie sagt«, schiebt Reece hinterher und reißt mich aus meinen dunklen Gedanken. »Aber als du eben hier warst …«

Das lässt mich aufhorchen. »Es ist nichts passiert?«

»Wie man es nimmt.«

»Du weißt, dass es ein mieser Schachzug ist, einen Sadisten auf die Folter zu spannen?«, brumme ich, weil mich seine Masche nervt.

»Komm runter, Kosto«, sagt er grinsend. »Ich müsste blind sein, um nicht zu sehen, dass sie in Gedanken jede Menge schmutziger Dinge mit dir angestellt hat. Eure krassen schmutzigen Dinge. Nicht die, die ich mit Audrey anstelle.«

»Und das heißt?«

»Ich kann dich nicht ihrer Session zuteilen, aber ich verstehe, dass du in ihrer Nähe sein willst. Ich könnte dir deshalb Kunden geben, und zwischen den Terminen hast du Pausen, in denen du Nikki treffen müsstest. Ich würde gerne mehr für dich tun, doch das ist alles, was unter den Umständen drin ist.«

Macht er Witze? Das ist mehr, als ich erhofft habe. »Du hilfst mir plötzlich?«, muss ich einfach nachfragen. »Warum?«

»Weil ich merke, dass Nikki bedrückt ist und dass mein bester Dom Urlaub nehmen will, was er noch nie gemacht hat. Und weil ich kein Vollidiot bin. Da ich einen Fehler begangen und die Situation falsch eingeschätzt habe, sollte ich sie besser wieder in Ordnung bringen.«

»Und wegen Audrey?«, rate ich.

Er grinst. »Das wirst du noch verstehen. Diese Frauen! Ja, natürlich auch ihretwegen. Weil sie sich Sorgen macht. Also denkst du, du kriegst das mit ihrer Schwester hin?«

»Ich werde mein Bestes geben.« Und sie demjenigen, mit wem auch immer sie am Samstag spielt, abspenstig machen. Denn noch mal lasse ich mich nicht einfach so wegschicken. *Schluss mit lustig, Kitty. Du gehörst mir.*

12. Kapitel

NIKKI

So nervös warst du zuletzt, als …

Ich kann mich nicht erinnern. Weder bei meiner Horrorprüfung in Geschichte noch bei meinem ersten Bewerbungsgespräch oder meinem ersten Kuss.

Zum Glück ist mein Arbeitspensum gerade wieder normal, sodass niemand unter der Woche merkt, wie durch den Wind ich bin. Und dann ist endlich Samstag, der Tag, an dem ich im Tease & Please meine erste offizielle Session haben werde.

Wie wird es sich wohl anfühlen, wenn ein anderer Mann als Kostolany die Befehle erteilt? Werden mich Zuschauer stören? Und – obwohl ich weiß, dass Kostolany Urlaub hat – werde ich ihn sehen? Denn das würde ich gerne. Egal wie finster er mich bei der Begegnung in Reeces Büro angeschaut hat.

»Name?«, fragt mich der Sicherheitsmann vor dem schmiedeeisernen Tor, hinter dem der Klub liegt, als ich halte.

»Nikki Montgomery«, antworte ich.

»Wieder so ein Scherz?«, fragt der Mann, der meine letzte Aktion nicht vergessen hat.

»Nein, dieses Mal stehe ich wirklich auf der Liste«, sage ich.

Er schaut nach. »Tatsächlich, da haben wir Sie. Dann willkommen im Tease & Please, Ms Montgomery.«

»Danke schön!«

Die schmiedeeisernen Tore öffnen sich, und mein Herz rast wie verrückt, als ich etwas Gas gebe und mit meinem Wagen langsam auf das Grundstück fahre.

Ich nehme die geschwungene Einfahrt, ignoriere die Abzweigung zu den Mitarbeiterparkplätzen und halte wenig später vor dem Eingang des nachgeahmten Renaissancebaus mit seinen toskanischen und ionischen Säulen. Ein Mitarbeiter nimmt mir die Autoschlüssel ab, um meinen Wagen zu parken, und ich muss lächeln, als Audrey mit ihrem Headset am Ohr auf mich zugeeilt kommt, als wäre ich einer ihrer VIP-Gäste.

»Da bist du ja!«, ruft sie und umarmt mich.

Ich kneife nie, das weiß sie eigentlich. »Warum so überrascht?«

»Das hier ist ein großer Schritt. Das ist dir klar?«

Mir wird heiß und kalt. »Ein kleiner Schritt für eine Sub, aber ein großer für einen Normalo«, witzele ich.

»Nikki!«, ermahnt mich Audrey streng, will nicht lachen, aber muss es trotzdem.

»Ja, das weiß ich«, meine ich ernster.

»Komm, ich stell dich vor«, sagt sie und hakt sich bei mir unter, und wir betreten den Empfangsbereich, wo ein dunkelhaariger, breitschultriger Mann auf mich wartet, den ich auf Anfang vierzig schätze. »Das ist Nathan«, sagt sie. »Er wird dein Dom für heute Abend sein. Die Sicherheitsbestimmungen hast du durchgelesen?«

»Hab ich«, antworte ich.

»Und du bleibst bei den Angaben zu deinen Grenzen und Tabus, die du per E-Mail geschickt hast?«

Ich nicke. »Ja, aber ich war mir bei einigen Sachen unsicher.« *Wie soll ich denn beispielsweise sagen, ob ich Kerzenwachs mag, wenn ich das noch nie ausprobiert habe?*

»Keine Sorge«, meint Nathan. »Wir starten soft, steigern die Session, reden miteinander. Falls dir irgendwas zu viel wird, kannst du jederzeit abbrechen. Das weißt du ja.«

»Stimmt, das weiß ich.«

Er lächelt. »Und jetzt sei ein braves Mädchen, zieh dich um beziehungsweise aus und komm wieder her!«

Sein Tonfall rauscht sofort durch mich hindurch, wie eine Droge, die mein Körper eine ganze Weile vermisst hat und nun umso schneller aufnimmt.

Ich lasse mir die Umkleideräume zeigen, lege meine Sachen ab und binde mir das Haar hoch. Kurz überlege ich, ob ich mir wie beim letzten Mal ein Tuch nehmen soll. Doch in der Session werde ich sowieso nackt sein. Wozu sich also jetzt verstecken? Unbekleidet verlasse ich den Raum.

»Ich bin bereit«, sage ich.

»Wundervoll«, sagt Nathan, tritt hinter mich und legt mir mein Halsband für den Abend an, das sich auf meiner Haut erst kühl, dann aber schnell wärmer anfühlt.

Obwohl ich nicht zum ersten Mal eines trage, beschleunigt sich mein Puls vor freudiger Erwartung, und meine Knie werden weich. *Es wird ernst, Nikki.*

»Bleib ruhig«, ermahnt mich Nathan. »Oder ich geb dir wirklich einen Grund, nervös zu sein.«

»Gut, Sir«, antworte ich, obwohl das verlockend klingt. Aber ich will nichts überstürzen.

»Besser«, lobt er mich und klinkt unerwartet eine Leine vorn in den Ring am Halsband ein. Als würde ich weglaufen!

»Ist das nötig?«, frage ich.

Er zieht dran, verringert den Abstand zwischen uns. »Baby, ab jetzt solltest du gehorchen.«

»Also ich –«

»Erster Fehler«, meint er amüsiert. »Die einzige Antwort darauf wäre ›Ja, Sir‹ gewesen. Aber so wie die Dinge stehen … Hopp, auf den Boden mit dir!«

Was?! Mir gefällt das nicht, überhaupt nicht, dennoch sinke ich auf die Knie. *Schließlich wollte ich ja unbedingt mit einem anderen Mann spielen! Da wäre es dumm, bereits vor Runde eins zu passen.*

»Und jetzt komm!«, sagt er.

Als wäre ich ein Hund, zieht Nathan am Halsband, sodass ich loskrabbeln muss. Statt den Klub und das edle Ambiente in mich aufzunehmen, ist mein Blick auf den Boden gerichtet, weil ich Schuhen und Tischbeinen ausweichen muss.

»Und nun hätte ich gerne ein freudiges Bellen«, sagt er.

Ernsthaft? Ich sehe ihn irritiert an.

»Nur ein Mal. Für mich, Baby.«

»Wuff, Sir«, sage ich und komme mir selten dämlich vor.

»Braves Hündchen.«

Das Lob bewirkt anders als sonst nichts in mir. Wenn er nicht gleich damit aufhört, breche ich das hier ab. Ja, Petplay habe ich nicht als Tabu angegeben, aber es macht mich auch nicht sonderlich an. Ich könnte genauso gut den Rasen mähen oder die Wäsche machen.

Als wir das Spielzimmer erreichen, bedeutet mir Nathan zum Glück, dass ich aufstehen darf. *Besser!*

»Und jetzt leg dich da hin! Auf den Bauch, bitte!«

Nathan zeigt auf ein schlichtes Holzbrett statt auf das weiche, himmlisch bequem aussehende Bett. Und mir wird klar, wie soft Kostolany mit mir gespielt hat, wie viel Rücksicht er darauf genommen hat, dass für mich alles neu ist. Und wie wichtig ihm war, dass ich das, was wir tun, auf eine verschrobene Art und Weise liebe.

Das kann ja heiter werden!

Gehorsam klettere ich auf die harte Unterlage, tue, wie mir geheißen wurde, und verziehe das Gesicht.

»Alles okay?«, fragt er.

Ich nicke. »Alles gut.« *Solange ich mir hier keinen Splitter einreiße!*

Nathan legt Fesseln an meine Füße und Handgelenke an, was mich im ersten Moment zusammenzucken lässt, dann jedoch, als mir klar wird, wie ausgeliefert ich diesem Mann bin, für einen prickelnden Schauer sorgt.

»Sag bloß, das gefällt der kleinen Sub?«, fragt Nathan.

»Ja, Sir«, seufze ich, schließe die Augen und blende aus, wo ich bin, tauche ab in dieses Gefühl – und fantasiere davon, dass es Kostolany ist, der all das hier mit mir anstellt.

Dann spüre ich, wie Nathan mit etwas über meine Waden und meine Oberschenkel streift, spielerisch die Spannung aufbaut, meine Haut zum Kribbeln bringt – und dann zuschlägt.

Himmel, was war das? Ein Keuchen entweicht mir.

»Kein Ton, Baby. Außer ›Danke, Sir‹. Verstanden?«

»Ja, Sir.«

Er wiederholt die Prozedur an meinem anderen Bein, und ich muss mir auf die Lippe beißen, um keinen Laut von mir zu geben, als erst der Schmerz durch mich hindurchschießt und dann diese eigentümliche Wärme, die ich so liebe.

»Danke, Sir.«

»Gefällt dir das?«, fragt er.

»Ja, Sir«, sage ich und meine es ernst. Das hier gibt mir etwas, das mir in den letzten Wochen gefehlt hat.

»Willst du mehr?«

»Ja, bitte, Sir.«

Er probiert etwas Neues aus, und ich atme flacher, als ich spüre, wie er mit einem Paddle meinen Hintern schlägt – einem Paddle, das ich garantiert geputzt habe.

Lust peitscht durch mich, zusammen mit dem Gefühl, dass es nicht genug ist. Das Spanking von Kostolany war viel durchdringender. »Bitte mehr, Sir!«, flehe ich.

»Wie? Ich kann dich nicht hören«, zieht er mich auf und tanzt mit seinen Fingerspitzen über meine Haut.

»Ich will mehr!«, rufe ich. »Bitte, gib mir mehr.«

Ein kraftvollerer Schlag folgt, keine Ahnung, womit, doch der nun folgende Schmerz durchdringt mich, schießt in mich hinein, wärmt mich wie Alkohol und sorgt für ein sanftes Kribbeln an meiner Mitte und in meinem Bauch. Bis mich das Gefühl ganz umhüllt, trägt. Dann jedoch viel zu schnell wieder abebbt. *Was Absicht war. Bestimmt.*

»Jetzt genug?«, fragt Nathan lauernd.

»Nein«, keuche ich.

Erneut folgt ein wohldosierter Schlag, und endlich begreife ich, was ich so herbeisehne. Keine neuen Erfahrungen und nicht mehr Schmerz, sondern Vergessen.

Ich will vergessen, wie sich Kostolanys Berührungen angefühlt haben, will, dass Nathan die unsichtbaren Spuren, die dieser Mann auf mir hinterlassen hat, überdeckt. Andere hinzufügt, die mich nicht mehr an denjenigen erinnern, in den ich mich verliebt habe, obwohl ich das nicht wollte.

Innerlich stöhne ich auf: *Genau das ist es doch, Nikki. Du hast dich unwiderruflich verliebt. In den falschen Mann. Mist!*

»Bitte mehr«, bettele ich und atme schwer, als ich gleich mehrere Schläge spüre, von denen mich jeder stärker und heißer durchdringt als der vorherige – und mich feucht macht.

»Bereit für eine neue Erfahrung?«, fragt er.

»Ja, Sir, unbedingt«, murmele ich.

Er greift mir zwischen die Beine, was mir im ersten Moment unangenehm ist. Denn es fühlt sich anders an als bei meinen Affären und anders als mit Kostolany. *Weil es für diesen Mann nur ein Job ist*, denke ich mir. Dann schießt ein neuer Schmerz intim und heiß in mich.

Nathan hat Klemmen an deinen Schamlippen angebracht!

Mir bricht der Schweiß aus. Ich fühle mich benutzt, gedemütigt, hilflos. Mein Kopf wehrt sich gegen das, was passiert. Aber mein Körper genießt es, jede Faser von mir pulsiert. So wie es sein soll.

»Na, sieh mal einer an!«, sagt Nathan lachend und beendet die Aktion mit einem sanften Klaps auf meine Pussy, der mich aufstöhnen lässt. »Leiser, Baby!«

Als könnte er leise sein, wenn Klammern an seinem Sack wären!

Erneut schlägt er meine hypersensible Mitte, raubt mir erst den Atem, entlockt mir dann jedoch wieder ein Seufzen.

»Sei still! Letzter Versuch«, meint er und lässt seine Finger über meine Pussy streifen, bis er meine Klit findet. Er reibt über die kleine Erhebung, schickt prickelnde Impulse durch meinen Körper und bringt genau dort eine weitere Klemme an. Und zum Abschluss schlägt er nun mit einem Paddle statt mit seiner Hand auf meinen Hintern.

»Oh Gott!«, wispere ich. Meine Mitte brennt wie Feuer. Alles in mir zieht sich zusammen. Mein Körper zuckt. Und ohne dass ich es aufhalten kann, komme ich – schreiend und schluchzend und total überwältigt von den Gefühlen, die dieser Mann in mir ausgelöst hat.

»So gut?«, fragt er zufrieden.

»Ja!«, stöhne ich geschafft und merke, dass die Klemmen an meiner Pussy unverändert Impulse durch meinen Körper schicken, mich reizen, bereits den nächsten Höhepunkt aufbauen.

»Das freut mich«, meint Nathan. »Aber was hab ich von dir verlangt?«

Keine Ahnung! Ich bin so im Hier und Jetzt, dass jedes Wort, das wir bisher gewechselt haben, wie hinter einem dichten Schleier liegt. Bis es mir dämmert und sich Angst in meinem Magen bildet. »Dass ich leise sein soll«, erinnere ich mich.

»Und warst du leise?«

»Nein, Sir«, wispere ich.

»Wie bitte? Ich kann dich nicht hören.«

»Nein, Sir, ich war nicht leise«, rufe ich lauter.

»Du weißt, dass ich dich jetzt bestrafen muss?«

»Ja, Sir«, keuche ich ergeben und genieße die Unwissenheit und Angst vor dem, was gleich folgt.

»Sehr gut«, meint Nathan. »Die Regeln sind einfach: Ertrag die Strafe oder jedes Mal, wenn ich Widerstand mitkriege, erhöht sie sich um eins.«

Ein was?, frage ich mich, als ich etwas wie als Antwort knallen höre.

Mist! Er benutzt eine Peitsche!

Sofort muss ich an Kostolany denken, habe Bilder im Kopf, wie diese süße Waffe durch seine Hände gleitet, sehe ihn vor mir, wie er sich vor mir aufgestellt und damit so perfekt meine Pussy getroffen hat, dass alles in mir erzittert ist. Und wie sehr ich ihm vertraut habe, so tief, wie nie einem Menschen zuvor.

Ein Schlag reißt mich aus meinen Gedanken.

»Au!« Ich schreie auf. Vor Überraschung, aber auch vor Schmerz.

»Und einer mehr«, meint Nathan.

Ich rüttele an meinen Fesseln, als könnte ich entkommen, da spüre ich die Peitsche erneut – und dass mein Körper trotz allem erregt reagiert.

Du darfst nicht laut sein, erinnere ich mich. Doch ich kann das Schluchzen nicht unterdrücken. Obwohl Nathan die Schläge variiert, mich mal sanfter und mal härter trifft und manchmal auch gar nicht, zucke ich mit jedem Peitschenknall heftiger zusammen, wimmere lauter.

»Nicht«, rufe ich, aber meine Stimme ist leise. »Bitte nicht.«

Tränen laufen mir über das Gesicht, und ich atme auf, als Nathan innehält.

»Alles gut, Baby?«, fragt er und seine Hand streicht über meinen Hintern, fühlt sich kühl auf meiner glühenden Haut an.

»Jetzt ja, Sir«, sage ich, was stimmt und gleichzeitig eine Lüge ist. Mir wird plötzlich bewusst, dass ich gar nicht wegen der Session weine, sondern weil ich Kostolany so vermisse. Was definitiv der falsche Augenblick ist, um das einzusehen. Ich hätte das hier mit ihm erleben sollen statt mit Nathan. Die Sehnsucht nach ihm wird immer heftiger, und ich bereue, dass ich so feige war und mich nicht bei ihm gemeldet habe. So bin ich doch sonst nicht. Wenn ich etwas will, dann fordere ich es ein. Wie konnte ich meine Gefühle nur so verraten?

»Wirklich alles in Ordnung?« Nathan klingt besorgt.

Ich kenne den Gesichtsausdruck von Kostolany und warte, dass mich das beruhigt. Alle Doms ticken scheinbar gleich, Kostolany ist kein Einzelfall. Aber seltsamerweise macht es das für mich nur schlimmer. Statt zu antworten, heule ich noch heftiger.

»Scht, ist ja gut, es ist vorbei«, sagt er da plötzlich sanft. *Denkt er!* Denn mich zerreißt es.

Benommen kriege ich mit, dass Nathan die Klemmen und Fesseln löst und damit die Session abbricht. Ich spüre, wie er mich zum Bett trägt, wo er sich mit mir setzt und mich hält und wiegt, alles richtig macht und doch so falsch. Weil da nur dieses *eine* Verlangen ist. Das er mir unmöglich erfüllen kann.

»Rede mit mir!«, verlangt er, während er nun sogar das Halsband abnimmt, sodass ich freier atmen kann. »Schau mich an, Nikki. Alles ist gut. Du warst ganz wundervoll.«

Nichts ist gut, denke ich mir. Mir schießen so viele Dinge durch den Kopf, dass ich gar nicht weiß, wo ich beginnen soll, ihm zu erklären, was in mir vor sich geht.

»Kostolany«, murmele ich schließlich nur, als wäre das mein Zauberwort. »Ich will Kostolany.« Und je heftiger mir das klar wird, umso heftiger wird das Zittern. Weil ich unglaublich große Angst habe, ihn verloren zu haben. Für immer.

KOSTOLANY

Müde gehe ich an die Bar. Nach jeder Session habe ich mich nach Nikki umgeschaut, doch falls sie bereits hier ist, dann in einem der Räume. *Mit einem anderen Kerl spielend. Keine schöne Vorstellung.*

»Was möchtest du?«, fragt mich Paul, der Barkeeper.

»Keine Ahnung. Ein neues Leben?«, gebe ich trocken zurück.

Ich habe dreißig Minuten, bevor meine nächste Session ansteht. Ich hab schon geduscht und mich umgezogen, bin rein physisch einsatzbereit, dennoch stehen mir die Haare zu Berge, mein Herz trommelt in meiner Brust, und es geht mir dreckig.

Was, wenn ich Nikki verpasse?, frage ich mich und kenne im gleichen Atemzug die Antwort: *Dann kampierst du vor ihrer Wohnungstür, bis sie mit dir redet. Egal ob sie das gutheißt oder nicht.* Denn Fakt ist, den jetzigen Zustand halte ich nicht länger aus. Mir ist, als hätte jemand einen Teil von mir abgetrennt, und ich werde erst wieder durchatmen können, wenn ich ihn zurückhabe. Ein Gefühl, das ich bisher nicht so heftig kannte. *Verrückt, wie ein einziger Mensch alles auf den Kopf stellen kann!*

Paul stellt mir eine Cola hin, und ich trinke sie, muss anerkennend grinsen, weil er meinen Getränkewunsch so gut erfüllt hat. »Danke. Ist zwar kein neues Leben, aber weckt zumindest ein paar Lebensgeister«, sage ich.

Er erwidert mein Grinsen. »Ich mach den Job eben schon lange und weiß, was jeder von euch braucht.« Dann verblasst sein Lächeln, und er schaut über meine Schulter zu jemandem hinter mir. »Apropos brauchen, ich glaube, Nathan sucht dich.«

Ich drehe mich um und sehe Nathan, der mich in dem Moment entdeckt und mir ein Zeichen gibt. *Seltsam.* Als Kollegen kennen wir uns natürlich, aber sonst haben wir nie miteinander zu tun. Er macht sein Ding, ich meines.

Ich werfe einen Blick auf die Uhr. Zwanzig Minuten habe ich noch, bevor ich weiter muss. Was auch immer er will, ich hoffe, es geht schnell.

»Ja?«, frage ich ihn, nachdem ich meine Cola ausgetrunken und Paul das leere Glas über die Theke geschoben habe.

»Kannst du kurz mitkommen?«

Statt auf meine Antwort zu warten, läuft er los, und ich folge ihm, während mich eine Ahnung beschleicht und mein Puls in die Höhe klettert.

»Wofür brauchst du mich?«, frage ich und unterdrücke das ungute Gefühl. Das Sicherheitssystem im Klub hätte längst Alarm geschlagen, wenn etwas nicht in Ordnung wäre.

»Kennst du Audreys Schwester?«, sagt Nathan. »Wir hatten eine Session, alles lief gut. Wir haben nicht mal richtig hart gespielt. Doch an einem Punkt ist die Stimmung plötzlich gekippt. Und aus irgendeinem Grund beruhigt sie sich nicht mehr. Das hab ich noch nie erlebt.«

Es geht um Nikki! Jegliche Müdigkeit ist wie weggeblasen.

Ich kann mich nicht beherrschen, packe Nathan, zerre ihn in den nächstbesten Raum, der zum Glück leer ist, und drücke ihn an die Wand. »Was zum Henker ist passiert?«, knurre ich gefährlich leise.

»Die Session verlief normal. Ich schwöre, alles war in Ordnung.«

»Weiter!«

»Sie hat geschluchzt. Ziemlich perfekt. Ich hab ihr gesagt, dass sie damit aufhören soll. Das hat sie aber nicht.«

»Und du hast nicht abgebrochen?«

»Wir haben soft gespielt. Ein Spanking, Pussyklemmen und –«

Fuck! Er hat an ihrer Pussy herumgefummelt? *Meiner* Pussy! Ich verpasse ihm einen Kinnhaken. Ich weiß, dass Nikki erwachsen ist und tun kann, was sie will. Doch die Vorstellung lässt mich schlichtweg explodieren.

»Beruhige dich!«, keucht Nathan.

Keine Chance! Ich ringe ihn zu Boden. »Und dann?«, schreie ich ihn an.

»Hab ich die Peitsche benutzt.«

Jetzt ahne ich, in welche Richtung das geht. »Die Peitsche?«, wiederhole ich sauer.

»Es hat ihr gefallen, sehr sogar. Aber plötzlich hat sie nicht mehr aufgehört zu weinen und deinen Namen gemurmelt. Deshalb hab ich dich geholt.«

Fuck, Kitty, warum hast du dich auf diesen Scheiß eingelassen?!

Kurz lockere ich meinen Griff. Nathan nutzt das aus und verpasst mir ebenfalls einen Kinnhaken. Doch bevor wir uns richtig raufen können, spüre ich, wie uns die Security auseinanderreißt.

»Beide raus«, donnert Reeces Stimme.

Ich bin so geladen, dass ich ihn ignoriere. Nicht meine Art. Aber es geht um Nikki. Die Konsequenzen sind mir so was von egal.

»Wo ist sie?«, knurre ich Nathan an.

»Im Black-Velvet-Room.«

Das ist nur eine Tür weiter!

Sofort lasse ich von ihm ab. Jemand vom Sicherheitsteam will mich aufhalten, doch es gelingt demjenigen nicht. Ich ziehe ihn einfach mit, bis er loslässt, und stürme in den nächsten Raum.

»Weg von ihr!«, fahre ich Audrey an, die neben einer eingerollten, hörbar heulenden Nikki sitzt.

»Sie ist meine Schwester. Ich glaube nicht, dass du –«

»Weg von ihr, oder es setzt was!«

Eingeschüchtert krabbelt sie vom Bett. Ich nehme ihren Platz ein, ziehe Nikki zu mir, wische über ihre nassen Wangen und atme ihren Duft ein, den ich so vermisst habe.

»Und jetzt alle raus!«, rufe ich in den Raum. *Keiner rührt sie mir noch mal an. Egal wie gut gemeint es ist.*

»Kostolany?«, fragt sie leise, fast nicht hörbar.

»Ich bin hier, Nikki. Ich bin hier.«

Daraufhin nimmt ihr Schluchzen eine geradezu herzzerreißende Lautstärke an. Und sie klammert sich an mich, als hätte sie Schiss, ich könnte gehen. Was ich nicht tun werde. *Nie wieder!*

»Worauf wartet ihr, raus!«, donnere ich erneut, während ich Nikki ganz sanft wiege und mit Erleichterung spüre, dass sie sich beruhigt.

Das hat Konsequenzen, signalisiert mir Reeces Blick. Aber die sind mir egal. Nur Nikki ist momentan wichtig, und ich bin erleichtert, als alle verschwinden und uns allein lassen.

Ich ziehe Nikki enger, entdecke die Spuren auf ihrem Rücken, die Nathan auf ihr hinterlassen hat, und muss die Wut, die in mir aufsteigt, zügeln. Mir ist, als hätte jemand mein Eigentum beschädigt, meinen wertvollsten Besitz kurz entwendet und benutzt. *Und wer mag das schon? Niemand.*

Ich erinnere mich, dass Nathan von Pussyklemmen erzählt hat, und greife Nikki zwischen die Beine, nur um keine mehr zu finden, dafür aber zu spüren, wie feucht und bereit sie ist. Weil sie das hier angemacht hat, sehr sogar. Weil sie definitiv auf Schmerz steht. Und wie!

Und alles in mir will jeden Quadratzentimeter ihrer Haut küssen, den Nathan berührt hat, damit sie ihn vergisst und nur noch an mich denkt. Ich will sie erobern, will, dass jeder sieht, dass sie mir gehört, mir allein. Kein anderer Mann darf sie haben, kein anderer diesen Körper so berühren wie ich. Selbst jede ihrer Tränen gehört mir, denn sie vergießt sie meinetwegen.

Sanft übersäe ich ihr Gesicht mit Küssen, bis die Schluchzer in immer größeren Abständen kommen und schließlich verstummen. Dann dringt plötzlich ein Stöhnen aus ihrer Kehle.

»Gefällt dir das?«, frage ich sie mit rauer Stimme und liebkose sie weiter, habe so viel nackte Haut vor mir, die ich unmöglich, ausgehungert wie ich bin, ignorieren kann.

»Du bist hier«, wispert sie und schluckt. »Du bist hier, Sir.«

»Und das ist okay?«, frage ich sie.

»Das ist perfekt, Sir.«

Du bist perfekt, denke ich mir, und je mehr sie sich beruhigt, desto mehr beruhige auch ich mich.

Ich streichele Nikkis warme Haut und merke, dass sie einschläft, weil sie das alles weit mehr angestrengt hat, als Nathan oder die anderen Idioten im Klub für möglich gehalten haben.

Als ich mir sicher bin, dass sie nicht wach wird, löse ich mich behutsam von ihr, bette ihren Kopf auf das Kissen, decke sie mit einem der Laken zu, hauche ihr einen Kuss auf die Stirn und verlasse leise das Spielzimmer, um Getränke zu holen.

Eigentlich habe ich vor, sofort zurückzugehen, weil ich sie nicht lange allein lassen will. Womit ich jedoch nicht rechne, ist, dass sich direkt vor der Tür Audrey und Reece postiert haben, als hätten sie auf mich gewartet. *Klasse!*

»Das, was passiert ist, ist nicht meine Schuld«, sage ich nur mühsam beherrscht. »Ihr habt Nikki erlaubt, in den Klub zu gehen, und sie an Nathan verwiesen.«

Kommentarlos reicht mir Reece ein Foto von Nathan mit blutiger Augenbraue und blauem Auge. »Aber das ist deine«, sagt er nur. »So leid es mir tut, Kosto, du bist einer unserer Besten, aber: Du bist gefeu–«

Audrey drückt Reece den Ellenbogen in die Seite.

»Suspendiert«, verbessert er sich. »Bis ich das mit Ian besprochen habe.«

Damit hätte ich rechnen müssen, dennoch überrascht es mich. »Das ist dein Ernst?«

»Siehst du hier jemanden lachen? Ja, das ist mein voller Ernst. Mein Klub, meine Regeln. Pack sofort deine Sachen und geh.«

»Und was ist mit Nikki?«, frage ich. Ich will und kann sie nicht alleine lassen. *Nicht jetzt. Nicht schon wieder.*

Audrey legt ihre Hand auf meinen Unterarm. »Ich geh zu ihr, okay?«

Was soll das? Nein, natürlich ist das nicht okay!

»Zwing mich nicht, den Sicherheitsdienst zu rufen«, sagt Reece, dem mein Unbehagen auffällt.

»Komm schon«, sage ich beschwichtigend. »Wie würdest du dich fühlen, wenn es um Audrey ginge?«

Wie aufs Wort angelt er mit einem Arm nach seiner besseren Hälfte und zieht sie an sich. »Ich wäre sauer, frustriert, außer mir«, gibt er zu. »Und genau deshalb würde ich akzeptieren, dass es für alle das Beste ist zu gehen und darauf zu vertrauen, dass man sich gut um sie kümmert.«

Als hätte er das getan, als sie in Not war!

»Nikki hat nach mir gerufen«, erinnere ich ihn. *Ändert das nicht alles?*

»Ich weiß«, meint Reece ruhig, als könnte er nachempfinden, wie es mir geht. »Aber du weißt genauso gut wie ich, dass Subs während einer Session unter dem Einfluss von Hormonen die merkwürdigsten Dinge faseln. Ich nehm sie dir nicht weg. Wenn sie dich will, stehe ich euch nicht im Weg. Doch noch ist sie im Klub, *meinem* Klub, in dem *ich* die Verantwortung trage.«

Die Wut ist zurück.

Dieses Mal richtet sich das Gefühl allerdings gegen mich selbst, weil ich mehr tun will, mir jedoch die Hände gebunden sind.

»Fuck! Tu, was du nicht lassen kannst«, gebe ich nach, ehe mir erneut alles entgleitet, und boxe die Wand neben ihm. *Das letzte Wort ist noch nicht gesprochen. Nikki gehört mir.*

13. Kapitel

NIKKI

»Kostolany?«

Je wacher ich werde, desto mehr begreife ich, dass ich noch im Tease & Please bin, im Black-Velvet-Room, mit seinem fantastisch bequemen Himmelbett.

»Scht!«, macht jemand, und zierliche Frauenfinger streichen mir durch die Haare. Ich blinzele und entdecke meine Schwester, die auf der Bettkante sitzt. »Wie geht es dir?«, fragt sie.

Ich rappele mich hoch, sehe mich um, suche diesen rothaarigen Mann mit den grauen Augen. Doch er ist nicht da.

»Wo ist er?«, frage ich mit pochendem Herzen.

»Nathan?«, antwortet Audrey.

Ich werfe ihr einen bösen Blick zu.

»Schon gut«, sagt sie und hebt beschwichtigend die Hände. »Reece hat Kosto weggeschickt.«

Nein! Mein Puls setzt einen Schlag aus. »Warum?«

»Handgreiflichkeiten sind im Klub tabu. Wer sich als Mitarbeiter nicht unter Kontrolle hat, fliegt.«

»Und das heißt?«

»Kosto hat Nathan ziemlich übel zugerichtet.«

»Und Reece hat ihn daraufhin entlassen?«, rate ich entsetzt.

»Erst mal nur suspendiert.«

»Suspendiert?«, wiederhole ich und reime mir zusammen, was passiert sein muss. Ich, wie ich die Session versaue. Nathan, wie er das Richtige tun will. Kostolany, wie er Nathan die Schuld daran gibt, dass ich total verkorkst bin. »Das kann er nicht tun!«, rufe ich, greife nach dem Laken, um mich zu bedecken, und bin sofort auf den Beinen.

»Langsam, Nikki«, bremst mich meine Schwester.

»Keine Chance.« Entschlossen verlasse ich den Playroom, durchquere eingehüllt in das Laken den Klub und gehe zu meinen Sachen.

Audrey folgt mir.

»Du solltest erst mal frühstücken«, sagt sie, während ich mich anziehe.

»Sehe ich so aus, als bräuchte ich einen Marmeladentoast?«

In null Komma nichts habe ich meine Unterwäsche an, ziehe mir den Rock an und schlüpfe in die Bluse, die ich hektisch zuknöpfe. Ich schließe die Knöpfe falsch, aber lasse es so, als ich meinen Fehler bemerke. Hauptsache, ich laufe nicht nackt durch die Gegend.

»Findest du nicht, du überstürzt das hier?«, meint sie. »Wenn du keinen Marmeladentoast willst, dann vielleicht Tee oder ein Croissant oder irgendwas, damit du ein Mal tief durchatmest.«

Das ist, was sie will? Kann sie haben! Hörbar hole ich Luft. »Zufrieden?«

»Nein«, sagt sie.

Ich halte inne und fahre mir durch die Haare, spüre, wie zerzaust sie sind. Doch wie ich aussehe, ist unwichtig.

Ich muss mit Reece sprechen, das hier in Ordnung bringen, und ich muss Kostolany sehen. Es ist ein Gefühl, das ich nur schwer erklären kann. Aber es ist leichter, ihm zu folgen, als dagegen anzukämpfen.

»Ich hab dich doch auch immer unterstützt!«, sage ich leise zu Audrey. »Bitte, versuch nicht, mich aufzuhalten.«

»Okay, folg mir! Ich weiß, wo Reece steckt«, gibt sie zum Glück nach.

Erleichterung durchflutet mich. »Danke.«

»Wozu ist Familie da?«

***

Eine Stunde später laufen wir den Flur zu Reeces Büro entlang, und schon vom Gang höre ich seine und die Stimme eines zweiten Mannes: »Warum zum Henker hast du ihn nur suspendiert? Kündige ihm!«

»Er ist der beste Sadist, den wir haben.«

»Und?«

»Verdammt, ich kann ihm das nicht antun. Jeder von uns hätte genauso gehandelt.«

Ein Schnauben folgt.

»Bezweifelst du das etwa? Soll ich mal deine Catherine betatschen und die Zeit stoppen, die es braucht, bis du mir eine knallst?«

»Wenn du das auch nur wagst –«

»Siehst du! Ich bin ebenso unglücklich wie du, aber ich kann ihn verstehen. Regeln hin oder her. Und Nathan kann das auch.«

»Er wird uns nicht verklagen?«

»Nein, er hat Verständnis für die Situation.«

Je näher Audrey und ich kommen, umso leiser wird, was wir vom Streit eben noch bis zu den Fahrstühlen gehört haben. Weil sich der andere Mann, ich tippe auf Ian, allmählich beruhigt.

Audrey klopft an die Tür, und Reece bellt ein »Herein!«, bei dem sie zwar zusammenzuckt, dann aber ein Lächeln aufsetzt und die Tür öffnet.

»Huhu, wir sind es!«, flötet sie.

Sofort entspannt sich Reece. Die steile Falte auf seiner Stirn verschwindet. Er breitet nur leicht die Arme aus, und Audrey nutzt ihre Chance, geht auf ihn zu und schmiegt sich an ihn.

»Hast du was angestellt, Kleines?«, fragt Reece und küsst ihren Scheitel.

»Darf ich dich nicht einfach so umarmen?«

»Jederzeit. Aber deshalb bist du nicht hier. Also: Was ist los?«

Sie sieht zu ihm auf. »Ich hab dich eben vermisst.«

Er wirkt verwirrt, doch drückt sie enger an sich. Dann trifft sein Blick mich, und ich habe Mühe, ruhig zu bleiben. Ich koche vor Wut, weil er Kostolany suspendiert hat. Und dazu kommt eine unglaublich heftige Sehnsucht. Denn Audrey in Reeces Armen zu sehen, lässt mich plötzlich auch *meinen* Mann an meiner Seite haben wollen. Kostolany.

»Was wollt ihr hier?«, fragt Reece Audrey sanft.

»Suspendier ihn nicht«, ergreife ich das Wort.

Er seufzt, mustert mich, bemerkt mit einem Stirnrunzeln meine schief zugeknöpfte Bluse und sieht ratlos zu seinem Bruder.

»Egal wie die Umstände sind, wir können ihm sein Fehlverhalten nicht durchgehen lassen«, antwortet Ian für ihn – als juristisches Sprachrohr des Klubs.

»*Sein* Fehlverhalten?«, rufe ich aufgebracht. »Was ist mit deinem, Reece? So wie ich das sehe, hättest du mich gar nicht erst in den Klub und Kostolany am gleichen Tag arbeiten lassen dürfen. Suspendier dich doch selbst!«

Ian muss lachen.

»Was ist daran so komisch?«, knurrt Reece.

»Hat Kostolany so was Ähnliches nicht auch gesagt? Vielleicht haben die beiden recht.«

»Hey! Auf wessen Seite stehst du?«

»Überlege ich mir gerade«, sagt er.

Ich schöpfe Hoffnung. »Dann darf Kostolany also wieder im Klub arbeiten? Ganz normal? Ohne Auflagen?« Das wären so gute Nachrichten, dass ich vor Erleichterung heulen könnte.

Ian tauscht einen Blick mit Reece. »Na ja, Fakt ist, er hat überreagiert und *hatte* sich nicht unter Kontrolle.«

»Und das bedeutet?«, frage ich.

»Keine Suspendierung«, sagt er.

»Aber?«

»Sagen wir: zehn softe Kuschelsessions.«

»Das ist gut«, entweicht mir. »Das ist es doch, oder?«, frage ich meine Schwester, die wissen muss, wie der Klub ähnliche Probleme bisher gelöst hat.

Sie nickt. »Ist es.«

»Bist du einverstanden?«, fragt Ian seinen Bruder.

Reece tauscht einen Blick mit Audrey. »Meinetwegen. Und was hättest du für Nikki?«

»Für mich? Wieso für mich?« *Schon wieder.*

»All das wäre nicht passiert, wenn du mit Kostolany gesprochen hättest. Ich spiele ungern den Beziehungsratgeber, doch ohne Kommunikation läuft es nicht.«

Aber er hätte mit mir reden müssen, will ich protestieren. Bis ich mich in seine Lage hineinversetze: Ich will jemanden, der erst mehr Zeit will, um zu verstehen, was passiert, dann mehr, um sich in diese fremde Welt einzulesen, und der sich, nachdem er all die Zeit bekommen hat, nicht mehr meldet. Ich wäre so was von sauer und frustriert und enttäuscht und würde nicht zum aufdringlichen Psycho werden, sondern mich zurückhalten. *Mist! Da hätte mein Analystenhirn auch eher draufkommen können!* Ich sehe es ein. Das Ganze war meine Schuld. Mal wieder.

»Soll ich weiter Analplugs putzen?«, versuche ich es mit einem Scherz, um das plötzlich mulmige Gefühl in der Magengegend zu vertreiben.

»Besser«, sagt Ian. »Du überbringst unserem Obersadisten die frohe Botschaft, dass er weiter im Tease & Please arbeitet, und sprichst dich mit ihm aus, damit in Zukunft mehr Klarheit herrscht. Einen Vorfall im Klub hatten wir alle, Audrey mit Reece, ich mit Catherine. Aber dabei sollte es bleiben.«

Seine Worte sinken in mein Bewusstsein. »Persönlich? Von Angesicht zu Angesicht?«

»Hast du damit ein Problem?«, fragt Ian.

Ein Schauer durchfährt mich – heiß und kalt zugleich. Denn Kostolany wird sich freuen, mir jedoch auch die Leviten lesen. Dazu hat er jedes Recht, wenn er *mein* Dom ist. Und alle hier wissen das.

»Kein Problem«, sage ich, bevor mich der Mut verlässt, laufe nicht mehr weg, sondern stelle mich meinen Gefühlen und diesem Mann. Ich gehöre ihm, und egal was er braucht, um mir zu glauben, ich werde es ihm geben.

KOSTOLANY

Ich bin so wütend, dass ich in meinem Trainingsraum wie ein Verrückter Liegestütze mache, bis mir der Schweiß über den Körper läuft. Ich kann nicht fassen, dass ich nicht bei

Nikki bleiben durfte. Ja, ich verstehe, dass Reece als Klubbesitzer so handeln musste, aber es fühlt sich trotzdem falsch an, erneut von ihr getrennt zu sein. Ich schaue auf die Uhr. Ich geb ihr noch zwei Stunden, und dann werde ich zu ihr fahren und ihr klarmachen, dass sie so einen Scheiß nicht noch mal abziehen sollte. Mich wollen, sich nicht melden und dann mit anderen Doms spielen.

»Fuck, Fuck, Fuck!«

Das Piepsen meiner Alarmanlage kündigt mir an, dass jemand auf mein Grundstück gefahren ist. Ich breche meine Übung ab, wische mir mit einem Handtuch den Schweiß von Nacken und Oberkörper und schaue auf das Display des Sicherheitssystems. Und zum ersten Mal seit Stunden bessert sich meine Laune.

Ein Wagen parkt in der Einfahrt. Nikkis Lexus.

Ich beobachte, wie die Tür aufgeht und sie aussteigt. Nicht in ihrem Business-Kostüm und nicht in den Klamotten von gestern Abend, sondern in einfachen Jeans und einem Shirt, was ich beides ziemlich sexy an ihr finde.

Sie bleibt stehen und schaut sich auf meinem Anwesen um. Sie ist zum ersten Mal hier und wirkt überrascht, wie groß alles ist. Dabei habe ich ihr gesagt, dass ich Geld habe. Natürlich wohne ich dann nicht in einer Blockhütte!

Nervös streicht sie sich die Hände an der Jeans ab, geht zum Eingang, zupft noch mal an ihrer Frisur und zwingt sich zu einem Lächeln. Doch bevor sie auf den Summer drücken kann, bin ich an der Tür und öffne ihr.

»Hi, Nikki.«

»H-h-hi!«, stammelt sie.

Sie will mich, das steht ihr ins Gesicht geschrieben, aber sie zögert. »Was ist los?«

»I-i-ich muss mit dir re-re-reden.«

»Hier?« Drinnen wäre mir lieber, aber ich werde ihr die Entscheidung überlassen.

»Hier«, sagt sie. »Reece hat deine Suspendierung aufgehoben. Nathan leitet keine Schritte gegen dich ein. Du musst nur zehn softe Sessions absolvieren. Gut?«, fragt sie unsicher.

»Okay«, sage ich und merke, wie egal mir das im Grunde ist. Dass sie gerade vor mir steht, ist wichtig.

»Nur okay?«, fragt sie.

»Nur okay. Aber das könnte sich ändern.«

»Wie?«

Nun schleicht sich ein Lächeln auf meine Lippen, und ich sehe, wie sie sich etwas entspannt. »Wenn du für eine Session noch mal die Wahl hättest zwischen einem anderen Dom und mir, für wen würdest du dich entscheiden?«

»Dich, Sir«, sagt sie schuldbewusst, weil sie weiß, dass sie mit ihrem Zögern das Chaos ausgelöst hat.

»Warum hast du dann überhaupt mit einem anderen Dom gespielt?«

»Weil ich dachte, mit uns wäre es aus. In Reeces Büro hast du kein Wort zu mir gesagt. Keines!«, betont sie anklagend. »Das hat wehgetan.«

»Das tut mir leid«, sage ich. »Aber stell dir mal vor, wie ich mich gefühlt habe, als du dich nicht gemeldet hast. Ich schätze, da sind wir quitt.«

»Außerdem hast du meine Welt komplett auf den Kopf gestellt, und ich musste erst mal herausfinden, ob ich nur deinetwegen auf all die Sachen stehe oder ob ich wirklich masochistisch bin. Das ging nur mit einem anderen Dom.«

»Und?«, frage ich sie, dabei kenne ich die Antwort längst und kann sehr gut damit leben.

»Du hast es irgendwie freigelegt, doch ich mag Lustschmerz. Egal wer mit mir spielt.«

»Was ist dann in der Session mit Nathan schiefgegangen?«

Sie verzieht das Gesicht. »Er war nicht du.«

»Wie meinst du das?«

»Ich wollte, dass er die Erinnerungen an dich überdeckt. Aber als er mit der Peitsche gearbeitet hat, kamen sie alle nur heftiger zurück. Und mir ist klar geworden, dass ich nicht die Peitsche oder sonst was wollte, sondern dich.«

Mein Schwanz wird schmerzhaft hart, so sehr haut mich ihr Geständnis um. *Das hat den Ausschlag gegeben?*

»Sag es noch mal, Kitty!«

»Ich wollte dich, Sir. Ich will immer nur dich. Selbst wenn das bedeutet, dass ich dich mit deinen Kundinnen teilen muss.« Mit drei Schritten ist sie bei mir, fällt mir um den Hals, ist mir plötzlich ganz nah. Und automatisch lege ich einen Arm um sie, ziehe sie an mich, atme den Duft ihres Haars ein, genieße es, sie endlich zu haben – und kann mich nicht mehr bremsen.

Ich trage sie über die Türschwelle, schließe die Tür und drücke sie von innen dagegen. »Und ich will dich«, sage ich und küsse sie, um jeden Zweifel in ihr zu vertreiben. »Seit der ersten Sekunde, als ich dich gesehen habe. Und ich hab vor, dich nie wieder gehen zu lassen.«

»Nie wieder?«, wiederholt sie.

»Nie wieder«, bestätige ich, quasi wie das Ja-Wort für Sadisten.

Ohne mich von ihren Lippen zu lösen, dränge ich sie zum Sofa, stoße sie zurück und throne über ihr, sodass es kein Entkommen für sie gibt.

Tränen treten ihr in die Augen. »Und ich lass dich nicht mehr gehen«, sagt sie, krallt sich in meinen Rücken, zieht sich an mir hoch und mich zu sich herunter und küsst mich zurück. Hungrig, gierig, leidenschaftlich.

Meine Hände machen kurzen Prozess mit ihrem Shirt. Ich brauche mehr Haut und löse ihren BH. Und wir atmen beide schwer, als wir sie mit vereinten Kräften aus ihren Jeans befreit haben.

»Du weißt, was jetzt kommt?«, frage ich sie und genieße, dass sie sich mir nicht mehr entziehen kann.

»Ich werde bestraft? Weil ich Mist gebaut habe?«

»Ganz genau«, sage ich und streife zufrieden ihre Lippen mit meinen, verweigere ihr jedoch den Kuss, den sie haben will.

»Wie?«, fragt sie.

»Oh, Reece hat es dir also nicht gesagt?«

»Was?«, fragt sie.

»Und Audrey hat es auch nicht erwähnt?«

»Was denn erwähnt?« Langsam wird sie unruhig.

»Oh, Kitty, Kitty, Kitty …« Mein Griff wird kräftiger, weil ich sie ganz nah an mir spüren will, wenn ich ihr sage, was los ist.

»Was ist es?«, fragt sie. »Was wissen alle außer mir?«

»Wie du vielleicht schon bemerkt hast, ist mein Anwesen groß.«

»Und?«

»Es liegt sehr abgeschieden.«

»Ja.«

»Und es hat eine Besonderheit.«

»Welche?«

»Einen Keller voll Spielzeug.«

Ihr stockt der Atem. Und sie stöhnt.

»Bereit, Kitty?«

»Ja, Sir.«

14. Kapitel

NIKKI

Ich sollte weglaufen. In Kostolanys silbergrauen Augen sehe ich, dass in diesem Keller Freude und Leid sehr nah beieinanderliegen. Und das mich jetzt Letzteres erwartet. Dennoch summt alles in mir.

»Sag es«, befiehlt er. Sein Tonfall ist plötzlich anders, schärfer, härter, bedrohlicher, und Gänsehaut überzieht meinen Körper.

»Ich habe einen Fehler gemacht.«

Sein Finger fährt über meine Wange. »Und das bedeutet?«

»Bestraf mich, Sir!«

Kostolany packt mich, wirft mich über seine Schulter und trägt mich durch seine Wohnung, die ich damit zum ersten Mal kopfüber kennenlerne.

Ich entdecke ein schönes Wohnzimmer, ein spießiges Esszimmer und einen riesigen Flachbildfernseher. Es geht eine Treppe tiefer in den Keller. Erst folgt ein Spielzimmer mit weichen Teppichen und wesentlich besser ausgestattet als der Klub. Dann stößt Kostolany eine einfache Tür auf, und wir betreten einen unverputzten Kellergang, der schließlich in einer großen Rotunde mündet. Von oben fällt etwas Licht rein, gerade so viel, dass ich die eisernen Ösen und Ketten am Boden erkennen kann. *Das wird hart.*

»Was ist das hier?«, frage ich, um Zeit zu gewinnen und mich an diesen Ort zu gewöhnen.

»Gib mir deine Hände!«, befiehlt er, ohne mir etwas zu erklären.

Ich will gehorchen, aber in mir regt sich Widerstand, und ich verstecke sie hinter meinem Rücken. Ich weiß, dumm, doch ich kann nicht anders. Außerdem genieße ich es ein Stück weit.

»Oh Kitty!«, seufzt er gespielt frustriert, dabei gefällt ihm meine Reaktion. »In diesem Bereich des Kellers solltest du tun, was man von dir verlangt.«

Wie zum Beweis packt er mein rechtes Handgelenk und drückt es auf den Boden. Ich muss in die Knie gehen und mich halb hinlegen, wenn ich nicht möchte, dass er mir die Schulter auskugelt. Ein Klicken folgt, und meine Hand steckt in einer Fessel.

»Zweiter Versuch!«, sagt er und will, dass ich ihm meine andere Hand reiche.

»Der Boden ist eiskalt!«, protestiere ich.

»Falsche Antwort«, meint er ungerührt, nimmt meine linke Hand, drückt sie ebenfalls zu Boden und fixiert sie.

»Bestraf mich in dem anderen Raum«, jammere ich. »Bitte!«

Kostolany geht neben mir in die Hocke. Ich überlege, nach ihm zu treten, aber sein Blick gibt mir zu verstehen, dass er dann auch meine Beine festbinden wird. Also lasse ich es. Es wäre nur eine kurze Befriedigung.

»Der andere Raum ist für *deinen* Spaß, Kitty. Der hier …« Er atmet tief die abgestandene Luft ein. »… der hier ist für *meinen*.«

Ohne dass ich es kommen sehe, zerreißt er meinen Slip, das letzte Kleidungsstück, das ich noch anhatte, und greift an meinen Schritt, wo ich klatschnass und heiß bin, trotz der Umstände. Und ein sehnsüchtiges Wimmern entschlüpft mir. Dann dreht er sich wortlos um und geht zur Tür.

»Warte! Wo willst du hin?«, rufe ich entsetzt – und unbefriedigt, ganz verrückt vor Sehnsucht. »Du kannst mich doch jetzt nicht allein lassen! Wann kommst du wieder? Rede mit mir!«

Kostolany tut nichts dergleichen. Und erst da wird mir klar, dass er mir eine Strafe versprochen hat, und dass das hier auch eine wird.

Er verlässt die Rotunde, und selbst als er lange weg ist, starre ich noch auf den Punkt, wo ich ihn habe verschwinden sehen. Ich blinzele, als könnte er wieder auftauchen. Aber das tut er nicht. Ich höre nur meinen eigenen hektischen Atem.

»Komm zurück!«, rufe ich, als wäre das ein Spiel, das ich noch gewinnen kann. *Bestimmt gibt es hier Kameras, und er beobachtet mich. Was bringt ihm das sonst, wenn er mein Elend nicht genießen kann?* »Kostolany!«

Doch er kommt nicht. Weder nach einer Minute noch nach geschätzten fünf. Noch überhaupt.

Wie lange wird er mich hier lassen?

Was ist sein Ziel?

Aber er will dich, beruhige ich mich. *Keine Panik, er will dich.*

Vorsichtig prüfe ich, wie viel Bewegungsspielraum ich habe. Mit etwas Mühe könnte ich mich vermutlich aufsetzen, bequemer wäre das allerdings nicht. Also bleibe ich liegen und blinzele in das schwache Licht über mir, das sich verändert, je mehr Zeit vergeht.

Hätte ich nur gleich mit ihm geredet! Ich muss leise schniefen. Mir wird kalt. Der Raum ist zugig, der Steinboden eisig. Und ich bin nackt. *Ja, hätte ich mal!*

Panik steigt in mir auf. Um nicht komplett durchzudrehen, schließe ich die Augen und lausche in die Stille. Aber falls da was ist, höre ich es nicht.

Verdammt, Nikki! Und warum erregt dich das hier trotz allem? Das ist nicht normal, das sollte nicht so sein.

Als die Tür mit einem Schaben wieder aufschwingt, blinzele ich, habe jegliches Zeitgefühl verloren.

»Kostolany?«, rufe ich.

Vielleicht, vielleicht auch nicht. Denn zu meinem Entsetzen erscheint ein Kerl mit einer Gesichtsmaske.

»Iss was!«, befiehlt der Mann, der mit einem Gerät spricht, das die Stimme verändert, und hält mir ein Sandwich und eine Wasserflasche vor den Mund.

Ich beiße nicht zu. »Bist du das?«, frage ich unsicher.

»Falsche Antwort«, meint er nur und fährt mit einer Hand von meinem Knöchel aufwärts langsam mein Bein hoch, berührt mich weit intimer als angemessen.

»Nicht!«, keuche ich, denke nicht lange nach, sondern trete nach dem Mann. Dabei hat sich die Berührung gut angefühlt. *Leider.*

»Autsch«, sagt er kühl. »Ich wiederhole das jetzt, und du hältst still oder das hat Konsequenzen.«

Ich ahne, was er meint, aber ich kann einfach nicht. »Wenn Kostolany davon erfährt, sind Sie Hackfleisch«, speie ich dem Typen entgegen. *Hoffe ich zumindest.*

»Manche Risiken sind das wert.«

Das klingt überhaupt nicht gut.

Während der Mann erneut über mein Bein streicht, die Wade passiert, die Kniekehle, den Unterschenkel, halte ich still, während sich in mir alles vor Widerwillen zusammenzieht.

»Bitte nicht«, flehe ich leise. »Bitte, bitte, bitte.«

Doch er hört nicht auf, und ich trete wieder nach ihm, kann nicht anders.

»Ich hab dich gewarnt«, meint er.

Egal wie sehr ich mich wehre und dabei das Essen um uns herum verteile, der Mann ist viel stärker und schafft es, meinen einen Fuß zu packen und festzubinden. Dann wiederholt er das Gleiche mit dem anderen.

»Mal sehen, ob du mich jetzt machen lässt«, raunt er mir zu und tanzt wieder mit seinen Fingerspitzen über meinen Körper, beginnt bei meinen Füßen, gleitet über meine Beine, kommt meiner intimsten Stelle unaufhaltsam näher.

Oh Gott, das wirkt vertraut! Wie kann das sein?

Ich kneife die Augen fest zusammen und erstarre, als seine Finger mich berühren, über meine Pussy gleiten, erstaunlich zielsicher meine Klit finden, in mich dringen, mich erregen. Ich will nicht, aber ich muss stöhnen.

Das fühlt sich so gut an!

Aber das sollte es nicht.

Verdammt! Bekommt man das Stockholm-Syndrom schon nach fünf Minuten?

Der Mann merkt, wie weit ich bin. »Wehr dich nicht, Kitty! Komm! Ich spüre, wie gern du das willst.«

Etwas an der Art, wie er spricht, macht mich stutzig, doch ich komme nicht drauf, was es ist, und schüttele stur den Kopf.

Obwohl mein Körper protestiert, unterdrücke ich den sich anbahnenden Orgasmus mit aller Macht. Daran, von diesem Mann berührt zu werden, kann ich nichts ändern. Aber das hier, das kann ich.

»Glaubst du wirklich, du hast eine Chance?« Seine gottverdammten Finger spielen mit mir, jagen eine ungeahnte Lust durch mich, benutzen mich, reizen mich, quälen mich unnachgiebig. Er will, dass ich komme, um jeden Preis.

»Nein! Nein! Nein!«, keuche ich verzweifelt und wehre mich gegen die schönste Sache der Welt, reiße an meinen Fesseln, winde mich. »Bitte nicht.«

Doch ich komme plötzlich. Heiß und heftig und stöhnend, weil sich das, was der Mann tut, so gut anfühlt. *Scheiße!*

Seine Finger bewegen sich langsamer, kosten aus, mich zum Höhepunkt gebracht zu haben, und ich spüre seinen lauernden Blick auf meinem Gesicht.

»Schau mich an!«

Lieber werde ich blind.

»Mach schon, oder ich lass dich gleich noch mal kommen.«

Mit verheulten Augen sehe ich ihn an. »Zufrieden, Arschloch?«, schleudere ich ihm entgegen.

»Sehr«, sagt er und zieht seine Finger endlich weg von mir. Dabei streift er meine Klit, und ich stöhne erneut, worüber er lacht. »Ich komme wieder.«

Mit diesen Worten lässt er von mir ab und geht. Und erleichtert atme ich auf, als wenig später die Tür zufällt. Er ist weg – und ich spüre, wie befriedigt ich bin, und weine.

Verdammte Strafe!

Ich brauche eine Weile, bis sich meine Nerven wieder beruhigt haben. Mein Magen knurrt, und ich belecke meine trockenen Lippen. Hungrig und durstig schiele ich nun doch nach dem Essen. Das Sandwich ist halb zerfallen auf dem Boden, die Wasserflasche liegt außerhalb meiner Reichweite und könnte ebenso gut auf dem Mond sein.

Verzweifelt behalte ich das Licht über der Rotunde im Blick und frage mich, wo Kostolany bleibt.

Es verblasst, weil es Abend wird.

Ja, ich hab Mist gebaut, aber was ist das denn für eine Strafe. Ist Kostolany der Mann? Oder ist ihm was zugestoßen? Und ich bin nun dem Fremden ausgeliefert? Der mit mir tun kann, was er will.

Der Gedanke treibt mir neue Tränen in die Augen.

Als die Tür erneut aufgeht, bleibe ich angespannt. Bis ich sehe, dass es Kostolany ist. *Endlich.*

»Hilf mir«, rufe ich. »Mach mich los! Ich kann nicht mehr, Sir.« Ich schlucke, habe meine Grenze definitiv erreicht. »Bitte, Kostolany.«

»Ist das so?« Mit keinem Wort kommentiert er das Essen, das überall herumliegt, und geht neben mir in die Hocke. »Mal sehen …«

Bedächtig streicht er mir durch die Haare, lässt dann seine Hand über meinen Busen und Bauch gleiten, sorgt für die verrücktesten Empfindungen und berührt schließlich meine Pussy, was eine Welle neuer Lust durch mich jagt und mich an die erinnert, die ich gezwungenermaßen durchlebt habe.

»Aber du bist klatschnass, Kitty. Was ist das denn für eine Strafe, wenn sie dich anmacht? Ich wollte dich eigentlich befreien. Aber jetzt?«

Das kann nicht sein Ernst sein! Mit Entsetzen sehe ich, dass er aufsteht und wieder gehen will. »Nicht! Bitte, geh nicht! Kostolany! Bitte, bitte, nicht!«

KOSTOLANY

Ich bleibe an der Tür stehen, zögere.

Der Plan war, sie viel länger zu quälen, mit ihr zu spielen, ihre widersprüchlichen Gefühle auszunutzen. Aber neben ihren Tränen ist etwas in ihrem Blick …

Sie hat genug.

Nikki hat so was von genug.

Ich kehre um und löse vorsichtig die Fesseln an ihren Händen und Füßen. Ich setze mich und ziehe sie auf meinen Schoß, und sofort fällt sie mir schluchzend um den Hals. Ich warte, dass sie sich beruhigt, doch das passiert nicht. Sie hört gar nicht mehr auf zu weinen, was einem Teil von mir gefällt, einen anderen aber beunruhigt.

»Hey, alles ist gut, es ist vorbei!«, sage ich und küsse ihren Hals.

»Da war ein Mann! Was, wenn der zurückkommt?«, bringt sie zitternd hervor.

»Das wird er nicht.«

»Das kannst du nicht wissen.«

Ihre Angst ist plötzlich so real, dass ich sie nicht genießen kann. »Vertrau mir!« Ich zwinge sie, mich anzuschauen. »Kitty, dieser Kerl kommt nicht zurück, versprochen.«

»Versprochen?«, fragt sie völlig aufgelöst.

»Natürlich, versprochen.«

Jetzt heult sie noch herzzerreißender. »Es tut mir so leid. Ich wollte nicht, dass er mich berührt. Aber er hat nicht aufgehört. Es tut mir so leid, Sir.«

Fuck! Hat sie etwa nicht mitbekommen, dass ich das war? Glaubt sie, dass ich solche Spiele mit ihr im Keller mache, ohne das Haus zu sichern? Niemand außer mir kann die Rotunde betreten. Sollte mir etwas passieren, so lösen sich sämtliche Verriegelungen automatisch nach drei Stunden. Sie ist bei mir sicher.

»Hat er das hier gemacht?«, frage ich sie leise, während ich sie halte, und reibe so lange über den Span von ihrem Fuß, bis ich ihre Aufmerksamkeit habe, nur um dann mit meiner Hand höher zu ihrem Schritt zu fahren.

Sie zuckt zusammen. Dann klebt sie mir eine, dann noch eine, bis sie wütend gegen meine Brust trommelt und den blauen Flecken, die ich von vorhin habe, neue hinzufügt. »Du Scheißkerl, ich hatte Todesangst! Wie konntest du mir das antun? Das war nicht lustig, Ivan Kostolany. Sondern fies und krass und heftig!«

Ich packe sanft ihre Hände und ziehe ihren Körper trotz ihres Protestes an mich. »Ich hab dir eine Strafe angedroht, und du hast eine bekommen.«

»Ich dachte, dir wäre was passiert!«, schluchzt sie.

»Scht!« Ich umschlinge sie fester und wiege sie. »Ist mir nicht.«

Fuck, Kostolany, wie war das noch mal mit ›Spielzeuge benutzen, aber nicht kaputt machen‹? Das war knapp.

Miteinander verschlungen sitzen wir in der Rotunde, während es über uns Nacht wird. Ich atme Nikkis Duft ein, angele nach der Wasserflasche, öffne sie und halte sie ihr hin.

»Trink was!«, sage ich.

Mit zittrigen Händen ergreift sie das Wasser, trinkt hastig und schmiegt sich dann wieder an mich, immer schläfriger, weil der Hormoncocktail in ihrem Blut abflaut.

»Und jetzt iss was«, sage ich sanft.

»Ich will aber nicht das Sandwich«, bringt sie hervor.

»Nur zu deiner Information: Ich hatte geplant, dich zu zwingen, das noch zu essen. Es ist ein gutes Sandwich, und man verschwendet kein Essen.«

Sie verzieht das Gesicht. »Du kannst wirklich gemein sein.«

»Ja, das kann ich.« Ich drücke ihr einen nassen Kuss aufs Ohr, und sie kichert. »Aber gut, du hast mich überzeugt. Heute kein Sandwich vom Boden für dich.«

Ich werde die Rotunde später aufräumen. Ich hebe Nikki hoch und trage sie mit mir aus dem Keller. Nicht mehr über die Schulter geworfen, sondern in meinen Armen.

»War es das jetzt?«, fragt sie.

»Mit uns? Träum weiter!«, sage ich sofort. »Mit der Strafe? Ja.«

Ich laufe mit ihr durch die Wohnung, bis ich im Bad bin, wo ich mich auf den Wannenrand setze und, ohne sie loszulassen, Badewasser einlaufen lasse. »Welchen Badezusatz willst du?«, frage ich sie und zeige ihr zwei Sorten.

»Den, den du magst«

Ich muss grinsen. »Du bist gleich mein Badezusatz, aber der zählt nicht. Also?«

Sie kann kaum die Augen offen halten und liest die Etiketten. »Das Rosenzeug«, murmelt sie.

»Wie die Dame wünscht!« Ich gebe etwas rein und helfe ihr dann in die Wanne. »Ich bin sofort wieder bei dir, verstanden?«

»Und es kommen keine anderen Männer?«

Mist! Ich bereue, dass ich sie so überfordert habe. »Definitiv nicht«, sage ich. »Versprochen.«

»Gut.« Seufzend sinkt sie in die sich füllende Wanne, lehnt den Kopf zurück und schläft fast ein. »Aber beeil dich bitte trotzdem.«

»Mach ich.«

Schnell verschwinde ich in der Küche und wärme ein Essen für sie auf. Dann hole ich Besteck und trage alles ins Bad, ziehe mich aus und steige zu ihr in die Wanne. Ich setze mich hinter sie, umarme sie, genieße ihre Nähe und küsse ihre verheulten Wangen.

»Iss was, Nikki.«

»Was bekomme ich, wenn ich gehorche?«

»Finde es heraus«, sage ich und halte die Gabel vor ihr in der Luft.

Sie schnappt danach. »Okay.«

Während sie isst, knabbere ich an ihrem Hals, woraufhin sie mir ab und zu eine Gabelladung reicht. Dabei habe ich nur Hunger auf sie, keinen auf Pasta.

»Fertig«, ruft sie, als der Teller leer ist. »Was kriege ich jetzt?«

Ich nehme ihr den Teller ab und helfe ihr aus der Wanne. Sie ist nach wie vor wackelig auf den Beinen, aber ich kann ihr ansehen, dass sie gleichzeitig unglaublich erregt ist. »Mich«, sage ich, als ich sie zum Bett dränge und dafür sorge, dass sie rückwärts in die Kissen fällt. »Mich.«

Ich stütze mich über ihr auf und reibe meinen harten Schwanz an ihrer feuchten Mitte, will sie, unbedingt, immer, und ziehe mir ein Kondom über. Langsam schiebe ich mich in sie, ziehe mich zurück, stoße tiefer und wiederhole das Spiel, bis ich sie eingenommen habe, ihr ganz nah bin.

»Gut?«, frage ich, was ich sonst nie mache, aber ich will, dass das hier für uns beide so perfekt wie möglich wird. Ich will, dass sie weiß, dass an meiner Seite neben süßen Schmerzen und Qualen auch unendliche Lust auf sie wartet – wenn sie brav ist.

»Unglaublich gut«, sagt sie und umschlingt mich mit den Beinen.

Ich bewege mich, und sie stöhnt jedes Mal vor Lust, wenn ich mich bis zum Anschlag in ihr versenke und sie langsam und genüsslich nehme, sie und auch mich selbst ein bisschen quäle. Schließlich möchte ich das hier maximal auskosten.

Wieder dringe ich in sie ein, genieße ihre Enge, spüre ihr Zittern, nehme ihren unverwechselbaren Geruch wahr und wie meine Haut an ihrer klebt – und wie perfekt das hier ist.

»Komm noch nicht, Nikki«, raune ich ihr zu.

»Das sagst du so leicht«, stößt sie aus, wobei ihr letztes Wort in ein tiefes Stöhnen übergeht, als ich erneut in sie gleite.

»Und wenn es ein Befehl ist?«, wechsele ich in meine Dom-Stimme.

»Tu mir das nicht an!«, haucht sie.

»Versuch es«, sage ich, drohe nicht, stelle keine Bedingungen, will einfach nur den unvermeidlichen Moment hinauszögern.

Schweiß überzieht ihre und meine Haut, und ich kriege dennoch nicht genug von ihr.

Nikki windet sich. Eine Hand ist an meiner Hüfte, und immer wenn ihre Pussy zuckt, drückt sie sich gegen mich, um ihren Orgasmus aufzuhalten. Immer wenn ich mich zurückziehe, krallen sich ihre Finger in meine Seiten, weil sie möchte, dass ich in ihr bleibe, weil sie mehr braucht.

Noch nie habe ich Sex so genossen wie in diesem Augenblick. Ich entdecke immer neue Kleinigkeiten, die mir verraten, wie sehr Nikki kämpft und das hier mag.

»Schau mich an!«, sage ich mit rauer Stimme, als ich weiß, dass wir es beide keine Sekunde länger aushalten.

Sofort blickt sie zu mir und ihr dunkler, von Lust vernebelter Blick trifft meinen. Ich lese die stumme Bitte in ihren Augen und nicke.

»Oh Gott«, keucht sie daraufhin unter mir, und ein Beben geht durch sie hindurch.

Ich bewege mich schneller, so wie ich es liebe, so wie es mich kickt. Ihre Pussy zieht sich eng um meinen Schwanz zusammen, und ich stoße härter in sie, genieße die Verbindung zwischen uns, während wir uns in die Augen schauen und leidenschaftlich küssen.

»Oh Gott«, keucht sie erneut an meinem Mund, kommt noch mal oder immer noch.

»So brav …«, murmele ich und meine sie, die so perfekt ist.

»Ja, so brav, Sir«, wiederholt sie. »Meistens!« Und dann beißt sie mich in die Unterlippe, und augenblicklich übernehmen meine Instinkte.

Ich packe sie fester, schmerzhafter, strafender, greife in ihre Haare, sodass sie sich nicht bewegen kann. *Und das ist genau das, was wie wollte. Weil sie weiß, wie sie mehr von mir bekommt.*

Mein Atem schlägt heiß in ihr Gesicht, ihrer trifft meines. Und als ihre Pussy erneut krampft, lasse ich los, ficke sie hart, sodass ihr Stöhnen und ihr Keuchen ein Laut werden, und ich komme endlich, Stoß für Stoß, wieder und wieder.

Nikki Montgomery gehört mir, mit Leib und Seele. Kein anderer Mann wird diesen Körper so benutzen, wie ich es tue. Kein anderer wird sie so zum Zittern bringen. Sie ist meine Partnerin, meine Sub, mein Spielzeug. Sie ist mein Ein und Alles. Es gibt kein Zurück mehr für uns. Nie wieder.

»Fuck!«, stöhne ich, stoße ein letztes Mal hart in sie und breche dann auf ihr zusammen, genieße, sie unter mir zu haben, ihre Wärme zu spüren und wie ihre Pussy immer noch nachbebt, als wäre das eben nicht genug gewesen.

Für einen Moment bewegt sich keiner von uns. Ich schließe die Augen, lausche auf ihren Atem, höre meinen eigenen und genieße diesen Frieden zwischen uns. Dann löse ich mich mit einem Kuss von ihr, lege mich auf den Rücken und ziehe sie an mich. Mein Kätzchen. Das sich sofort an mich schmiegt.

»Geht es dir gut?«, frage ich sie leise.

»Jetzt ja«, sagt sie und döst langsam weg.

»Mir auch«, murmele ich. Denn nun habe ich alles, was ich wollte. Sie.

15. Kapitel

NIKKI

Ich werde wach und brauche einen Moment, bis ich wieder weiß, wo ich bin. *Bei Kostolany.*

Vorsichtig drehe ich mich auf die Seite und entdecke ihn noch immer schlafend neben mir. Alles in mir möchte sich an ihn schmiegen, doch ich muss auf die Toilette, stehe auf und mache mich auf die Suche nach dem Bad.

Ich finde es gleich eine Tür weiter.

Als ich fertig bin, gehe ich nicht zurück ins Bett, sondern wickele mich in einen Morgenmantel, den ich im Bad gefunden habe, und inspiziere die Villa, von der ich am Vortag kaum etwas gesehen habe.

Die Zimmer sind großzügig geschnitten und modern eingerichtet. Ich entdecke ein kleines Sportstudio, Gästezimmer und ein Arbeitszimmer mit Fotos von Kostolany zusammen mit einem älteren Ehepaar. Seine Eltern, wenn ich raten müsste. Dann durchquere ich das Wohnzimmer, schiebe die Tür zur Terrasse auf und trete nach draußen.

Obwohl es heute fast dreißig Grad haben wird, ist es so früh am Tag noch kühl. Ich ziehe den Morgenmantel enger um mich, atme tief durch und lasse meinen Blick über den

Garten schweifen. Gepflegter Rasen, Rosenstauden, Ziersträucher – wie von einem Gartenbauarchitekten erdacht. Neben einem abgedeckten Pool stehen Möbel, und ich steuere eine der Liegen an und mache es mir gemütlich.

Der gestrige Tag war unglaublich anstrengend und aufreibend und hat so vieles geändert – sowohl für mich als auch für Kostolany.

Unwillkürlich muss ich an die Session im Klub denken, dann an die Stunden im Keller und an diesen Mann, der in mir die verrücktesten Gefühle auslöst. Und daran, dass er nun weiter für das Tease & Please arbeiten wird. So gerne ich auch will – das zu akzeptieren fällt mir wahnsinnig schwer.

Ja, ich und Kostolany gehören zusammen. Aber allein die Vorstellung, dass die Haut, die ich ablecke, von einer anderen Frau berührt wird, sorgt dafür, dass sich mein Magen zusammenzieht.

Ist es Eifersucht auf die anderen?

Nein, es ist Ekel.

»Kaffee?«, reißt mich eine raue Stimme aus meinen Gedanken.

Schnell setze ich ein strahlendes Lächeln auf. Ich will nicht, dass er sich Sorgen macht.

Oder dass er mir irgendwelche Strafen aufhalst. Es ist noch nicht mal acht Uhr!

Kostolany hat geduscht und trägt bequeme Jogginghosen und ein Shirt. Mit einer Bewegung reicht er mir eine dampfende Tasse Kaffee, schiebt mich ein Stück zur Seite, sodass er auch auf meine Liege passt, und zieht mich dann an sich, was mir augenblicklich klarmacht, wie kalt mir hier draußen in dem dünnen Mantel geworden ist – und wie herrlich warm Kostolany ist.

»Alles in Ordnung?«, fragt er sanft, während er in der einen Hand seinen Kaffee hält und den anderen Arm um mich geschlungen hat.

Sein Geruch steigt mir in die Nase, die einzigartige Mischung, die ich von Anfang an wahrgenommen habe, holzig, herb, männlich, und ich schmiege mich enger an ihn und nippe an meinem Kaffee.

»Hab ich dich geweckt?«, frage ich zurück, ohne ihm zu antworten.

»In gewisser Weise«, meint er, beugt sich an mich und küsst flüchtig meinen Hals. »Ich hab im Halbschlaf nach dir getastet, aber du warst nicht da. Im ersten Moment dachte ich, du bist weg.«

Die Offenheit seines Geständnisses rührt mich. »Warum sollte ich weg sein?«

»Weil dich ein fieser Sadist gestern Abend mächtig gequält hat.«

Obwohl ich diese Erfahrung so schnell nicht wiederholen will, breitet sich Wärme in mir aus. »Stimmt, der sollte mir mal bei Tageslicht unter die Augen treten. Dann kann der was erleben!«, nehme ich seinen scherzhaften Tonfall auf.

Kostolany stellt seine Tasse ab, nimmt auch meine und bringt sie in Sicherheit, umschließt mich noch enger und dreht meinen Kopf, sodass wir uns anschauen können.

»Wenn wegen gestern alles in Ordnung ist, was hast du dann?«, fragt er.

Seufzend schließe ich die Augen und lehne mich an ihn, genieße, wie er mich berührt, dass seine Finger über meine Haut tanzen, mit mir spielen, mich necken, mir zeigen, dass wir zusammengehören.

»Muss ich dir erst wieder eine Strafe androhen, damit du mir antwortest, Nikki?«

Ich schiebe meine Hände unter sein Shirt, muss nicht nur seine Wärme, sondern seine Haut an meiner spüren. »Musst du jetzt, da du doch für den Klub arbeitest, nachher hin?«, frage ich zurück.

»Heute nicht, und dann habe ich Urlaub, aber danach ja. Wieso?«

Der Knoten in meinem Magen zieht sich fester zusammen. »Alles, was gestern passiert ist, war auf die eine oder andere Art großartig«, rede ich weiter und nähere mich dem eigentlichen Kern meines Problems.

»Stimmt. Bis auf die Spuren, die Nathan auf dir hinterlassen hat«, knurrt er. »Auf die hätte ich verzichten können.«

»Genau das ist mein Problem«, sage ich und fahre über einen blauen Fleck, den ich ihm am Abend im Keller verpasst haben muss.

»Dass ich dir nicht reiche?« Seine Miene verfinstert sich, und sein Griff wird fester, als könnte jemand aus seiner gepflegten Hecke springen und mich ihm wegnehmen. »Daran gewöhnst du dich besser. Denn das war das erste und letzte Mal, dass du mit einem anderen Mann gespielt hast.«

»Natürlich, Sir«, sage ich amüsiert darüber, wie besitzergreifend er sein kann. »Allerdings meine ich etwas anderes.«

»Ja?«

Ich hole tief Luft. Obwohl ich es in meinem Job gewohnt bin, schwierige Gespräche zu führen, ist das hier anders. Ich bin Analystin, und ich wünschte, ich hätte etwas übersehen, aber da ist nichts. Sich im Klub auszuleben gehört für Kostolany zu seinem Leben dazu. Er macht es nicht wegen des Geldes, von dem hat er genug, sondern aus Spaß. Und es fällt mir unglaublich schwer, ihn zu bitten, darauf zu verzichten.

»So schlimm?«, fragt er.

Ich schmiege mich enger an ihn, den Mann, der meine Welt ist, atme den Geruch seiner Haut an seiner Halsbeuge ein. Duschgel und er, mehr nicht.

»Okay, so schlimm«, beantwortet er selbst seine Frage.

»Hass mich nicht«, flüstere ich.

»Könnte ich nie.«

»Abwarten.«

Ich kassiere einen zärtlichen Klaps auf den Hintern, der uns beide sofort heiß macht. »Sag es schon, Kitty.«

Endlich gebe ich mir einen Ruck. »Genau wie dir nicht gefällt, dass Nathan mit mir gespielt hat, so hasse ich den Gedanken, dass du dich mit anderen Frauen vergnügst.«

»Eifersüchtig?«, fragt er und grinst, als würde ihm das gefallen. »Ich hab dir gesagt, dass das nicht wie mit dir ist.«

Findet er das etwa lustig? Ich boxe ihn verärgert in die Seite.

»Au!«

»Selbst schuld!«

Ich sehe ihn an, und mir wird klar, wie viele andere Frauen ihm schon so nah waren, wie ich es jetzt bin. Dass das hier nicht mein exklusiver Platz ist. Nur seine Lippen habe ich für mich, den Rest muss ich teilen, ob ich will oder nicht.

»Zu wissen, dass diese Frauen dich überall berührt haben und dass deine Haut, die auf ihnen war, später mich berührt … Das ekelt mich an«, presse ich heraus, muss die Augen schließen und schmiege mich wieder an ihn, atme seinen Geruch ein und bilde mir sogar ein, nun eine von den anderen Frauen wahrzunehmen. »Es ekelt mich richtig heftig an«, wiederhole ich. »Ich werde versuchen, es auszublenden. Aber ich kann dir nicht versprechen, dass ich es immer schaffe.«

»Was, wenn ich dafür eine Lösung hätte?«, fragt er mich.

»Du trägst einen Quarantäne-Schutzanzug, wenn du spielst?«

»Abwarten.«

KOSTOLANY

Ich muss lachen, weil sie so besitzergreifend ist und mich nicht teilen will, und es gefällt mir.

»Seit unserer ersten Begegnung hab ich dich gewollt, und dass das auf Gegenseitigkeit beruht, macht mich zu einem sehr glücklichen Mann«, sage ich ruhig und halte sie einfach nur, obwohl wir beide erregt sind. Doch ich will diese Unterhaltung nicht mit Sex sabotieren.

»Du machst mich auch zu einer sehr glücklichen Frau«, sagt sie.

Meine Frau, denke ich und küsse sie wieder, nun noch sanfter. »Ich habe nicht ein Wort von dem vergessen, was du mir erzählt hast, Kitty«, rede ich weiter. »Ich weiß, dass du es hasst, wenn ich mit anderen Frauen spiele.«

»Ehrlich?« Vor Rührung treten ihr Tränen in die Augen, was ich verflucht sexy finde.

»Anders als du«, behaupte ich in meinem bedrohlichen Tonfall.

»Wie meinst du das? Ich hab mir auch jedes Wort gemerkt!«, verteidigt sie sich.

»So?«, spanne ich sie auf die Folter. »Dann weißt du also noch, dass ich dir erklärt habe, dass ich im Klub arbeite, um meine perversen Fantasien auszuleben?«

»Wie könnte ich das vergessen!«

Ich ziehe sie enger, umschlinge sie und beuge mich an ihr Ohr. »Aber wozu brauche ich den Klub, wenn ich die jetzt mit dir ausleben kann?«

»Kannst du das denn?«, fragt sie, und Angst und Hoffnung mischen sich in ihrem Blick.

»Würdest du es zulassen, dass ich dich noch öfter in die Rotunde bringe? Dich fessele, dich benutze?« Ich lege eine dramaturgische Pause ein. »Nicht so schnell abbreche?«

Sie erschauert, aber ich spüre gleichzeitig die Hitze an ihrem Schritt und muss mich zwingen, nicht in den Morgenmantel zu greifen und ihre Pussy zu berühren. Sie soll das entscheiden, ohne manipuliert zu werden.

»Ja, würde ich«, haucht sie.

Fuck! Mich durchfahren Lust und Zärtlichkeit und ein heftiger Cocktail aus Gefühlen. Und alles in mir möchte sie erneut in Besitz nehmen und ihr zeigen, dass sie mir gehört. Mit Leib und Seele.

»Dann werde ich beim Tease & Please kündigen«, sage ich ruhig. »Ich plane sowieso schon länger was Eigenes. Ich glaube, ich habe insgeheim nur auf den richtigen Moment gewartet. Und der ist jetzt.«

»Wow!«, haucht sie und ist für einen Augenblick sprachlos. »Das ist kein Scherz? Kein Spiel von dir? Du meinst das ernst?«

»Tue ich.«

Statt etwas zu sagen, beugt sie sich vor und küsst mich erneut hungrig.

»Aber du weißt ja, dass ich ein sadistischer, egoistischer, kontrollsüchtiger Bastard bin«, murmele ich an ihren Lippen, woraufhin sie einen Zentimeter zurückweicht und mich nervös ansieht.

»Und das heißt?«

»Dass du deinen Job ebenfalls kündigen wirst.«

»Und dann lasse ich mich von dir aushalten? Auf keinen Fall!«, protestiert sie, wie ich es erwartet habe. Sie mag ihren

Job, auch wenn der ihr zeitweise viele Überstunden abverlangt. Sie ist niemand, der die Wohnung dekoriert, sich den lieben langen Tag die Nägel lackiert und darauf wartet, dass ihr Göttergatte abends nach Hause kommt.

»Keine Sorge, du darfst weiter für dein Geld arbeiten«, necke ich sie, rücke aber mit Absicht noch nicht mit meinem Angebot raus.

»Als dein Vierundzwanzig-Stunden-Sexbunny, oder was? Wie kannst du mir so was vorschlagen?! Wieder Nein!«

»Aber das würde dir gefallen!«

»Verdammt, Kostolany!«, jammert sie verräterisch und hätte genauso gut ›Ja, es würde mir gefallen‹ sagen können. Was perfekt ist, denn mir kommen zahlreiche Ideen für eine Vierundzwanzig-Stunden-Sexbunny-Session.

»Natürlich habe ich einen anderen Plan«, lenke ich endlich ein. »Einen, bei dem ich weiterhin Menschen quälen kann, und du an meiner Seite bist, aber nicht eifersüchtig werden musst.«

»Du wirst Zahnarzt?«, rät sie halb ernsthaft und halb scherzhaft.

Auf was für Ideen sie kommt! Ich muss lachen. »Dadurch, dass alle heutzutage eine Betäubung wollen, ist das für mich nicht befriedigend. Willst du noch mal raten?«

»Du wirst Professor für Finanzwissenschaften und gibst dein Traderwissen weiter, bist jedoch megastreng und hast so hohe Anforderungen, dass nur zehn Prozent der Studenten deine Kurse bestehen?«

»Verlockend«, gebe ich zu. »Aber riskant.«

Sie runzelt die Stirn.

»Verzweifelte Studentinnen würden mich anflehen, alles zu tun, was ich will, damit sie durchkommen. Und das würde dir doch nicht gefallen, richtig?«

»Stimmt«, sagt sie. »Vergiss das ganz schnell wieder! Was ist es dann?«

»Ich dachte an ein Sportstudio.«

Ihre Augen weiten sich, und ihre Hände fahren unwillkürlich über meine breiten Schultern. Sie denkt kurz daran, wie stark ich bin und was ich alles mit ihr anstellen kann. Dann grinst sie. »Du als Drill Instructor?«

»Glaub mir, wenn ich will, dass du fünfzig Sit-ups machst, machst du fünfzig Sit-ups.«

»Warum hört sich das so sexy an?«

Ich lasse meine Fingerspitzen über ihren Rücken wandern, spüre, wie sie erschauert. »Weil du weißt, dass du aufgeben und dann bestraft werden wirst?«, rate ich.

»Ja, bitte!«, murmelt sie und beleckt sich ihre Lippen.

»Also gefällt dir meine Idee?«, frage ich, und mir wird klar, warum ich diesen Plan nicht viel eher in die Tat umgesetzt habe. Weil mir jemand an meiner Seite gefehlt hat, mit dem ich das gemeinsam aufbauen kann. Jemand wie Nikki.

»Ja, die Idee gefällt mir«, sagt sie. »Aber was mache ich? Dein Handtuch halten?«

Das wäre eine hübsche Strafe, sie den ganzen Tag als Handtuchhalter zu missbrauchen. Doch ich verdränge diese kleine Fantasie. »Nein, Nikki, dich hätte ich gerne für die Buchhaltung. Es ist nicht das, was du als Karriere geplant hast, das weiß ich, aber dafür wären wir zusammen. Ich sehe, wie gut das bei Audrey und Reece klappt, und ich will das auch für uns. Also, was sagst du?«

Es ist viel auf einmal, und ich merke ihr an, wie sich in ihrem Kopf die Gedanken überschlagen.

»Hab ich denn eine Wahl?«, spannt sie mich auf die Folter. »Wenn ich ablehne, folterst du mich, bis ich zustimme, richtig?«

»Richtig«, sage ich ernst und bin bereit, sie augenblicklich in meinen Keller zu schleifen und dort zur Vernunft zu bringen – sprich dazu, meine Sicht der Dinge zu teilen. Doch in dem Moment fällt ihre skeptische Miene in sich zusammen – und ihre Augen strahlen, weil sie sich bereits entschieden hat. Und in mir steigt Erleichterung auf.

»Klingt nach einem Plan! *Unserem* Plan!«, ruft sie. »Einen, den wir vielleicht in dem schöneren Teil des Kellers feiern können?«

»Normale Leute hätten Sekt vorgeschlagen, um anzustoßen«, sage ich amüsiert.

»Normale Leute haben kein Spielzimmer voller Möglichkeiten«, kontert sie.

»Seit wann hast du zu entscheiden, wie wir feiern?«, wende ich ein und genieße, wie bedürftig sie ist und wie sehr sie sich nach mir verzehrt.

»Kostolany!«, jammert sie gequält.

»Nichts da!« Mit Schwung stehe ich auf, hebe sie mit mir hoch, wobei sie mich mit den Beinen sofort umschlingt, und habe vor, noch etwas länger mit ihrer Sehnsucht nach mir zu spielen. »Was wäre ich denn für ein Dom, wenn ich mich um meine kleine Sub nicht ordentlich kümmern würde? Es heißt doch nicht umsonst Zuckerbrot und Peitsche, Kitty!« Ich gebe ihr einen Klaps auf den Hintern, und sie kreischt überrascht. Einer meiner Lieblingslaute von ihr, knapp hinter ihrem Wimmern, Stöhnen und diesem sexy erstickten Keuchen, das ihr ab und zu über die Lippen kommt.

»Und das heißt?«, schnauft sie.

Ich lasse sie in der Küche wieder herunter, nicht auf dem Tresen, der die perfekte Fickhöhe für mich hat, sondern auf dem Boden. »Erst mal frühstücken wir, wie ein ganz normales Paar. Dann wird gefeiert. Einverstanden?«

Mit einem »Ups« öffnet sie die Kordeln, die ihren Morgenmantel zusammenhalten. »Einverstanden, Sir. Aber ist es wirklich das, was du gerade willst?«

»Oh, Kitty …« Sie hat gewonnen, wir beide haben es. »Überredet, ab mit dir in den Keller.«

Mit keiner anderen Frau machen mir die Spielchen so viel Spaß – egal ob hart oder zart. Mit keiner anderen Frau will ich jede Minute außerhalb des Bettes verbringen. Für keine andere Frau will ich so da sein wie für sie. *Ist das Liebe?* Keine Ahnung. Aber sie ist die Frau, die ich begehre und in deren Nähe ich sein will. Für immer.

Epilog

NIKKI

Sechs Monate sind seit dieser Nacht im Tease & Please vergangen, und ich kann immer noch nicht fassen, wie wunderbar sich mein Leben seitdem entwickelt hat.

Reece war nicht begeistert, als er erfahren hat, dass er Kostolany als Dom verliert. Bis der Klub einen Ersatz einstellen konnte, hat Kostolany deshalb noch die besonders harten Fälle übernommen, da er kein Mann ist, der andere im Stich lässt. Dafür schätze ich ihn, auch wenn ich es furchtbar fand, ihn in der Zeit mit anderen Frauen teilen zu müssen. Besser hat es gemacht, dass er mich nach nur zwei Monaten gefragt hat, ob ich bei ihm einziehe. Um mir zu zeigen, wie wichtig ich ihm bin, um mir Halt zu geben, um für mich da zu sein. Und weil er den Spielkeller hat und ich nur eine Wohnung mit einem Schlafzimmer, einem Wohnzimmer, einem Arbeitszimmer mit Gästesofa, einer Küche und einem Bad. Natürlich habe ich Ja gesagt.

Die ganze Zeit war eine ziemlich emotionale Achterbahnfahrt für mich. Zum Glück war Kostolany sehr nachsichtig mit mir und hat nur einen Bruchteil meiner verbalen Ausrutscher geahndet – und war, sooft es ging, einfach nur für mich da.

Dieser Kerl mag ein Riesensadist sein, aber er ist auch verdammt gut im Kuscheln. Das werde ich allerdings niemandem verraten, nicht mal Audrey, weil dieser Teil von ihm nur mir allein gehört.

Während ich zunächst weiter in meinem Job bei der Bank gearbeitet habe, nur nicht mehr ganz so ambitioniert, hat Kostolany erst nach einem geeigneten Grundstück und Gebäude für seinen Sportklub gesucht, und dann, als er es hatte, gemeinsam mit einem Innenarchitekten die Turnhallen, den Hindernisparcours und die Drillstationen geplant und bauen lassen.

Sobald das Lords of Sports stand, habe ich meinen Job gekündigt, was mir unerwartet leichtfiel. Aber gut, ›Überstunden‹ mit Kostolany machen einfach mehr Spaß als Überstunden mit einer Excel-Tabelle.

Vor einem Monat war die Eröffnung des Klubs, und da Kostolany so tut, als wäre er ein gnadenloser russischer Geheimagent, der die Trainingsmethoden des KGB anwendet, rennen uns die Leute die Bude ein. *Wahnsinn, wie großartig sich alles entwickelt hat!*

Ich bin mit meinem Job für heute fertig, verlasse das Bürogebäude und beobachte, wie Kostolany einer Gruppe Manager, die im Rahmen einer Firmenvereinbarung bei uns trainieren, so richtig einheizt.

»Ich kann nicht mehr«, ruft ein Mann mit aufgepumpten Fitnessstudiomuskeln, aber einer miserablen Kondition.

»Du kotzt nicht, also kannst du auch noch!«, donnert Kostolany zurück.

»Bitte!«, fleht er.

»Siehst du mich etwa jammern?«

Das ist das Besondere an den Trainingseinheiten. Egal wie heftig Kostolany die Leute drillt, er macht alle Übungen beinahe nonstop mit. Weshalb er wahnsinnig durchtrainiert geworden ist. Nicht dass er das nicht vorher schon war. Aber jetzt bin ich so was von chancenlos gegen ihn. Was immer er mit mir anstellen will, kann er mit mir anstellen.

Bei dem Gedanken muss ich grinsen.

Schmutzig, Nikki! So schmutzig.

»Noch zwanzig«, befiehlt Kostolany.

»Eben waren es zehn Liegestütze«, sagt ein abgekämpfter Typ, dem das Shirt verschwitzt am Oberkörper klebt.

»Wer Luft zum Atmen hat, schafft auch zwanzig. Also los, benutzt mal eure drei Muskeln!«

Jemand schnappt mächtig nach Luft. Kostolany holt einen Eimer Wasser, leert ihn über dem Typen aus, hilft ihm dann hoch und beendet sein Training. Er drillt die Leute, aber er erkennt jedes Mal erstaunlich sicher, wann einer genug hat.

In dem Moment sieht er mich, und die Luft knistert zwischen uns. *Wie immer.*

Ich liebe es einfach, wenn er die Kommandos gibt, und es ist schwer, dabei nicht an Sex zu denken und mir vorzustellen, wie Master Drill Instructor mir Beine macht.

»Weitermachen«, befiehlt er der Gruppe, lässt mich dabei jedoch nicht aus den Augen, freut sich, mich zu sehen, wirkt aber gleichzeitig unzufrieden.

Ich weiß, ich sollte wieder nach drinnen gehen, anfangen aufzuräumen und alles für den Feierabend fertig zu machen, doch ich kann mich nicht von ihm abwenden. Da winkt er mich zu sich.

Oh, oh, das ist nicht gut.

Zögerlich schlendere ich über den Rasen zu der Gruppe Manager, die sich weiter abkämpfen, streiche mir dabei durch die Haare und wische meine plötzlich feuchten Handflächen an meinen engen Jeans ab.

»Nikki, was habe ich dir gesagt?«, fragt er.

»Dass ich dich nicht bei der Arbeit stören soll«, wiederhole ich brav.

»Und was wird das hier?«, will er wissen und spielt mit einer Haarsträhne, die er zwischen seinen Fingern reibt.

»Zuschauen ist doch erlaubt«, verteidige ich mich ruhiger, als ich mich fühle.

»Zuschauen ja, mich ablenken nein«, sagt er, drückt mich an sich, sodass ich seine Erektion spüren kann, hält mich sanft fest und bellt dabei über meine Schulter zur Gruppe: »Hat hier jemand was von einer Pause gesagt? Strengt euch mal richtig an. Ich will, dass man euer Stöhnen bis zum Haus hören kann!«

Ein Glucksen entschlüpft mir, das ich im gleichen Moment bereue.

»Findest du das etwa lustig, Kitty?«, haucht er mir zu. *Im Spielmodus.*

»Na ja …« Dummerweise tue ich das. So laut sind die Kerle einfach nicht.

»Ihr kriegt Unterstützung«, bellt er zur Gruppe. »Und ihr lasst euch doch nicht von der halben Portion hier schlagen, oder?«

»Was?!«, kreische ich, als ich begreife, was er vorhat. »Ich hab keine Sportsachen an!«

Er nimmt mir schon meinen Blazer ab. »Das hättest du dir vorher überlegen sollen, bevor du mich abgelenkt hast. Los, auf den Boden und auch zehn Liegestütze für dich. Die richtigen. Nicht deine Frauenvariante.«

»Aber die kann ich nicht so gut«, protestiere ich.

Er beugt sich an mein Ohr. »Dann gib dir besser Mühe, denn ich will nicht, dass du mich vor den anderen blamierst.«

Ich werfe ihm einen bösen Blick zu. *Das ist so unfair! Ich hab mich an die Regeln gehalten. Er hat mich schließlich zu sich gewunken! Aber ich habe keine Wahl. Bei Kostolany nie.*

»Wie du willst!«, knurre ich, trete mir die hinderlichen Pumps ab, knöpfe mir die Bluse teilweise auf und knote mir als Protest die Enden am Bauch zusammen, weil ich weiß, wie ihn das ärgert. *Denn wehe, ein Mann sieht zu viel Haut von mir!* Dann geselle ich mich zu der Gruppe.

»Los, weiter!«, bellt Kostolany. »Ihr sollt die nächsten Tage an mich denken.« Er geht vor mir in die Hocke. »Außerdem schlägt euch gerade eine Frau. Also bitte!«

»Sie hat ja auch nicht eine volle Stunde Sport gemacht«, keucht jemand.

»Stimmt, guter Einwand! Wir sollten ihr das erschweren!«

»Wie?«, krächze ich, doch in dem Moment spüre ich schon, wie Kostolany ein Gewicht auf meine Beine legt. »Unfair!«

»Wie heißt es richtig?«, fragt er mich.

»Sir! Danke, Sir!«, rufe ich abgehackt, als wäre ich beim Militär.

»So brav …«, murmelt er mir ins Ohr.

Die Hitze, die durch mich schießt, sorgt dafür, dass für einen Augenblick meine Kraft schwindet. Meine Arme zittern verdächtig, aber ich weiß, ich halte das hier besser durch. Bevor Kostolany noch fiesere Dinge einfallen, um mich zu quälen.

Als ich die zehn Liegestütze geschafft habe, bleibe ich zusammen mit den anderen Männern nach Luft schnappend auf dem Rasen sitzen.

»So, letzte Runde«, verkündet Kostolany. »Jeder, der es zum Abschluss über die Mauer schafft, hat Feierabend!«

Ich richte mich auf, denke, dass ich nun entlassen bin, und will ins Haus und mich dort frisch machen. Doch falsch gedacht!

»Auch du, Nikki!«, fordert er.

»Das kann nicht dein Ernst sein!«, rutscht mir heraus. Die Mauer ist fast drei Meter hoch. Ich hab das noch nie gemacht, und das weiß Kostolany. Frustriert sehe ich, wie die Männer beinahe spielerisch die Wand nehmen und sich danach von ihrem Drill Instructor verabschieden. Bis nur ich übrig bleibe. Ich und die Mauer.

»Du solltest es wenigstens versuchen. Das mildert die Strafe nachher«, sagt Kostolany.

Meint er etwa eine echte? Wütend renne ich wie die anderen Männer auf das Hindernis zu, springe, aber erreiche mit den Händen nicht mal die oberste Kante, um mich hochziehen zu können. »Das schaffe ich nie im Leben!«, beschwere ich mich. *Sieht er das nicht?*

»Versuch es noch mal!«

»Dich möchte ich mal sehen, wie du das meisterst, wenn du zwei Köpfe kleiner wärst!« *So Kolosse wie Kostolany haben leicht reden.*

»Oh Kitty! Nicht schimpfen, machen.«

Wie er will! Wenn ihn das anmacht, mich scheitern zu sehen …

Ich versuche es erneut, laufe, springe … Und komme nicht an die Kante der Wand. Was mich zur Verzweiflung bringt.

»Was passiert, wenn ich es nicht schaffe?«, frage ich zunehmend frustrierter.

»Kein Feierabend!«, sagt er schlicht.

Sollte ich betteln? So weit bin ich noch nicht. Außerdem macht mich an der Aufgabe nichts an. Wozu ihn bitten, Gna-

de zu haben? Nur damit er am Ende seinen Spaß mit mir haben kann? Den Sex kann er sich abschminken!

Wobei …

Belohnungssex hätte ich schon gerne. Oder generell Sex. Mit Kostolany. Jetzt sofort.

Neu motiviert nehme ich noch einmal Anlauf, merke, dass ich höher komme, wenn ich so tue, als könnte ich Wände hochlaufen. Doch ich pralle zurück und lande schmerzvoll ächzend auf der Wiese in der sandigen Kuhle, die von den Leuten stammt, die hier vor mir den Absprung geschafft haben. Ich ringe mit mir, ob ich noch mal aufstehe, aber beschließe dann, dass Kostolany bestimmt andere Pläne für mich hat.

»Fuck, hast du dir wehgetan?«, fragt er und ist sofort bei mir.

»Sehr, Sir! Danke dafür! Ich bin schon ganz feucht vor Schmerz.«

»Ernsthaft, Nikki! Kannst du aufstehen?«

»Jetzt bist du besorgt?«, gifte ich ihn an, rappele mich jedoch hoch, bis ich sitze.

»Also bist du okay?«

»Ja, ich denke schon«, gebe ich murrend zu, stehe weiter auf und klopfe mir Sand und Gras von meiner Kleidung.

»Dann gleich noch mal!«, sagt er.

Was?! »Nein!«, protestiere ich. Die Mauer ist zu hoch für mich, und vom Sturz tut mir das Steißbein weh.

»Sicher, dass du aufgeben willst?«, fragt er, und seine Augen funkeln so, dass mir ganz heiß wird.

»Da mir keine Flügel wachsen …« Sprich: weil ich diese Mauer nie im Leben bezwingen werde.

»Wie du willst«, meint er. »Dann los! Mit Hockstrecksprüngen geht es zurück in die Turnhalle.«

»Wie bitte?«, wiederhole ich ungläubig.

»Oder schaffst du jetzt doch die Mauer?«

Fuck!, denke ich nur. Ja, ich liebe seine Spielchen, aber in diesem Augenblick könnte ich diesen Mistkerl erwürgen.

Merke: Master Drill Instructor ist kein schöner Tagtraum!

KOSTOLANY

Ich kann Nikki ansehen, wie frustriert sie ist. Sie ist kurz davor, mir den Hals umzudrehen. Und ich habe Mühe, mich zurückzuhalten und nicht hier draußen über sie herzufallen, so sehr will ich sie, so perfekt ist sie, so sehr macht sie mich an.

»Komm, leg mal einen Zahn zu, du lahme Ente«, feuere ich sie an. »Gleich gehen die Rasensprenger an. Ich mag dich nur an einer Stelle nass!«

Keuchend macht sie die Sprünge, wirft mir einen todbringenden Blick zu, hört jedoch nicht auf, sondern bewegt sich immer erschöpfter in Richtung Halle, die sie schließlich betritt und dort drinnen auf den Matten, die von der letzten Einheit noch hier herumliegen, zusammenbricht und alle viere von sich streckt.

Sollte ich jetzt aufhören?

Ich sehe, wie hektisch sich ihr Brustkorb hebt und senkt. Aber da streckt sie mir mit einem »Bäh!« die Zunge raus. *Dieses Biest!*

»Es hat niemand was von Ausruhen gesagt«, ärgere ich sie weiter.

»Und was soll ich jetzt tun, Sir?«, fragt sie keine Spur devot, sondern sauer.

Ich gehe in die Hocke und halte ihre Füße fest, nutze die Art, wie sie daliegt, aus. »Fünfzig Sit-ups.« In denen ist sie gut. Auch wenn sie von den Sprüngen schon ziemlich ausgepowert ist.

»Und dann war es das?«, fragt sie.

»Ich verhandele nicht mit meinen Subs, Kitty. Ich will, dass sie tun, was ich sage. Also?«

Sie gehorcht, ohne mich dabei aus den Augen zu lassen, während ich laut mitzähle und ihr Keuchen die Halle erfüllt. Bis ich sehe, wie ihr Widerstand nachlässt, wie ihr Blick weicher wird. Und es überrascht mich nicht, als sie mich beim letzten Aufrichten am Shirt packt und küsst, bedürftig, einladend, sexy … mich manipulierend. *Netter Versuch!*

Lächelnd löse ich mich von ihr, streife mit meinen Lippen ihre, genieße ihren heißen Atem, der mir ins Gesicht schlägt.

»Und jetzt noch mal zwanzig Kniebeugen«, verlange ich ruhig.

Ihr klappt die Kinnlade herunter, und sofort ist das wütende Funkeln in ihren Augen zurück. »Willst du mich umbringen?«

»Für dich gilt das Gleiche wie für meine Leute eben. Wer quatscht, hat noch genug Reserven. Also? Fängst du an, oder bleiben wir hier die ganze Nacht?«

»Ich werde Muskelkater haben«, sagt sie. »Höllischen Muskelkater.«

»Gefällt mir.« Weil sie dann an mich und diesen Moment denken wird.

»Du kannst so fies sein!«, schnaubt sie.

»Kann ich«, sage ich und küsse ihre Nasenspitze.

»Ich habe keine Wahl?«

»Kein bisschen.«

»Also gut!«

Ich will sie gerade noch mal küssen, doch mit einem trotzigen Selbst-schuld-Gesichtsausdruck entzieht sie sich mir und steht auf. Sie beginnt, schlägt sich gut, müht sich aber von Mal zu Mal mehr ab. Immer wieder bin ich versucht abzubrechen, schließlich will ich ihr nicht ernsthaft wehtun. Doch sie meistert auch diese Übung, stemmt sich mit der letzten Kniebeuge hoch und bleibt schwer atmend mit den Händen auf den Oberschenkeln gestützt stehen.

»Fertig!«, verkündet sie. »Und jetzt? Weitere Strafaufgaben?«

Eigentlich hatte ich vor, das an der Stelle zu beenden, aber ihr Tonfall lässt mir keine Wahl. *Oh Kitty, das hättest du nicht tun sollen.*

»Jetzt hilfst du mir, die Turnhalle für morgen aufzuräumen.« Ich drücke ihr einen Lappen in die Hand. »Wisch doch bitte den Staub oben auf den Kletterstangen.«

Sie sieht mich entgeistert an.

»Na los, hopp! Das hier ist unser Business. Jeder muss ran.«

»Und welche Aufgabe übernimmst du?«

»Ich?« Ich grinse. »Na, ich passe auf, dass du alles richtig machst.«

Erneut trifft mich ihr widerspenstiger Blick – den ich so liebe. Aber sie gehorcht, zeigt einmal mehr, wie sportlich sie ist, wenn sie will, klettert die Stangen hoch, wischt die Halterung oben ab und rutscht schließlich langsam wieder herunter.

Sobald sie den Boden erreicht hat, gebe ich ihr Wasser, lasse sie kurz durchatmen und drücke ihr dann einen Medizinball in die Hand. »Und die bitte mit den anderen Bällen in den Korb dort drüben packen.«

»Den Korb, der in der hintersten Ecke der Halle steht?!«, fragt sie ungläubig.

»Genau der!«

»Ich hasse dich«, murmelt sie.

»Hab ich das richtig gehört, Kitty?«

»Ich hab ›Ich liebe die Aufgabe, Sir‹ gesagt.«

»Hast du nicht«, sage ich lachend und beobachte, wie sie sich um die Bälle kümmert. »Also lagere doch bitte noch die Matten um.«

Langsam dämmert ihr, dass ich das Spiel ewig spielen werde, wenn sie nicht netter wird. »Wohin sollen sie?«, fragt sie und wischt sich mit dem Arm den Schweiß aus ihrem Gesicht.

»Zu den anderen hier im Raum verteilt, für eine Übung, die morgen früh stattfindet.«

»Wird erledigt«, sagt sie ruhig.

Sie macht sich an die Arbeit, schleppt die Matten durch die Halle und rückt sie zu einer Fläche in der Mitte zusammen, so wie ich es ihr befehle.

»Und jetzt …«, beginne ich, gehe zu den Türen und sperre von innen ab, damit wir unter uns sind.

»Du weißt … dass ich mich … keinen Zentimeter mehr … bewegen kann?«, sagt sie schwer atmend und lässt sich erschöpft auf eine der Matten plumpsen.

»Und genau das war der Plan«, sage ich und knie mich neben ihr hin.

Die Erkenntnis, was ich vorhabe, dämmert in ihrem Blick, und Hitze schießt in meinen Schwanz. Ihr gefällt, was jetzt alles passieren kann. *Sehr sogar.*

Seelenruhig öffne ich ihre Bluse und ziehe sie ihr aus. Dann befreie ich Nikki von ihren Jeans, küsse sie und fasse in ihr Höschen, wo sie heiß und feucht ist. *Wie zu erwarten: störrisch, aber erregt!*

»Soll ich aufhören?«, frage ich sie.

»Bitte nicht, Sir«, keucht sie, ohne auch nur einen Finger zu rühren.

»Obwohl ich fies bin?«

»Ja, obwohl du fies bist.«

Mehr brauche ich nicht als Einladung. Ich schiebe mir meine Sporthose tiefer, befreie meinen harten Schwanz, nutze aus, dass Nikki so erschöpft und dennoch bedürftig ist, spreize ihre Beine und dringe in sie ein.

Wir stöhnen beide auf, weil wir die Nähe des anderen genießen. Sie sieht mich an, und all die Wut ist aus ihrem Blick verschwunden. Da ist nur Verlangen, Leidenschaft und Liebe. Für mich.

Ich merke genau, dass sie einen härteren Fick haben will, aber ich genieße ihren widerstandslosen Zustand viel zu sehr und nehme sie langsam und genüsslich, jede Sekunde der Verbundenheit auskostend.

»Kostolany!«, stöhnt sie.

Ich beuge mich zu ihr, küsse ihren Hals, bewege mich weiter behutsam in ihr. »Ich weiß.«

»Nein«, wimmert sie.

»Doch«, hauche ich ihr zu und spüre, wie ihre Finger in meine Haare fahren, weil sie mehr von mir will.

Wir lieben uns auf einer der Matten. Alles riecht nach Sport und uns, und ich merke, wie sie zittert, weil sie ihren Höhepunkt für mich zurückhält.

»Lass einfach los, Kitty! Das hast du dir verdient. Komm!«, raune ich ihr zu.

»Oh Gott«, keucht sie und explodiert augenblicklich, zuckt und krampft an meinem Schaft, zieht meinen Kopf sanft zu sich und seufzt, als wir uns dabei küssen, zärtlich und tief und innig.

Doch ich bin noch nicht fertig mit ihr. Ich benutze ihren süßen Körper, genieße, sie zu haben, und nehme sie weiter, schneller, härter, kann nicht glauben, wie perfekt diese Frau ist. Bis ich ebenfalls komme, sie erneut mit mir ziehe, ihr einen zweiten Höhepunkt beschere.

»Was hab ich nur für einen sadistischen Freund«, keucht sie zufrieden, als wir beide erschöpft liegen bleiben, ich auf dem Rücken, sie halb auf mir.

Ich gebe ihr einen leichten Klaps auf den Hintern, der sie zum Lachen bringt, küsse sie erneut hungrig und fahre dabei über ihre Haut, die meinetwegen so glüht. »Schon vergessen?«, frage ich sie und warte, bis sie zu mir schaut. »Man sollte nicht mit dem Feuer spielen, es sei denn, man verbrennt sich gerne die Finger.«

»Na, wenn das so ist …« Erst nimmt sie ihre Finger in den Mund, dann fährt sie mit ihren feuchten Fingerspitzen über meine Lippen, hat nicht vergessen, wie alles zwischen uns begonnen hat. Was diesen Moment noch perfekter macht.

»Nikki!« Mein Puls klettert erneut in die Höhe. Ich werde hart, drehe sie auf den Rücken, sodass ich wieder über ihr liege und sie unter mir ist, und lege ihr die Hand an ihren Hals, spüre, wie ihr Puls rast, sehe, dass wir uns beide an unsere erste Begegnung erinnern und wie ähnlich und doch wie anders, *wie viel besser*, es nun zwischen uns ist.

»Kriege ich jetzt Ärger?«, keucht sie.

»Willst du welchen?«, frage ich sie.

»Immer, Sir.« Sie atmet schwer. »Also: Worauf wartest du?«

Perfekte Antwort, Kitty.

Ende

Über die Autorin

2012 veröffentlichte Philippa L. Andersson ihre erste Kurzgeschichte. 2013 folgte ihr erster Roman „In deinen Armen“. 2017 erschien ihr erstes Hörbuch zu ihrem Roman „Romance Love – Vollkommen dir ergeben“. Im gleichen Jahr war sie mit „You Can‘t Escape Love – Begehren . Vertrauen . Lieben“ erstmals in der BILD-Bestsellerliste.

Kontakt & Social Media:

philippa@philippalandersson.de
www.facebook.com/PhilippaLAndersson
www.instagram.com/philippal.andersson
www.philippalandersson.de (+Newsletter)

Weitere Werke

ISBN: 978-3961113729

Für jeden Tag, den ich dir helfe, bekomme ich eine Nacht mit dir.

ISBN: 978-3961114313

Sie will ihn nicht, aber sie braucht ihn. Er will sie, aber er muss sie von sich stoßen.

ISBN: 978-3961113095

Manchmal sind gerade die falschen Dinge absolut richtig.